TOURIST MENU

AF211543

Sven Ilgner

TOURIST MENU

Roman

Bibliografische Information der Deutschen Nationalbibliothek.
Die Deutsche Nationalbibliothek verzeichnet diese Publikation in der
Deutschen Nationalbibliografie; detaillierte bibliografische Daten sind im
Internet über http://dnb.dnb.de abrufbar.

*Die automatisierte Analyse des Werkes, um daraus Informationen
insbesondere über Muster, Trends und Korrelationen gemäß § 44b UrhG
(»Text und Data Mining«) zu gewinnen, ist untersagt.*

Lektorat: Anne-Katrin Weise
Covergestaltung: Benjamin B. Stöß

Verlag: BoD · Books on Demand GmbH, Überseering 33,
22297 Hamburg, bod@bod.de
Druck: Libri Plureos GmbH, Friedensallee 273, 22763 Hamburg

ISBN: 978-3-7597-2351-2

Erster Teil

11. März 2011

JULIA

Die Welt geht unter, doch das interessiert ihn nicht. Lieber macht er einen schlechten Witz. „Ich stehe auf der Gästeliste! Ganz oben! Bei den Prominenten!« ruft er in Richtung Flugzeugtür und wedelt mit seinem Boardingpass über meine Schulter. Der Frühfünfziger wirkt wie ein beliebiger Nachrichtenmoderator, glatt gestriegelt, im dunkelgrauen Slimfit-Anzug. Seine Stimme klingt so kräftig, als hätte er einen Lautsprecher verschluckt, unüberhörbar.

Der Mann nervt, aber er hat Recht. Solange wir nicht im Flugzeug sind, gehören wir noch nicht dazu. Unsere Reise ist nach 34 Sekunden schon wieder unterbrochen worden. Für 34 Sekunden sind wir mit einem ruckelnden Bus über die Landebahn gefahren, 34 Sekunden inklusive Ein- und Ausstieg, ich konnte es exakt mitzählen. Die Fahrt ging zwischen Flugzeugen und Koffertransportwägelchen hindurch. Turbinen und Lüftungen dröhnten uns voll. Wir sind klein, die Maschinen sind groß. Je länger ich darüber nachdenke, desto wackliger fühlt sich die kleine Einstiegstreppe an, auf der wir jetzt stehen. Ich untersuche das weißgräuliche Flugzeug neben mir. Die verwaschene Außenwand wirkt ungepflegt und veraltet. Es macht mir ein mulmiges Gefühl. Ich möchte die Hülle berühren, das Material testen. Stattdessen wippe ich hin und her und stabilisiere mich in den kleinen Einkerbungen der Metalltreppenstufen.

»Hey, wann dürfen wir denn weiter? Ist windig!«

Der Mann riecht nach Kaffee, nein, er stinkt. Es ekelt mich an. Er schreit die Flugbegleiterinnen so laut an, dass mich sein saurer Atem von hinten anweht. Der Geruch mischt sich mit einer Wolke aus penetrantem Männerdeo, das in einem engen Kampf mit mittelaltem Männerschweiß auf Baumwollstoff nur knapp in Führung liegt. Ich schiebe meine Kopfhörer tiefer in die Ohren und versuche, den Kaffeemann auszublenden. Dafür muss ich meine Zeitung unter den Arm klemmen und mich krumm hinstellen. Mein Nacken wird mir dafür nicht dankbar sein, doch alles ist besser als den Mann weiter ertragen zu müssen.

Im Radio höre ich der Katastrophe zu. Sachlich erzählt die Sprecherin, dass 2000 Menschen tot sind, 30000 sind bisher vermisst. Eine Kleinstadt ist innerhalb von Minuten ausgelöscht worden, nach Erdbeben und Tsunami steht ein Atomkraftwerk kurz vor der Zerstörung. In den Nachrichtensendungen überschlagen sich die Neuigkeiten, vor mir baumeln Rucksäcke mit eingehakten Nackenkissen und buntverzierten Trinkflaschen, hinter mir mault und drängelt der Kaffeemann jetzt mit einem anderen

Mann um die Wette. Sie hauen ihre Rollkoffer an das Treppengeländer wie übermüdete Kinder. Mit dem Zeigefinger fahre ich über die Tasten und drehe am Kopfhörerstecker meines mp3-Players herum. Er ist beladen mit meinen Lieblingsliedern, die ich in den letzten Wochen mühevoll nach und nach von CD zu mp3-Dateien umgewandelt habe. Zum Glück hat der Player auch ein Radio und ich kann die Deutsche Welle hören. Es wird berichtet von meterhohen Wassermassen, radioaktiven Werten, unsichtbarem Tod und Hautverätzungen. Wie wäre es wohl, mit all diesen Menschen die Flugzeugtreppe hinunter zu purzeln? Auf wem würde ich am liebsten landen und wer würde dann überleben? Der Kaffeemann würde sich an seinem fetten Rollkoffer festkrallen. Die beiden Studentinnen mit den Nackenkissen in Eichhörnchenoptik würden versuchen, sich im Flug an den Händen zu halten. Der Steward am Treppenende würde kerzengerade nach hinten kippen wie eine Falltür. Vermutlich würde er bis zum Ende lächeln.

Ich höre eine Frauenstimme im Radio: »Fukushima«.

Ab jetzt ist dieser Ort berühmt. In den Nachrichten sprechen sie von Fukushima, Three Mile Island und Tschernobyl. Three Mile Island muss der Code für eine weltberühmte Katastrophe sein, die mir unbekannt ist. Während wir den Stewardessen im Flugzeugeingang näherkommen und ich ihr

automatisiertes, beruhigendes Hostessennicken betrachte, erinnere ich mich an Tschernobyl, da war
ich sechs. Man durfte nachmittags nicht zum Spiel-
platz und keine Milch mehr trinken. Der blöde Junge
von den Wiedemanns nebenan war angeblich mit
seinen Schuhen auf dem Bett gewesen. Deswegen
lag einen Vormittag lang eine alte Matratze im Gar-
ten und durfte nicht angefasst werden, bis sie dann
von Menschen in Schutzanzügen abgeholt wurde.
Sie lag da komisch verbogen, wie ein gekrümmtes
Gespenst, das einsam ist und Bauchschmerzen hat.

»Reihe 12, da hätten Sie vorne einsteigen müssen.
Jetzt müssen sie ganz durchlaufen, bis zu meinem
Kollegen dort.«

Die Stewardess lächelt mitleidig und genervt, auch
ich habe Mitleid mit ihr. Immerhin muss sie sich täglich von Männern wie dem Kaffeemann anschreien
lassen.

»Und Kopfhörer bitte runter beim Start!«

Meine Sitznachbarin sieht zum Glück freundlich
aus. Ein umständliches Sitzplatzritual beginnt, bei
dem sie sich während des Versuchs, ihren Gang-
platz freizumachen, zweieinhalbmal um sich selbst
dreht, ich meine Kopfhörer in ihrem Klapptisch ver-
heddere und wir dann beide fast synchron auf unsere
Plätze plumpsen. Auf meinen Ohren reden mittlerweile keine Radiostimmen mehr, es ist nur noch un-
definierbares Rauschen zu hören. Durch das runde
Fenster sehe ich ein grauweißes Flughafengebäude,

Aeroporto Fiumicino. Dahinter liegt Rom, die Stadt, in der ich nun tatsächlich lebe. Sie fühlt sich schon an wie ein Zuhause, denn bei jedem Gedanken an diesen Ort, wird mir warm und ich fühle mich zu gleichen Teilen behütet, befreit und aufgeregt. Vielleicht fühlt sich Heimat so an.

Als neue Römerin habe ich schon einen Lieblingsort: Den Largo Argentina, einen Platz, vielmehr eine antike Baustelle in dessen Mitte ein mit Glas umrahmtes Ausgrabungsgebiet liegt, das man sich ansehen kann, man kann es allerdings nicht betreten. Durch die umrahmten Ruinen springen Armeen von Katzen. Lange stand ich eines Abends an den Scheiben des Largo Argentina und betrachtete dieses jahrhundertealte Loch, während sich ein ulkiges Gefühl in mir ausbreitete, das ich vom Verliebtsein kannte. Um das Loch herum fuhren Autos, Busse und Roller, doch ich stand mit dem Rücken zur Straße, spürte die Vergangenheit, so viele Menschen, die hier schon gelebt hatten, die aber keiner mehr kannte. Dann kaufte ich mir ein Zitroneneis und wanderte weiter.

Ich lief an Bushaltestellen vorbei, fühlte mich wie in einem alten amerikanischen Liebesfilm aus den 60er Jahren, und stoppte vor dem Motorrad Café. Die grellen Räume waren lieblos mit klobigen Plastikmöbeln eingerichtet, Motorräder hingen an der Wand, auf Flachbildfernsehern liefen Motorradrennen ohne Ton und ich erkannte gut, wie verwirrt die Touristen versuchten, diesen Ort zu verstehen, während sie sich einen *Benzincocktail* empfehlen ließen. Ich war nun in den 90ern angekommen. Rom entpuppte sich mir als begehbare Zeitmaschine.

Über die Via Florida in die enge und ganz plötzlich sehr dunkle Via Paganica. An der Ecke zur Piazza Mattei wartete die Vernissage, die mir Liliana empfohlen hatte. Menschen standen auf der engen Straße und diskutierten die Bilder, die im kleinen Ausstellungsraum zu sehen waren. Es waren Fotografien von Menschen, die alle denselben Moment zeigten. Die Hundertstelsekunde des Fallenlassens. Ein Kind in Badehose verlor ein Eis an einem See. Der tragisch enttäuschte Blick war schrecklich. Eine Rentnerin warf einen süßen, flauschigen Hund, vermutlich einen Malteser, an der Ampel auf den Gehweg. Ein Tablett mit Tassen in der Küche flog in hohem Bogen auf die Fliesen. Man konnte den Lärm, den die zerberstenden Scherben beim Aufprall machen würden, beim Ansehen innerlich hören.

Pierre stand auf einmal vor mir. In einem weißen Gewand, mit weißen Locken und braungebranntem Gesicht, schätzungsweise 45. Er kam mir plötzlich noch älter vor, als er mich so durchdringend ansah und sich als deutscher Franzose, der in Italien lebt, vorstellte. Die letzte Stunde hatte ich viel zu viel Wein getrunken, länger als zwei Minuten konnte ich nicht am selben Fleck stehen bleiben, ohne mich beobachtet zu fühlen. Stattdessen war ich in Kreisen durch die Ausstellung gewandert und weil mir sonst nichts einfiel, goss ich mir Wein nach, und weil rot und weiß durcheinander liefen, musste ich wohl schnell sehr betrunken gewesen sein. Pierre machte lustige Grimassen, ich war neugierig auf seine ledrige, braune Haut. Wir lehnten einen Schritt neben der Galerie an der orangenen Hauswand im weichen Laternenlicht, vor uns eine Cocktailbar, die auf dem Namensschild die Zeichnung einer Schildkröte hatte.

»Du bist also deutscher Franzose?«

»Ich bin deutscher Franzose, ich bin Italiener, ich bin Europäer, ich bin was du willst. Grenzen sind Illusion.«

»Merkste selber, ne?«

Ich atmete schwer und nahm mir vor, weniger zu lallen.

»Was?«

»Naja, du klingst wie so ein Hippie, wie die Unangenehmen in der Schule früher, die mit Schlaghosen.«

»Was war denn an denen unangenehm?«

»Weiß nicht, aber da wollte ich nie dazugehören.«

Pierre trank von seinem Rotwein, sagte nichts.

»Dazugehören, weißt du nicht, was ich meine? In der Schule, in den 90ern. Skater oder Punk oder Popper oder Fußballdepp, irgendwo gehört man dazu. Und alles war besser als Hippie.«

»Hm. Also alles besser als ich?«

Ich musste über den alten Mann lachen. Der Weißwein tropfte mir auf das hellgelbe Sommerkleid. Dabei sah ich mir meine Beine an. Das Kleid hätte ich in Berlin nie getragen, transparent, in diesem hellen Gelb. Doch hier mochte ich es, ich mochte mich. Schlicht und elegant. Ich konnte die Hände in die Rocktaschen stecken, das war gemütlich und gut gegen die Nervosität. Die kleine Schleife an der Taille niedlich, aber nicht peinlich. Die Oberschenkel sahen in Ordnung aus. Doch mit einem Mal, je länger ich auf meine Beine schaute, schienen sie unförmiger zu werden, regelrecht dicklich. Ich blickte schnell weg und widmete mich lieber wieder Pierre.

»Naja, nicht alles vielleicht.«

Pierre streckte sich, nahm seine Hände in die Hüften. Er stand nun da wie ein alter Sportlehrer, der seiner Klasse beim Laufen über die Tartanbahn zusieht, zog seine Augen zusammen und sah bemüht bedeutsam in die Ferne.

»Verliebst du dich schnell?«

»Nicht mehr. Hab ich mir abgewöhnt.«

Er nickte mir anerkennend zu. Wir beide hielten die Fassade aufrecht, sahen uns sehr ernsthaft und bedeutend an. Ich mochte diesen Moment sehr, vielleicht verliebte ich mich gerade nicht nur in eine Stadt, sondern auch in diesen seltsamen Mann, ein bisschen? Wir machten uns beide lustig über unser Gespräch und über die Situation. Dabei blieben wir in unseren Rollen. Es war schön.

»Ich geh' jetzt nach Hause, kommst du mit?«

Erst bei ›mit‹ sah Pierre mich an, mit einer dramatischen Kopfdrehung. Albern.

Aufstehen war ein bisschen schwierig, der Wein, aber warum nicht? Wir überquerten den Tiber, an den bimmelnden Straßenbahnen vorbei, in Richtung Trastevere.

»Trastevere. Tra Tevere. ›ü b e r‹, tra. Über den Tiber. Deswegen heißt das Viertel so.«

»Aha. Cool.«

Mehr sprachen wir erstmal nicht. Das war besser so. Gut, dass er das auch verstand. Ich brauchte keine Erklärung und keinen Reiseführer. Von seinem unaufgeforderten, männlichen Erklären wurde meine Verliebtheit direkt weniger. Vor einer Kirche saßen viele junge Menschen, ein Sprachgewirr umgab die Gruppe, von dem nur einzelne Fetzen durch die Nacht getragen wurden und bei uns ankamen.

»Da vorne ist meine Wohnung. Willst du noch was essen? Teller Nudeln? Touristenmenü?«

»Touristenmenü?«

»Naja, das kannst du dir zusammen kombinieren. Vorspeise, Nudeln, Kaffee. Oder Nudeln, Nachspeise, Kaffee. Oder Erster Gang, Nachspeise, Kaffee.«

»Geht auch dreimal Nachspeise?«

»Glaube nicht.«

»Schade. Dann nicht.«

»OK, dann holen wir uns ein Bier, wie gute Deut-

sche. Das macht ihr doch in Berlin so? Mit Bier-
flaschen rumspazieren.«

Er warnte mich nicht vor, er ließ mich auf-
laufen. Einen Moment später hatte ich eine über-
dimensionierte 1-Liter Flasche Peroni-Bier in der
Hand.

»Du wolltest ein Großes!«

Sein Grinsen über die riesige Bierflasche war sehr
unattraktiv, die Verliebtheit sank rapide. Eine Gruppe
von drei jungen Männern mit seltsamem Englisch,
vielleicht war es Irisch, sprang plötzlich vor uns
herum, sie griffen übertrieben nach mir, wie Affen in
Zeichentrickfilmen, und schrien dabei fantasieloses
ausgedachtes Italienisch. »Bella, bewwa!« Sie waren
kahlgeschoren, wirkten militärisch, zeigten kein Gefühl für Mode oder Auftreten. Betrunkene Teenager
in den Körpern von betrunkenen Mitt-Zwanzigern.
Ich hatte keine Angst, hier auf dem großen Platz
voller Touristen, aber ich erschrak trotzdem. Pierre
machte einen zögerlichen Schritt nach vorne, dann
einen festeren, um die Hand des ersten Mannes weg
zu schlagen. Er hatte sich in Stellung gebracht, von
den Iren verprügelt zu werden, um mich zu ver-
teidigen. Es war niedlich, wirklich süß, dann schob
ich ihn aber zur Seite und schrie den Iren in die
Gesichter:

»Oh, Fuck off!«

Die anderen Touristen auf dem Platz reagierten
auf den Lärm. Schnell hatten die Iren die Aufmerk-

samkeit. Motzend und mit erhobenen Mittelfingern zogen sie weiter. Pierre war starr und sah mich an. Meine Verliebtheit stieg wieder ein wenig nach oben, weil er so hilflos niedlich in seinen Verteidigungsversuchen war. Ich war verhältnismäßig schlagfertig an diesem Abend, denn ich zuckte nur mit den Schultern und sagte zu ihm:

»Machen wir in Berlin so.«

Seine Wohnung war direkt hinter der Kirche, etwas schlampig, voller Kleidung und Aschenbechern, sehr klein und eng, allerdings mit beeindruckenden steinernen Wänden. Der Blick durch sein Wohnzimmerfenster wirkte wie ein verstaubtes Gemälde. In der schummrigen Beleuchtung der Betonpromenade zeigten sich Pinienbäume die am Ufer des Tiber ins Wasser ragten. Als würden diese Pinien mit dem Kopf zuerst ins Wasser fallen und jemand hätte die Zeit angehalten, den Moment eingefroren. Meine idiotische, gigantische Bierflasche war fast leer, mir war übel. Ich musste mich am Fensterbrett festhalten. Dann merkte ich auf einmal Pierres linke Hand an der Schulter, die rechte da, wo das Kleid aufhört. Er drehte meine Schulter leicht nach vorne und wandte sich mir zu. Ich gab mit meiner Schulter Gegendruck, wollte nicht, dass er mich zu sich drehte, doch er verstand nicht. Er wollte nicht verstehen und küsste mich auf den Mund. Rau, hart, eklig.

»Pierre!«

»Was?!«

»Nein, ich will das nicht. Ich geh' jetzt.«

Pierre zog mich zu sich, stemmte sich mit beiden Händen am Fensterbrett ab und versperrte mir den Weg. Ich konnte mich kaum mehr bewegen.

»Ich könnte dich jetzt auch einfach nicht gehen lassen. Weil ich dich hier behalten will.«

»Könntest du.«

Ich sah ihm in die Augen.

»Machst du aber nicht.«

»Warum nicht?«

»Vielleicht, weil du ein Hippie bist?«

Während des gesamten bedrohlichen Dialogs hatte ich mich konzentriert auf diesen Moment. Jetzt stieß ich mich mit aller Kraft vom Fensterbrett ab, an ihm vorbei, durch seine gestreckten Arme hindurch, stellte das Riesenbier auf den Tisch und ging mit großen Schritten zur Tür. Pierre rief hinterher.

»Schade!«

Ich antwortete, und auch hier war ich überraschend schlagfertig:

»Find ich nicht« und zog die Tür von außen zu.

Während der folgenden Nachtbusfahrt zurück in Richtung Piazza Bologna musste ich meinen Körper so angespannt haben, dass ich am nächsten Morgen, nach nur wenigen Stunden Schlaf, Muskelkater im Nacken hatte. Etwas von der Angst war geblieben, ließ sich nicht so schnell abschütteln. Um nicht mehr allein zu sein, ging ich direkt um acht zum Frühstück in die Eckbar des niedlichen alten Ehepaars vor meiner Wohnung, bestellte mir Cappuccino und ein Cornetto Semplice und versuchte, den letzten Abend zu verstehen. Ich konzentrierte mich auf die routinierten Handgriffe des Baristas, der sicher schon achtzig sein musste, aber gut und schnell seiner Arbeit nachging. Seine enorme Kaffeemaschine erinnerte mich an die, mit der ich vor Monaten beim Jobben in einem Berliner Café Kämpfe ausgetragen und dabei alle Siebträger des Planeten verflucht hatte. Aber ich war ja nicht mehr in Berlin. Den ersten Schritt, weg aus meinem Berliner Leben, hatte ich geschafft. Vielleicht ist meine Reise von Rom nach Porto der zweite Schritt. Vielleicht sitze ich deswegen jetzt in einem wackeligen Flugzeug. Ein Fuß nach dem anderen. Das genügt für den Moment.

Mein Umzug von Berlin nach Rom vor ein paar Monaten verlief vollkommen planlos. Ich freute mich, als niemand fragte, was der Auslöser für mein Auswandern gewesen war, und sprach gerne Englisch und meine ersten Fetzen Italienisch. Das Zentrum meiner letzten Monate in der Stadt war zweifellos die Sprachschule, die voll mit Sehnsüchtigen war. Englisch, Spanisch, Chinesisch, selbst Deutsch wäre eine wichtigere Sprache, um beruflich erfolgreich zu sein. Doch wir wollen Italienisch lernen. In Rom. Es gibt in meiner Klasse einen ehemaligen Operndirektor aus Santa Fe in den USA, der endlich die

Sprache der Stücke sprechen will, die er Jahre lang aufgeführt hat. Es gibt eine frisch geschiedene südamerikanische Anwältin, die möglichst weit weg von ihrer Familie sein will. Es gibt japanische Schwestern, die neben dem Sprachunterricht stundenlang arbeiten, um sich die Eiscreme in den Pausen leisten zu können. Es gibt dauerbekiffte deutsche Erasmusstudenten, die vergessen haben, sich für die Italienischprüfung an der Uni anzumelden und daher privat ihr Sprachzertifikat ablegen müssen, und es gibt mich. Hier bin ich jemand Neues. Selbst ich kenne mich noch nicht. »Julia from Berlin«. Die Italiener flirten viel mit mir, einer blonden deutschen 30jährigen. Es fühlt sich an, als würden sich die holländischen, skandinavischen und deutschen Mitschülerinnen mit mir zu einer nordmitteleuropäischen Einheit verbünden. Dazu kommen Engländer, Portugiesinnen, ein paar Amerikanerinnen und noch einige mehr. Fast jeden Abend unternehmen wir Dinge gemeinsam. Weinproben, überteuerte Kochkurse, Picknick im Park. Ich habe jetzt Freunde aus der ganzen Welt, echte Italiener sind meistens nicht darunter. Genau genommen habe ich bisher bei all den neuen Bekanntschaften nur zwei italienische Menschen kennengelernt. Ich kenne Valentina, eine junge Studentin, die Deutsch lernen will und mit der ich mich zweimal die Woche zum Kaffee treffe. Die Italienerin ist so dominant und hektisch, dass die Gespräche meist nach zehn

Minuten nur noch daraus bestehen, dass Valentina zwei bis drei deutsche Lieblingsworte wie »Bahnhof« und »Regenrinne« kichernd vor sich hin brabbelt, ansonsten aber in Höchstgeschwindigkeit auf Italienisch über ihre Familie in der Toskana, ihren Freund und die furchtbaren Politiker des Landes referiert. Das meiste verstehe ich nicht. Außer Valentina kenne ich noch Giorgio, einen Macho, der mich eines Abends einmal angemacht hatte. Er ist ein trauriger Macho, tölpelhaft und nicht besonders geschickt. Er scheint Anschluss an uns ausländische junge Leute zu suchen. Die anderen italienischen Männer tun das bisher nicht. Giorgio kommt immer öfter zu der bunten Gruppe dazu. Er muss dann die Gespräche mit Kellnern und Türstehern führen, als einziger Italiener dieses vielsprachigen Orchesters. Giorgio taucht immer recht überraschend auf und wieder ab. Manchmal ist er tagelang im Ausland, vermutlich beruflich, denn er arbeitet als Anwalt. Er kommt wohl auch heute Abend zur Geburtstagsfeier nach Porto. Erstaunlicherweise freue ich mich darüber, dabei kenne ich ihn kaum und bin eher genervt von seiner zudringlichen Art. Doch offensichtlich brauche ich eine vertraute Person, die mir etwas Halt gibt. Und wenn es eine wenige Wochen alte, oberflächliche Bekanntschaft ist. Alles ist gut, was Struktur gibt, bei meinem Auslandsabenteuer, dessen Sinn ich bisher niemandem wirklich erklären kann, nicht mal mir selbst.

TIM

»Es ist Pech.«

»Du bist mit dem Zug aus Rom nach Portugal gefahren?!«

»Nein, ich bin mit dem Flugzeug gekommen. Billiglinie, 9 Euro 99. Nach Faro, das ist in Portugal. War aber viel zu spät. Habe meinen Zug verpasst gestern. Jetzt weiß ich, warum der Flug so billig war.«

»Warum denn?«

Ich möchte wirklich nicht unhöflich wirken, aber mein Gespräch mit dem alten Amerikaner ist einfach nur zäh. Warum zur Hölle merkt er mir denn nicht an, dass ich nicht mit ihm sprechen möchte? Er hört mir gar nicht zu und im nächsten Augenblick passt er doch wieder ganz genau auf. Ich komme nicht in einen Rhythmus mit ihm, die Kommunikation ist schwerkrank.

»Naja, wenn ein Flug so billig ist, dann ist er vielleicht auch schlecht organisiert oder so. Auf jeden Fall scheint es mir logischer, dass ein Billigflug für 10 Euro verspätet ist, als ein British Airways Flug für 150 Euro. Was nichts kostet, ist nichts wert.«

»Aber das Wetter wählt doch nicht aus, welchen

Flug es verspätet ankommen lässt und welchen teuren Flug es durchlässt?«

Da war es wieder. Entweder hört mir dieser Amerikaner gar nicht zu oder er trifft einen guten Punkt in unserem Gespräch.

Durch das Zugfenster zieht die portugiesische Landschaft vorbei, ich konzentriere mich auf die Farben, die an uns entlangrauschen. Hier im Süden von Portugal sehen die Pinien schon grüner und kräftiger aus als bei mir in Rom. Gestern konnte man den Frühling dort aber auch schon riechen, einen zitronigen, blumigen Duft, der sich mit einem Hauch Benzin paart. Als ich das Admirals-Kino passierte, mischte sich zu diesem Geruch noch ein Parfüm, Signora Antoniolis Duft. Wir sind Nachbarn, mittlerweile seit einem Jahr. Zu Beginn war die alte italienische Dame sehr skeptisch, ob sie sich mit einem jüngeren englischen Mann als Nachbar anfreunden könnte, mittlerweile gibt sie mir Markttipps und bringt mir manchmal Kuchen vorbei. Ihr scheint es vor allem wichtig zu sein, dass schnell Routine entsteht, an die man sich halten kann. Für mich ist das in Ordnung, ich mag die Zitronenkuchenroutine der Frau Antonioli an der Piazza Verbano. Die Piazza ist der größte Kreisverkehr, den ich jemals gesehen habe. Umgeben von enormen Häuserfassaden mit Bars, Kino und Pizzaverkäufern in den Erdgeschossen, legt sich dieser Platz wie ein schlafendes Tier über die Stadt. Die Autos und Motorini sausen

28

um den Mittelpunkt, an dem man sich in einer sandigen Umgebung auf Bänke setzen kann. Wenn man es erstmal mutig an den Autos und Rollern vorbeigeschafft hat, dann kann man sich gut zwischen den Ästen verstecken. Es gibt zwar drei Zebrastreifen, doch die sind nicht mehr als Dekoration. Über die Straße zum Verkehrsinseldschungel zu gelangen, ist wie das Computerspiel Frogger aus den 80ern. Antizipieren, ausweichen, reagieren. Die Piazza Verbano beruhigt mich trotz ihrer Hektik. Hier ändert sich nichts, das erzählt mir Frau Antonioli unentwegt. Die Pizzaverkäufer seien seit Jahren unverschämt und unhöflich zu den Touristen, die sich hier her verlaufen, die Blumenverkäufer bauten ihren kleinen Verkaufsstand seit Jahren an derselben Ecke auf. Natürlich habe ich das alles hier nicht erlebt, doch ich vertraue der Signora, die behauptet, dass sich hier kaum etwas verändert hat in den letzten Jahren. Außerdem verhalten sich die Bewohner und Menschen der Verkaufsläden wie eine gut funktionierende Maschine.

»Also machst du Urlaub in Porto?«

Der Amerikaner holt mich zurück, ich war gerade fast eingeschlafen in meinen Träumen von der Piazza. Die letzte Nacht war eine Qual. Weil der Flieger aus Rom zu spät in Faro landete, verpasste ich meinen Zug. Dann musste ich von Schalter zu Schalter, um an diesem winzigen Flughafen herauszufinden, wer mir einen Übernachtungsgutschein gibt. Letztlich war es ein Missverständnis gewesen. Natürlich hat mir niemand eine Nacht im Hotel bezahlt. Ich schlief ein paar Stunden auf einer Bank und nahm mir vor, heute im Zug nach Porto nochmal konzentriert auszuruhen. Allerdings wusste ich da noch nichts vom Amerikaner in meinem Abteil.

»Gewissermaßen Urlaub, ja. Bin da auf eine Geburtstagsfeier eingeladen.«

»Nice! Kannst du überhaupt schlafen hier im Zug?«

Ich könnte, wenn du mich nicht vollquatschen würdest.

»Naja, mehr oder weniger.«

»Wer hat Geburtstag?«

»Mh?«

»In Porto. Wer hat Geburtstag?«

Wir haben den Kipppunkt erreicht. Ich schlafe auf dieser Fahrt nicht mehr. Die USA haben gewonnen, ohne zu wissen, dass sie gespielt haben. Ich richte mich auf, ziehe meinen Pullover zurecht, streiche mir durch die Haare und reibe mir die Augen wach.

»Eine Freundin. Weißt du, wo man hier einen Kaffee kriegt? Ähm. Sorry, wie war nochmal dein Name?«

»Curtis. Und du bist Tim, richtig?«

»Richtig.«

»Es gibt einen Jungen, der mit einem Wagen durch den Zug läuft und Kaffee verkauft. Hab ihn lange nicht mehr gesehen. Wahrscheinlich ist der in der ersten Klasse und nicht hier in der Turistica.«

»Turistica?«

Curtis deutet auf einen Schriftzug an der verglasten Schiebetür. Dort steht tatsächlich Turistica. Ich streiche über die Buchstaben, weil ich neugierig bin und vielleicht auch, weil ich mich völlig übermüdet fühle. Man kann den aufgeklebten Text ganz sanft spüren. Während ich weiter mit den Fingern über die Scheibe streiche, teilt sich die Schrift plötzlich in ein »Turi« und ein »stica«. Ich bin zu langsam, um die Hand zurückzuziehen, jetzt brennt mein Zeigefinger. Der Kaffeeverkäufer hat die Tür aufgeschoben und meinen Finger dabei eingeklemmt.

»Oh shit!«

»Verdammt!«

Der Finger ist ein wenig blutig, es zieht. Der Kaffeeverkäufer sieht traurig und erschrocken zu uns beiden herab.

»Ich. Es. Es tut mir leid. Geht es?«

Es geht. Curtis reißt schnell eine Seite aus dem Buch, das neben ihm liegt, und hält es an meinen blutigen Finger. Das feste Papier ist unangenehm an der Wunde, aber es hilft, die Flecken aufzusaugen.

»Wollen Sie einen Kaffee? Geht auf's Haus.«

»Auf den Zug.«

Curtis ist schneller und antwortet für uns, er erwartet wohl auch einen kostenlosen Kaffee.

»Bitte?«

»Egal. Ja, gerne, Milch und Zucker. Tim, du auch?«
Ich nicke stumm.

»Geben Sie ihm auch Milch und Zucker. Braucht er jetzt.«

»Nein! Schwarz!«

Der Kaffeeverkäufer zapft hektisch und verängstigt seinen Kaffee in die Plastikbecher und stellt sie uns auf den Tisch. Er scheint sehr schnell verschwinden zu wollen.

»Danke.«

»Gerne. Und nochmal Entschuldigung wegen der Hand!«

Ich sehe mir meine Wunde an und zerdrücke die Buchseite noch ein wenig mehr, damit sie fest auf dem Finger sitzen kann. Sie soll kleben, aber nicht einwachsen in die Haut.

»Was ist das für ein Buch? Hast du die Seite hoffentlich schon gelesen?«

»Ist von einem Engländer wie dir, Ian soundso. Einem von euch. In der Geschichte geht es nur um einen Tag.«

»Um einen Tag?«

»Um einen Tag, ja. Aber der hat es in sich.«

Weil der Amerikaner darauf wartet, dass ich nachfrage, und er mir das Buch erzählen kann, will ich ihm sein Generve heimzahlen. Ich tue ihm nicht den Gefallen, schlage ihn mit seinen eigenen Waffen und wechsle das Thema.

»Was machst du in Porto? Bist du auf Europa-reise?«

Zum ersten Mal wirkt er überrascht.

»Ehm, ja, tatsächlich, ja, bin ja nun Rentner. Bin auf Reise durch Spanien und Portugal. Nach Rom wollte ich auch noch. Da wohnst du doch?«

»Jep, Rom ist aber nicht in Spanien, das weißt du?«

Curtis nippt von seinem Kaffee. Da blitzt etwas in seinen Augen. Ich kann ihn wieder einmal nicht ein-schätzen.

»Nun ja, du bist immerhin mit dem Zug aus Rom bis hier her nach Porto gefahren! Nur für eine Ge-burtstagsparty!«

Er grinst mich an.

JULIA

»Sorry! Ah, so sorry!«

Meine Sitznachbarin ist genervt von meiner Zeitungsakrobatik, mit der ich versuche, die übergroße Zeitung auseinanderzufalten und den Artikel lesen zu können. Ab und zu bekommt sie leider einen Ellbogen von mir in die Seite. Ich muss aber weiterlesen.

»Wirklich, sorry!«

Sie sagt nichts, sie sieht mich böse an. Warum sagt sie nichts? Sie ist bestimmt so alt wie ich, nicht viel älter, maximal 35. Sicher kann sie Englisch. Warum sagt sie nichts? Ich habe mich doch entschuldigt. Wir sitzen doch alle im selben Flugzeug.

Generation Sinnlos. Am Flughafen habe ich mir eine deutsche Zeitung gegönnt, die ZEIT. Welch Freude ein unhandliches Stück Papier aus der Heimat sein kann, wenn man im Ausland lebt. Ich lese über die heute Dreißigjährigen, geboren in den wenigen Jahren um 1980 herum, meine Generation. Es gab die Babyboomer, die Generation Golf, natürlich Generation X und neuerdings nennt man sich Millenial. Meine Generation hat keinen Namen, wir stecken dazwischen. Generation 30, Generation

Arbeitstitel, Generation Sinnlos. Ich hatte nie eine enge Beziehung zu den berühmten 1980er Jahren, das waren immer die Älteren, die mit hochtoupierten Frisuren und Ringen an ihren Kleidern und unter ihren Augen. Es gab 8oer Jahre-Partys an Karneval, manche Musik schwappte zu uns hinüber, das war alles. Denn da war ja immer das Jahr 2000 vor uns. Für uns als Teenager war das Jahr 2000 eine Prophezeiung, ein aufregender Zukunftsort, die unglaubliche Modernisierung, die vor uns lag. Vor dem Jahr 2000 hatten wir Respekt. Würden die Computer den Jahrtausendwechsel rechnen können? Würde die Welt zusammenbrechen? Gleichzeitig lag dort die Zukunft, in der die Welt endlich uns gehören würde. Eine friedliche, internationale, entstaubte Welt. Das Jahr 2000 kam, die Welt drehte sich weiter, wir sind erwachsen geworden und die Millennials waren plötzlich da. Wir wollten aber sicher keine Millennials sein, denn das Jahr 2000 war doch immer unsere goldene Zukunft gewesen und nicht die Zeit der Jugend. Doch wir blieben verloren, im Dazwischen. Es gibt seitdem keinen Ort für uns, keine Schublade, wir sind entwurzelt.

»Wollen Sie ein Los?«

»Hm?«

»Wollen Sie ein Los kaufen, wir machen eine Lotterie von der Fluggesellschaft.«

Meine Sitznachbarin und ich sehen erst uns verwirrt an, dann die Flugbegleiterin. Ich merke, dass sie eine Flugzeuglotterie mindestens genauso unglaublich und blöd findet wie ich. Wir lachen beide fast gleichzeitig los, als hätte wir uns abgesprochen. Die arme Stewardess fühlt sich veräppelt.

»Nein, nein, das ist nicht, nehmen Sie das jetzt nicht … Wir lachen nicht über Sie, wir …«

Aber sie ist schon weitergelaufen.

»Wo kommst du her?«

»Deutschland, aber jetzt eigentlich Rom.«

»Deutschland! Ah, Berlin!«

»Ja, da hab ich, also, da hab ich gewohnt, ja.«

»Berlin ist cool!«

»Kann cool sein, wo kommst du her?«

»Porto, ich flieg' nach Hause.«

»Schön! Ich bin da heute bei einer Feier, 30ter Geburtstag.«

»Wo feiert ihr?«

»Ich..«

Mein Nacken wird von links nach rechts geschleudert, der Kopf prallt an das Flugzeugfenster. Es tut weh. Turbulenzen, das miese Wetter. Durch das Flugzeug geht ein aufgescheuchtes Raunen, man sieht, wer nicht angeschnallt ist. Mein Nacken!

»Bist du ok? Mannomann!«

Das Anschnallsymbol ist angesprungen. Meine Nachbarin zeigt auf die Symbole über uns.

»Komisch, dass es noch immer so ein Nicht-Rauchen-Zeichen gibt. Ein Nicht-Email-Checken oder Nicht-Handy-Benutzen wäre doch viel sinnvoller.«

Mein Kopf dröhnt ein wenig.

»Ich glaub' ich schlaf ne Runde.«

»Klar, sorry, alles ok mit deinem Kopf?«

»Ja, danke, klar.«

Berlin ist cool, hat sie gesagt. Berlin ist cool. Ich muss an meine Zeit in Berlin denken, noch weiß ich nicht, ob ich die Stadt und mein Leben dort vermisse. Für mein entwurzeltes Ich war Berlin der richtige Ort. Ich hatte ein Wirtschaftsstudium hinter mir, doch die Studienzeit war nicht wild, nicht schön, nicht aufregend gewesen. Hauptsächlich fühlte ich mich einsam, gestresst und verkatert, bis wir dann nach hektischen sechs Semestern die ersten sogenannten »Bachelor«-Absolventinnen waren, die es in Deutschland gab. Die Studienreform nannte sich Bologna, weil es etwas mit Europa zu tun hatte. Wieder hatte ich das Gefühl, nicht dazuzugehören. Wir waren Sonderlinge mit diesem neuartigen Studienabschluss und wurden nicht für voll genommen. Ich wusste nicht, was ich damit anfangen sollte. Vorerst kochte ich daher hauptberuflich Milchkaffee für die anderen planlosen Endzwanziger, um dann abends Flaschenbier zu trinken, das wiederum sie mir servierten. Unser symbiotisches System funktionierte, deprimierte aber gleichermaßen. Mama war beunruhigt. Papa beschäftigte sich eher mit den Mitarbeiterinnen in seinem Büro und beschränkte sich auf Geldüberweisungen und aufmunterndes

Schulterklopfen. Sein Vermögen hätte wohl für zwei Familien gereicht. Ich kann mir mit 30 Jahren überhaupt nicht vorstellen, ein Haus zu bauen, eine Familie zu haben, in der Vorstadt zu sein. Welche Unmengen an Geld muss man dafür haben und welche monumentalen Entscheidungen muss man dafür treffen? Der Gedanke daran erstickt mich.

Bei der Wohnungsbesichtigung in Berlin-Neukölln erklärte der Vermieter mir strahlend, dass er nur an hübsche deutsche Mädchen vermieten wolle. Damit käme ich ja wohl in Frage. Es war ekelhaft, doch bevor ich weiter zwischen den Eltern und fremden Sofas pendeln musste, nahm ich den Rassisten, wie er war, und unterschrieb, ohne zu lächeln. Vom Vormieter hatte ich einen Röhrenfernseher geerbt. Der schwarze, klobige Telefunkenfernseher stand in der Ecke der Küche. Man konnte ihn benutzen, etwas war allerdings vor Kurzem von analog zu digital umgestellt worden und der Empfang deswegen nicht gut. Das Gerät war praktisch zum Wein darauf abstellen oder um Wäsche aufzuhängen. Aber Fernsehen, das war vorbei. Und damit auch meine Kindheit. Ich liebte es, fernzusehen. Eine amerikanische Serie mochte ich besonders. Es fuhren darin zwei Männer durch die Vereinigten Staaten und suchten nach Leuten, die im Lotto gewonnen hatten. Das waren dann immer ganz ungeschickte Zufälle und dramatische Geschichten. Denn, um den Lottogewinn ausbezahlt zu bekommen, mussten diese Leute ihr papierenes

Los präsentieren. Das hatte dann meistens der Exmann mitgenommen oder der Hund gefressen oder das Baby in der breiigen Hand zermalmt oder man hatte es jemandem gegeben, mit einer Notiz darauf. Ohne Papierlottoschein keine Millionen. Es flossen Tränen, es war intensiv. Ich erinnere mich gut an die beiden Typen mit geföhnten Frisuren und grauen Anzügen, die dann auf die Suche nach Lottogewinnern gingen, die meistens genau jetzt nur noch durch einen Lottogewinn zu retten waren. Wie diese Serie hieß oder wann man sie sehen konnte, wusste ich nie. Die Serie fand mich, genau wie die Lottofirmamänner die Lottogewinner jedes Mal fanden und überraschten, und ihnen das Leben mit Geld retteten.

Eines Abends in der Altbauwohnung, ich war wohl bei Rotweinflasche Nummer zweieinhalb, ließ ich den Röhrenfernseher in der Küche doch mal wieder laufen. Der Tag war eine Party von kleinen und großen Katastrophen gewesen. Aufgewacht in der Suppe einer ausgelaufenen Wärmflasche, musste ich länger im Café arbeiten als geplant und mich von penetranten Gästen beleidigen lassen. Ich hasste alles an meinem Kellnerinnenjob, noch mehr hasste ich es, nicht zu wissen, was ich stattdessen tun sollte. Dann schrieb auch noch Marie, meine Freundin aus der Schulzeit, dass gleich zweimal Krebs in ihrer Familie diagnostiziert worden war. Bei ihrer Mutter und ihrem Bruder. Zeitgleich. Ich hatte Marie und ihre Familie lange nicht mehr gesehen, aber es war eine Verbindung in die Vergangenheit, in die Heimat. Da sollten keine Krankheiten sein, da sollte es keinen Tod und keine Chemotherapie geben. Nichts ergab mehr einen Sinn, an diesem furchtbaren Tag. Als ich nach der Arbeit nach Hause lief durch die Straßen voller improvisierter Kneipen und Sperrmülleinrichtungen, roch es nach Gras, Pisse und Kuchen, eine typische Berliner Mischung. Erst schnell zwei Bier am Kiosk, dann noch ein paar Flaschen Rotwein auf Vorrat eingepackt und dann an den Küchentisch. Weil der alte Fernseher eben außer seiner Klobigkeit nicht viele Vorzüge hatte, war das Programm, das er anbot, beschränkt. Es lief ein öder Dokumentarfilm über Winzer in Italien. Die Kamera flog über bunte und sonnige Landschaften und landete nach einer Weile mit einem harten Schnitt in einer Stadt, Rom offenbar. Plötzlich standen da ein paar Leute mit Weinflaschen in der Abendsonne und tranken. Die Szene war von einer beeindruckenden Belanglosigkeit, die Kamera entschied sich überhaupt nicht für einen Bildausschnitt. Fast konnte man glauben, die Kameraperson hätte mitgetrunken. Ich hatte große Probleme, mich auf dem Stuhl zu halten. Am liebsten wäre ich in den Fernseher hineingesprungen und hätte diesen gut gelaunten, braungebrannten Menschen die Gläser aus den Händen geschlagen. Aus meinem Berliner Hinterhof lief währenddessen miese Deutsche Rap Musik und der Dicke im Erdgeschoss hatte sicher ein Terrarium mit exotischen Tieren, seine Beleuchtung sah zumindest so aus, und manchmal sah man ein Zucken hinter dem Fenster, das nicht menschlich war. Heiß war mir, zu heiß. Ich schnappte gierig nach der kalten Berliner Abendluft am Fenster, öffnete beide Flügel so weit wie es ging, zog mein T-Shirt aus, dann die Hose. Schließlich stand ich nur noch in Unterwäsche in der Küche. Dann schob ich den Küchentisch zur Seite, so dass ein breiter Korridor entstand. Vier Schritte zurück. Der klobige Fernseher zeigte noch immer die Italiener und ihren Wein, ohne Ton. Überhaupt war es komplett still. Obwohl das Fenster auf war, nahm ich nichts wahr. Im Hof war kein Mensch, ich sah zur Sicherheit noch einmal hinunter. Mit einer schnellen Bewegung packte ich den Fernseher, riss ihn zu mir, wobei ich fast nach hinten umkippte. Die Kabel trennten sich mit einem fiesen Zischen von der Rückwand ab. Der Hass auf die Menschen, auf alle Katastrophen, auf den Krebs, der Hass auf diese grinsenden Römer, auf den Wein, auf das verdammte Berlin, diesen Hinterhof und die Generation Sinnlos. Ich rannte zum Fenster und stieß den Fernseher hinaus. Er segelte zunächst ganz still und friedlich in den Hinterhofhimmel, dabei berührte er keinen der Bäume. Es blieb totenstill. Der fliegende Fernseher war elegant und wunderschön, bis er auf dem Boden aufkam und mit einem höllenlauten Schlag zerbarst. Ich war aufgeregt, versteckte mich mit meinem Glas Wein an der Heizung auf dem Boden und zählte mein Herzklopfen mit. Draußen gab es langsam aufkommenden Tumult. Ich schielte vorsichtig über das Fensterbrett, um sicher zu sein, dass der Fernseher niemanden getroffen hatte. Und endlich wusste ich, was ich zu tun hatte. Ich wollte diese verdammten lachenden Menschen da im Fernseher treffen. Ich wollte verstehen, ob sie wirklich so glücklich waren, wie sie aussahen. Ich wollte nach Rom.

Knack, knack. Der Pilot murmelt etwas Unverständliches in die fliegende Menge. Als die Sicherheitsgurt-Zeichen erlöschen, steht das halbe Flugzeug mit einer so ruckartigen Massenbewegung auf, dass wir erneut durchgeschüttelt werden. Meine Sitznachbarin ist eine der ersten, die zu ihrem Koffer möchte. Als sie überstürzt aufsteht, wackelt unsere gemeinsame Reihe bedrohlich. Wir sind in Porto gelandet. Ich bleibe sitzen, sehe weiter aus dem Fenster. Da ist eine portugiesische Flagge. Meine Wangen sind feucht und heiß, die Augen brennen.

TIM

Meinem Körper fehlen vermutlich 30 Prozent Kraft, um ein Mensch sein zu können. Zu den Rückenschmerzen, dem brennenden Finger und den Beinschmerzen kommen noch Kopfschmerzen und schlechte Laune. Ich bin nicht auf gute reisende Weise übermüdet, sondern auf die elende Art.

»So, Timmy, das ist es dann wohl. Hat mich gefreut!«

Ich wüsste nicht, dass ich mich dem Amerikaner als Timmy vorgestellt hätte, aber wenn er meint. Ich bin nur froh, dass es vorbei ist, dass wir uns verabschieden. Die Sonne hat es nicht mit aus dem Süden in die Stadt geschafft, es ist grau, aber der Bahnhof ist beeindruckend genug. Bunte Fliesen an den Wänden, geschwungene Bögen, alles ist alt und schön. Wir stehen vor dem Bahnhofsgebäude wie auf einer Empore und blicken auf die verästelten Straßen. Sie wachsen wie Adern aus dem Gebäude heraus. Auch die Menschenmengen sind schön. Mit jeder Sekunde mehr, die ich auf die Stadt blicke, fühle ich mich nach der Nacht auf dem Flughafen und dieser stundenlangen Zugfahrt langsam wieder frei. Voller Schmerzen, aber frei.

»Ja, das war es dann. Hab' noch eine gute Zeit in Europe!«

»Wenn du mal in Philadelphia bist, melde dich!«

»Ehm, ha, ja, klar, Philadelphia, die Stadt von Rocky Balboa, ja.«

»Von Rocky und von mir!«

»Von Rocky und dir. Klar, mach ich. Good bye!«

Mein Rucksack ist mein Motor. Er treibt mich an, weg von Curtis aus Philadelphia. Hinein in die Stadt, hinein in ein neues Abenteuer in Porto. Endlich wieder in meine eigene Welt.

»Tim!! Timmy!!«

Natürlich. Mein innerer Motor muss anhalten. Ich drehe mich nochmal um.

»Curtis, was gibt's?«

»Sag nicht 'good bye'.«

»Was?«

Wir stehen etwas zu weit auseinander, zwischen uns laufen Menschen nebeneinander und durcheinander.

»Sag nicht 'good bye'.«

»Warum nicht?«

»Sag 'So long'.«

»Was? Warum?«

»Sag es einfach. Ist besser. So long, Timmy!«

»Ja, bye, so bye, long. So long.«

Der Amerikaner mit seinem Plastikregenponcho, seiner Baseballmütze mit dem Logo der Philadelphia Mannschaft und seinem viel zu großen Koffer mar-

schiert wie ein Panzer durch die Menschen. Er hat
es ein letztes Mal geschafft, mich aus dem Rhythmus
zu bringen. An der Ampel redet er direkt wieder auf
jemanden ein. Er macht da weiter, wo er bei mir aufgehört hat. So long.

13 Uhr, ich muss die anderen im Café treffen.
Julia hat mir die Adresse aufgeschrieben, angeblich in der Nähe vom Bahnhof. Es müsste die große
Straße entlang gehen, dann da hinten links. Der
Weg fühlt sich traurig an. Meine Müdigkeit kehrt
wieder unangenehm zurück, während ich die breite
Straße entlanglaufe. Viele Häuser stehen leer.
Zu-Verkaufen-Schilder hängen aus, dafür muss
man kein Portugiesisch können. Manche Fenster
sind zugenagelt, auf den eleganten gestängelten
Balkonen vor den Fenstern stehen Reste von Möbeln. Die Straße wirkt auf mich wie ein Tatort, der
überhastet verlassen wurde. Übrig bleiben Halb-
ruinen und leere große Häuser. Große Häuser,
die aussehen, als würden sie Geschichten in sich
tragen. Der Himmel grau, leichter Nieselregen.
Auf der Straße ist einiges los. Den Weg teilen sich
bepackte Touristen mit alten portugiesischen, rau-
chenden Männern und einigen Obdachlosen. Frauen
sehe ich kaum. Touristinnen sind zu sehen, aber portugiesische Frauen scheint es auf dieser Straße nicht
zu geben. In einigen Restaurants laufen Fernseher.
Die meisten zeigen den Wetterbericht, offenbar ein
Sturm oder ein Hochwasser? Ich kann die Nach-

richten nicht ganz entziffern und nehme sie auch nur teilweise wahr. Vor einer größeren Bar stehen Männer mit Mützen, vielleicht Taxifahrer. Sie sehen fern als stünde ein spannendes Fußballländerspiel an. Auf dem Bildschirm sind aber keine Sportler, sondern Häuserteile, Wasser und Animationen in bunten Farben zu sehen. Ich komme nicht wirklich durch die Männermenge hindurch, um besser auf den Fernseher blicken zu können. Also lasse ich es und gehe weiter, keine Ahnung, warum die hier zusammen den Wetterbericht angucken. Diese Straße deprimiert mich. Gelbgrauer portugiesischer Himmel, die Häuser dunkel und die Menschen grimmig. Zum Glück muss ich nicht lange laufen.

Julias Kritzelei auf der Papierkarte ist präziser, als ich es erwartet hätte. Sie hat mir den Weg zum Café perfekt aufgezeichnet, sie hat sogar die Geschäfte, die links und rechts neben dem Café sind, korrekt benannt. Auf den ersten Blick sieht der Gastraum aus wie der Speisesaal an Bord eines alternden Kreuzfahrtschiffs. Große Spiegelwände und rosafarbener Marmor treffen brutal auf goldmetallene Abgrenzungen der Sitzecken. Eine Art Kronleuchter hängt über dem Tisch. Am Ende des Raumes spielt ein Pianist Popsongs an einem Flügel. Ich komme zwar aus dem Königreich, also hätte ich es ahnen können. Dennoch überrascht mich die Speisekarte an der Tür. Es gibt britische Scones, Tee und Gurkensandwiches. In der Mitte des Raumes sitzt Giorgio,

alleine, ohne Julia, weit zurückgelehnt mit über-
kreuzten Beinen auf seinem Stuhl. Er blickt auf eines
seiner beiden Telefone.

»Hey Giorgio.«

»Tim! Ciao Bello, wie geht es? Was ist los?«

Ich muss erstmal meinen Rucksack loswerden und
vielleicht einen Tee gegen den Kopfschmerz trinken.

»Ach, lange Fahrt!«

»Flugzeug verspätet?«

»Ja, gestern, in Faro.«

»Faro?«

»Ja, bin von da mit dem Zug gekommen.«

»Du bist mit dem Zug von Rom nach Portugal gefahren??«

»Junge! Lass mich erstmal ankommen. Wo ist
Julia?«

»Ja, bestell dir erstmal was. Ist das Elton John? Das
ist doch Elton John?«

»Hm?«

»Der Pianist, was der spielt? Instrumental? Ist doch
was von Elton John!«

»Nein, das ist nicht Elton.«

Endlich kann ich meinen Blick in den Raum
schweifen lassen. Endlich kann ich das Café einmal
mit mehr Ruhe betrachten. Giorgio macht mich mit
seiner Hektik direkt wieder unruhig. Ich versuche
der Musik zu lauschen.

»Elton John, nein.«

Der Pianist spielt im passenden Tempo und der

passenden Lautstärke. Man nimmt die Musik zunächst kaum wahr, wenn man möchte, kann man sich aber darauf einlassen. Ich merke, wie ich ankomme, wie ich den Moment annehmen kann, bis mir Giorgio ins Ohr schreit:

»Lionel Richie!«

»Lionel Richie: HELLO! HELLO! IS IT ME YOU'RE LOOKING FOR?«

Ja, Giorgio hat es erkannt. Er kann stolz darauf sein. Er sieht mich triumphal strahlend an, die menschgewordene Überheblichkeit. Rein äußerlich kann ich keinen Grund für Giorgios Arroganz erkennen. Dieser Italiener sieht heute nochmal seltsamer aus als sonst. Unförmig, unentschieden, unlogisch. Seine Nase ist so plattgedrückt, als wäre er gegen eine Wand gelaufen, wie eine Comic-Figur. Dazu sind seine schwarzen Haare so voller Pomade, dass sich das Kronleuchterlicht in seinem schimmernden Kopf spiegelt. Giorgios Kleidung ist in Ordnung, allerdings auch nicht außergewöhnlich schick. Ein Hemd unter einem Pullunder über einer blauen Jeans. Klassisch, einfallslos, italienisch. Ich bin ein wenig neidisch auf den italienischen Stil, den meist sogar die größten Idioten beweisen. Giorgio ist ein Paradebeispiel. Interessant finde ich, dass auch bei größter Hitze in Rom langarmige Hemden getragen werden, dazu gute Schuhe. Wenn sie dann aber zuhause in ihrer Wohnung sind, dann können viele Römer schlimmer aussehen als die Arbeitslosen im

East End in London. Feinrippunterhemden, Plastik-jogginghosen, bunte Socken. Wenn ich in den letzten Monaten manchmal eingeladen wurde von den italienischen Journalistenkollegen, war ich immer überrascht, wie groß dieser Unterschied zwischen Kleidern in der Wohnung und Bekleidung auf der Straße war. In England sieht man entweder immer schlecht oder immer gut aus.

Giorgio benutzt parallel zwei Telefone. Ein neues, überteuertes iPhone und ein Blackberry. Abwechselnd tippt er auf den Geräten herum.

»Was machst du da, Junge?«

»Die News! Japan!«

»Was? Japan?«

»Da ist ein, wie sagt man..? Ein *grande casino*, eine Katastrophe!«

Keine Ahnung, wovon er spricht. Ich habe im Flieger den Independent gelesen, da stand nichts von Japan. Heute Morgen gab es ein Unwetter, das hatte ich im Café gesehen. Schlimm erschien es mir nicht.

»Woher weißt du das?«

Giorgio zeigt mir sein iPhone. Eine italienische Schlagzeile mit Bildern von zerstörten Häusern, alles unter Wasser.

»Ist das Internet? Hier in Portugal? Auf deinem Phone?«

Giorgio hält stolz beide Geräte in die Luft.

»Blackberry macht Internet und schickt es an iPhone, cool, huh? Das heißt Hotspot.«

»Ja, cool, also was ist da passiert?«

Er öffnet mir eine englische Nachrichtenseite, währenddessen tippt er wild auf dem anderen Telefon herum. Verseuchung, Wassermassen, Tote. Wie konnte das alles in den letzten Stunden passieren, ohne dass ich es mitbekommen habe?

»Sorry, kannst du ... hier. Kannst du bitte?!«

Ich kann mit diesen Geräten nicht umgehen. Sie sind mir suspekt. Eine Zeitung hätte ich gerne in der Hand, einen Fernseher mindestens betrachtet, aber dieses Ding, dem vertraue ich nicht. Das kann doch alles nicht wahr sein. Nachrichten auf dem Telefon. Giorgio bemerkt meine Skepsis, nimmt mir das Gerät aus der Hand und tippt jetzt wieder parallel auf beiden Telefonen. Als würde er Klavier spielen oder ein Zupfinstrument. Was soll das?

»Was zur Hölle machst du?«

»Ich hab', naja, ich hab' da ein Mädchen, eine Freundin, in Japan. Sie ist japanisch. Sie will nicht herkommen. Habe ihr gesagt, sie soll kommen, sie will dortbleiben. Versuche, sie zu überreden.«

»Deine Freundin?«

Jetzt sieht Giorgio mich ernst an.

»Kann keine Japanerin haben. Das ist einfach ZU weit weg, das ist ZU anders!«

Ich verstehe diesen Jungen nicht.

»Pass auf, sie ist in Gefahr, da in Tokio. Und ich will, dass sie sicher ist. Aber sie will bleiben. Verrückt, oder?«

»Bin sicher, sie hat ihre Gründe. Hübsch?«

»Klar! Hast du ein Mädchen?«

»Ich dachte, die ist nicht dein Mädchen?«

»Nein, ist sie auch nicht. Du?«

So über Menschen zu sprechen, war mir schon immer zuwider. Ich will nicht nur fragen »Hübsch?«. Ich will nicht reden wie ein Straßenjunge. Giorgio bringt mich aber dazu. Eine Reduktion auf einfachste Fakten mit einfachstem Weltbild. Was für eine blöde Frage, ob ich ein »Mädchen« hätte. Nein, grade nicht, Mädchen waren grade ausverkauft, leider. Montag wieder. Ich bin viel unterwegs, viel in Flugzeugen und Bahnen, treffe gerne andere Menschen. Ich bin ein Reisender, ich habe meine Regeln, um überall auf der Welt zurecht zu kommen. Ich kann Small Talk, ich kann zuhören, ich weiß, welche Gewürze ich meiden sollte, weil ich weiß, wie scharf ich es vertrage. Ich weiß, wann ich störe und wie man mit Reis und Sojasauce lange überlebt, weil die Bankkarte im Ausland nicht funktioniert. Besonders gut war ich bisher immer darin, den Menschen das Gefühl zu geben, sie müssten mir einen Job geben. Ich kann die Welt also bedienen. Die Gebrauchsanweisung für diesen Planeten schreibe ich mir selber. Natürlich habe ich manchmal eine Freundin, aber ich habe eben kein »Mädchen«.

»Ich bin einfach zu busy. Keine Freundin.«

»Du kannst busy sein UND eine haben!«

»Also, hast du denn jetzt eine Beziehung oder nicht?«

»Nein, Mann! Gott, nein!«.

Giorgio springt auf und tippt beim Aufstehen hektisch weiter auf dem Gerät herum. Er legt es mir schließlich mit geöffneter Nachrichtenseite vor die Nase. Diese Hektik, er ist fast panisch.

»Ich geh' zur Toilette. Wo ist sie?«

Stumm nicke ich zu dem Pianisten am Ende des Ganges. Ich weiß auch nicht, wo die Toiletten sind, doch ist es nur logisch, in diese Richtung zu gehen. Schließlich sind auf der anderen Seite nur die große Schwingtür und ein paar Tische. Der Raum ist derart schlauchförmig, dass es eindeutig ist, nach der Toilette im hinteren Bereich zu suchen. Außerdem ist Giorgio doch schon viel länger hier in diesem Café als ich. Wieso fragt er mich das? Wieso antworte ich ihm?

GIORGIO

Um mich herum laufen Menschen, die aussehen wie Krankenpfleger oder Matrosen, in langen weißen Westen, mit Sahnetorten in der Hand. Die uniformhaften Anzüge liegen eng an. Goldene Knöpfe, tailliert, auch die Hosen sind weiß. Wie kommt man auf die Idee, sein Personal so anzuziehen? Ich muss ihnen mit den Augen folgen, ihrer altmodischen Art, ihren fließenden Bewegungen, ihren stoischen Gesichtsausdrücken. Manche von ihnen tragen die Uniform mit Würde, andere sind arme, verkleidete Tröpfe. Sie sind schnell, kreisen um mich herum wie Planeten um die Sonne.

Mayumi ist so stur. Sie hat auf dem Blackberry geantwortet, dass ich ihr bitte keinen Flug nach Europa buchen soll. Sie könne Japan nicht einfach verlassen. Sie hätte Arbeit, Familie, eine Wohnung. Das wäre alles weg, wenn sie jetzt feige gehen würde. Feige, das schreibt sie wirklich in ihrer E-Mail, »like a coward«. Das heißt doch »wie ein Feigling«? Ich würde gerne italienisch mit ihr schreiben, nicht das verdammte Englisch. Sie will dort also bleiben. Dort, wo gerade die Welt untergeht, in Japan. Dort, wo jede Minute eine neue Schreckensnachricht geboren wird. Angeblich sind die Flugpreise in den letzten Stunden in die Höhe geschossen. Ich würde ihr jeden noch so teuren Flug kaufen, doch sie möchte ja nicht. Lieber geht sie gemeinsam mit ihrem Land unter. Auf eine Art beeindruckt mich diese Dummheit, dieser Stolz, wenn man es so nennen möchte. Beim zweiten und dritten Gedanken dazu, empfinde ich es nur noch als dumm, nicht mehr als stolz. Es ist nicht so, dass ich Mayumi bei mir in London haben will, im Gegenteil, das wäre bald eine sehr anstrengende Lebenskonstellation. Aber den Gedanken daran, dass sie sich verseucht oder explodiert oder ertrinkt, den finde ich unerträglich. Ich will Mayumi nicht aus meinem Leben verabschieden, aber sie sieht das wohl anders. Mayumi, ich denke an den Pub in Soho, an die dunkelschwere Theke, wo ich sie kennengelernt habe, kurz nach der Griechin mit den vielen Locken. Am liebsten gehe ich in den grüngelben Pub, direkt bei meiner Wohnung. In der Straße, in der Tesco ist. Hinter der Kirche. Ist es eine Kirche? Am Ende des Covent Garden, auf dem Platz der Straßentheater-gruppen und Taschendiebe. Zur letzten Lokalrunde singen täglich wechselnde australische Backpacker ihren Kultsong »Weather with you«, danach gibt es kein Bier mehr. Woanders zu wohnen, im Nor-den oder Osten von London, das ist unvorstellbar für mich. Wie soll ich dann zur Arbeit kommen? Soll ich mit der U-Bahn in ein Büro fahren, jeden Morgen? Mich anstellen? Ein Ticket kaufen? Wie

Touristen, wie lästige Fliegen, die um meine Ohren schwirren? Die meisten Touristinnen sind nur ein paar Tage in London, da geht oft etwas. Tagsüber bin ich im Büro, am Covent Garden, bei McDonald's am Trafalgar Square und bei HMV am Picadilly Circus, um Musik zu hören. Mittagessen kann ich in zwei kleineren italienischen Bistros im Westend, die mir ein Schulfreund empfohlen hat. Es gibt da eine gute Carbonara, die Oliven zur Vorspeise sind ok und die Kaffeemaschine ist aus Turin importiert. Manchmal hole ich mir auch einfach ein Sandwich bei Sainsbury's in Soho. Erschreckend einleuchtend ist mir das Konzept eines matschigen Käse-Schinken-Sandwich mit einer kleinen Tüte Chips. Natürlich sind Tramezzini aus Rom viel besser, doch manche Sandwiches erinnern mich an die Heimat. Ich muss an den Deutschen denken. Als ich die ersten Tage in London noch in einem Hostel verbringen musste, hatte ich ihn kennengelernt. Wir kauften uns zwei Dosen Carling Bier, versteckten sie in der Jacke, weil keiner von uns wusste, ob das erlaubt war, und tranken sie, während wir in einem Doppeldeckerbus ganz vorne eine Sightseeingtour durch London machten. Es war ein regulärer Bus. Der Deutsche hatte gelesen, dass man diese Route nehmen sollte, wenn man günstig alle Sehenswürdigkeiten Londons abklappern wollte. Diese Stunden mit dem Deutschen gaben mir das Gefühl, in London am richtigen Ort zu sein. Leider war er nur auf der Durchreise. Bei der Fahrt hatte ich schon alles gesehen und konnte nun zuhause in Rom sagen, dass ich sogar ein eigenes Foto vom Buckingham Palast geschossen hatte. Es fühlte sich super an, es war geregelt.

Mein Vater geht mir auf die Nerven. *Ma, Enzo, cosa vuoi?!* Er hat zwar endlich verstanden, dass ich nicht telefonieren kann – glücklicherweise glaubt er mir, dass es an der Verbindung hier in Portugal liegt – aber jetzt schickt er mir eine Menge SMS-Nachrichten. Auch noch auf das falsche Telefon, auf die falsche Nummer. Es wird ihn ein Vermögen kosten. Ich soll wohl ein Haus besichtigen, das er kaufen will, hier in der Nähe in einer Seitenstraße des Zentrums von Porto. Die Finanzkrise ist gut fürs Geschäft, er hat einen Termin gemacht, in einer Stunde, hier ganz in der Nähe. Es nervt mich. »Va bene.« schreibe ich, bevor ich Tim mein iPhone wieder zum Lesen geben muss. Warum hat er eigentlich kein eigenes?

»Ich gehe zur Toilette. Weißt du, wo sie ist?«

Tim nickt mich nur gelangweilt an. Er erschöpft mich. Die Uniformen der Kellnerinnen lassen alle gleich aussehen, sie machen es von hinten oder von der Seite unmöglich, zu erkennen, ob die Person Mann oder Frau ist. Während ich mich am Pianisten vorbeischlängele, passiere ich zwei dieser Kellnerinnen, nein, einer ist ein Kellner. Sie sind groß, größer als ich. Die Hosen machen ihre Beine noch länger. Eigentlich ja gute Körper, gut gebaut, aber mit diesen weißen Westen, die den Oberkörper so abschnüren? Ihre Gesichter so hart und unlesbar. Einen der Kellner muss ich ansehen, ihn untersuchen, seine braunen, tiefen Augen erforschen. Ich finde ihn schön. Ja, ich finde ihn wirklich schön, verdammt! Ich untersuche den Rest des abgeschnürten Oberkörpers, die Arme, die Muskeln und den strengen, aber beruhigenden Blick. Mit einem Mal dreht er leicht seinen Kopf und sieht mir direkt in die Augen, ungefähr fünf Meter entfernt. Als Kellner müsste er seinen Job machen und meinen Blick als Bestellung oder Aufforderung verstehen, zu mir zu kommen, doch er deutet den Blick richtig. Er sieht mir weiter ruhig in die Augen, stellt sich stramm hin und wartet, bis ich reagiere. Das kann er vergessen, ich reagiere nicht, Gänsehaut. Ich will diesen Moment loswerden. Ich bin eben einfach müde. Alle Gesichter und alle Körper identisch. Ich verstehe diese Welt nicht, Scheißportugal, verdammt! Auf die Toilette muss ich nicht, ich will nur kurz weg von Tim, diesem englischen Langweiler. Ich hätte mir denken können, dass Julia wieder zu spät kommt, und ich zuerst mit ihm alleine hier sitzen muss. Das hätte ich ahnen können, wollte ich aber nicht. Außerdem ärgert mich Mayumi noch immer. Ich weiß es doch besser, warum möchte sie nicht gerettet werden? Mein Vater nervt mich dazu mit diesem Haustermin und vor der Tür regnet es. Heute scheint mir ein ganz und gar unangenehmer Tag zu werden. Ich muss mich bewegen, einmal die Treppe entlang. Vielleicht hole ich mir schnell unten im Klo einen runter.

TIM

Der letzte Schluck Kaffee ist bitter, bitterer als gedacht, trotz all der Milch. Er sieht gut aus, karamellfarben, in einem Teeglas serviert, doch er schmeckt nicht. Der Marmeladentoast schmeckt auch nicht, viel zu süß. Vielleicht bin ich auch zu empfindlich geworden. Es ist zwar gut, dass ich vorerst in Rom gestrandet bin und von dort aus arbeite, aber Italien ist ein forderndes Trainingslager für meine Geschmacksnerven. Ich weiß jetzt erst, wie frische Tomaten wirklich schmecken können und dass nicht jeder Kaffee auf der Welt diese Bezeichnung auch verdient. Dieser portugiesische vor mir schmeckt hauptsächlich angebrannt. Nach der, von vielen Menschen so benannten, Finanzkrise von 2008, war ich nicht mehr in Asien und Australien, sondern vor allem in Europa unterwegs. Zunächst war ich in Island, einer Insel, die sich vermeintlich vom Zusammenbruch des Geldsystems nie mehr erholen sollte, es aber doch gerade tut. Dort aß ich Walfleisch, das der Kollege von den Färöer-Inseln mitgebracht hatte. Wir waren eine Gruppe von Ausländern, die versuchten, sich gegenseitig das Essen ihrer Heimatländer zu präsentieren. An lustigen

Abenden wurde gegessen, getrunken, gelacht. Der Mut des Fremden, der Mut der Entdeckung lag in der Luft. Mein Stück Walfleisch war so ähnlich wie Trockenrindfleisch, pechschwarz, salzig, muffig und es schmeckte vor allem nach schlechtem Gewissen. Rom erinnert mich an Island. Dort ist man zwar viel mehr auf sich gestellt, auf einer kalten, beeindruckenden Insel, doch solange man in Rom mit allerlei Ausländern rumhängt, geht es einem ähnlich. Rom ist auch eine Insel, anders beeindruckend. Mit wunderschönem Licht, vor allem mag ich die braunen, hellgrünen Häuserfassaden, wenn man die Straßen entlang zum Supermarkt geht. Das tue ich oft alleine und betrachte die anderen Inselbewohner, die sich über die touristischen Besucher lustig machen. Mein Insulanertum habe ich angenommen, die Zeit in Rom hat den Touristen in mir vertrieben. Zumal ich in Italien bin, um zu arbeiten, um zu schreiben. Dort über die europäische Finanzpolitik zu recherchieren, ist nicht leicht, wenn man kaum Italienisch spricht. Ich lerne es zwar, doch schreiben muss ich auf Englisch. Französisch schiebt sich immer vor in meinem Kopf. Gute Sprachschulen sind für mich kleine Tabakläden und Handwerksgeschäfte, wo es sich herausfinden lässt, wie es den Menschen geht. Zum Glück reichen einige wenige Italienischkenntnisse, um die Menschen zum Reden zu bringen. Meist nehme ich aus jedem Tabakladen oder aus jeder Apotheke dann eine Vokabel

mit, die ich neu lerne. In dieser Geschwindigkeit
bräuchte ich circa 250 Jahre, um einen Grundwort-
schatz aufzubauen, aber es ist zumindest ein Anfang. Ich habe keine Zeit, eine Sprachschule zu
besuchen und täglich in einem Klassenzimmer
zu sitzen. Dafür bin ich zu alt und zu beschäftigt.
In einem dieser Tabakläden sah ich Julia zum ersten Mal, ich hatte gerade das Wort ›sventato‹ gelernt, ›unaufmerksam‹, ›rücksichtslos‹, ›zerstreut‹.
Die Verkäuferin beschwerte sich bei mir über einen
Kunden mit diesem Wort. Es war schwierig. Julia
stand hinter mir in der Schlange, konnte schon besser Italienisch und übersetzte für uns. Wir tranken
danach einen Kaffee in der Bar nebenan, verstohlen
und heimlich tranken wir sogar einen Cappuccino um 15 Uhr, obwohl wir schon gelernt hatten,
dass man das in Italien nicht tut. Cappuccino ist
Frühstück, doch für die Touristen gibt es ihn auch
nachmittags. Da war sofort eine Verbindung zu-
einander, denn wir waren gemeinsam in der Fremde.
Sie schien sich für den Sommer zu interessieren,
den ich schon in Rom erlebt hatte. Gerade im Mai,
Juni und Juli war es ideal. Es war leicht herauszufinden, welche ausländische Kulturvertretung wann
eine Party feierte. Uneingeladen war ich beim Insti-
tuto Cervantes der Spanier gewesen, heimlich beim
Institut Francais, bei den Deutschen vom Goethe
stand ich dann schon auf einer Einladungsliste für
die Presse. Bei den Deutschen gab es kein richtiges

Bier, der Leiter des Instituts kramte aus dem Keller Kisten voller Alkopops und Mixgetränken hervor, nachdem der Wein bereits nach zwei Stunden leer war. Sommertäglich gab es Gartenpartys, man sprach viele Sprachen, aß und trank das Unterschiedlichste und nahezu jeder Abend endete auf einer Terrasse eines altehrwürdigen Hauses in Rom. Große Türen, Säulengänge, Steintreppen, das alte Rom war hier belagert von den modernen Germanen, Galliern und anderen aus Europa. Ich erzählte Julia auch vom Fest in der Villa Aurora, wo die deutschen Künstlerinnen und Künstler leben und man auf einer sehr breiten und wunderschönen Wiese unter Lampions bis in den Morgen feiern konnte. Als ich ihr von all diesen Sommern erzählte, die ich in nur einem Jahr erlebt hatte, verstand ich erst, wie tief ich diese Stadt schon in mir trug. Trotz des Cappuccinos sahen wir uns danach nur noch in großer Gruppe mit all diesen Spaniern, Engländern, Deutschen und mit Giorgio. Er war oft dabei, doch wir sprachen nie miteinander. Wir mögen uns einfach nicht und das ist ok. Dabei gibt es Ähnlichkeiten zwischen uns. Auch er ist in Europa unterwegs. Vermutlich können wir beide nicht verstehen, wie man nur in einem Land leben kann, wenn man doch die Möglichkeit hat, zu reisen. Das macht mich zum Sonderling bei vielen englischen Freunden. Manchmal frage ich mich, ob ich überhaupt dazu gehöre. Man ist eben zufällig zur selben Zeit geboren, an einem ähnlichen Ort der

Erde. Man war ein Fan von Pulp Fiction und erlebte als Teenager die Fußball-EM 1996 im Hass auf die Deutschen und ihre Elfmeter. Aber man hat sich die Freunde ja nicht ausgesucht. Sie wurden einem von der Zeit präsentiert, in die man geboren war.

In England fühle ich mich mit zuverlässiger Regelmäßigkeit einsam. Ich wollte immer aus der Heimat weg, andere Heimaten kennenlernen und nicht mehr darüber nachdenken müssen, wo ich hingehöre. Daher bin ich mir auch sicher, dass ich nie eine Familie gründen könnte. Ich bin mir sicher, einmal ein alter, weiser Reiseschriftsteller zu sein, der am Meer stirbt und seine Ruhe findet. Deswegen habe ich auch kein »Mädchen«. Die Frauen, die ich bisher gekannt habe, waren schnell begeistert von mir, Sally zum Beispiel oder Luciana, aber ebenso schnell war die Sache wieder beendet. Entweder von mir oder von denen. Feste Beziehungen ziehen mir das Leben aus dem Körper. Die Möglichkeit, immer mehr von der Welt sehen und entdecken zu können, wird mir genommen. Ich werde niemals eine Familie oder Kinder haben, so wie mein Bruder Sullivan, der mittlerweile im Süden lebt, als Lehrer in Cornwall arbeitet und in seiner Freizeit einen Ratgeber über Softeis schreibt. Mein Bruder ist ein Nerd, ein genügsamer Mensch. Wie können wir überhaupt verwandt sein? Ich bin nun schon 30. Ich bin ein einsamer Wolf. Keine Diskussion.

Ein Rest Marmelade, rechts an der Unterlippe, wo man mit der Zunge nur mit vielen kleinen Gesichtsmuskeln ankommt, zieht meine Aufmerksamkeit wieder auf die Nachrichten im Heute. Fast wäre ich über meinen Erinnerungen hier am Tisch eingenickt, mir fehlt wirklich Schlaf! Ich möchte weiterlesen über Japan, doch Giorgios Telefon ist jetzt schwarz. Ich weiß nicht, wie man es wieder anschalten kann. Keine der Tasten führt zu einer Aktion. Wo sind da überhaupt Tasten? Diese Ausbeulungen an der Seite? Verflucht!

»Du brauchst Energie. Dein Telefon. Es braucht Strom.«

»Julia!«

Als ich vom Tisch aufstehe, sind meine müden Knochen davon überrascht. Julia tapst mit ihrem Koffer auf mich zu, bis wir direkt voreinander stehen, ungefähr ein Meter Leere ist noch zwischen uns. Die rosamarmornen Wände, die Verglasungen und der Pianist verschwimmen für diesen Moment, mir ist ein bisschen schwindelig. Das muss die Übermüdung sein. Ich stehe regungslos da. Julia ist schneller und setzt zur Umarmung an. Als wir uns berühren, schießt es mir durch den ganzen Körper, als hätte ich einen elektrischen Schlag bekommen, als wären zwei Magnete aufeinandergeprallt. Energie!

GIORGIO

Als ich die Treppen von der Toilette nach oben wandere, sehe ich in der Eingangstür des Cafés Julia. Weiter entfernt von ihr könnte ich nicht stehen, verdammt. Sie sieht verschlafen aus, ihre Haare ungewaschen, Augenringe. Die leichten Sommersprossen habe ich fast vergessen. Es ist, als enden die Lippen direkt in den Grübchen. Die Lippen spitz und rot, direkt über einem kleinen abgerundeten Kinn. Sie hat die Haare hinter die Ohren geklemmt, jetzt fallen sie bei jeder Bewegung nach vorne und sie muss sie wieder hinter das Ohr streichen. Tim begrüßt sie. Es passt zu diesem Tag, dass der Engländer als erstes dran ist. Es passt, dass ich gerade dann vom Tisch aufstehe, wenn sie ankommt. Jetzt muss es schnell gehen, ich will zu ihr.

»Sorry! Ahh, tut mir leid!«

Meine Hand ist voller Sahne, eine empörte Kellnerin starrt mich böse an, wischt dann aber den Rest auf.

»Sir, bitte.«

»Ja, Entschuldigung.«

Auf meinem Marsch zu Julia bin ich einer Kellnerin voll in die Sahne gelaufen. Hände an der Hose abwischen und weiter geht's. Die werden immerhin bezahlt dafür, dass sie hier aufräumen.

»Giulia! Bella!«

Tim kann ich leicht zur Seite schieben, ich stelle mich zwischen die beiden, breite die Arme aus. Ihr Körper ist warm, vom Regen etwas feucht, sie riecht gut. Es erinnert mich an unsere Zeit in Rom und aktiviert Bilder von gemeinsamen Abendessen im Sommer, Busfahrten, süßsaurem Frascati, Strandtagen und Museumsbesuchen. Ich habe meine Heimat Rom erst durch Julia wieder richtig entdeckt. In einem Museum war ich das letzte Mal zur Schulzeit gewesen, mit dem Griechischkurs. Julia hat mir meine Stadt in wenigen Wochen von einer neuen Seite gezeigt. Wir steckten beide die Hände in den steinernen Löwenkopf, der zubeißt, wenn man lügt, wir stiegen in die Katakomben hinab, die wirklich überall in der Stadt verteilt sind und von denen wir als Kinder immer nur Schauergeschichten von verscharrten Leichen gehört haben, und wir machten Touren durch das Castello des Vatikans, mit seinem breiten, riesigen Aufgang, durch den ursprünglich die Pferdekutschen und Lieferungen geführt wurden. Wir suchten in den Zwillingskirchen an der Piazza del Popolo nach versteckten Caravaggio-Gemälden und aßen Sushi in Testaccio. Ich liebte die gemeinsame Zeit mit ihr und ich liebte die Stadt.

Zum ersten Mal habe ich sie in einer Gruppe von Ausländern getroffen, beim Aperitivo, in einer Bar am Wasser. Sie war mir sofort aufgefallen. Zwischen all den Deutschen, Brasilianern, Japanern und Russen war sie die Einzige, die mich interessierte. Mit Freunden saß ich am Nebentisch. Keiner sprach von Julia, alle fanden die Brasilianerin am heißesten. Ich sah nur sie. Wie sie sprach, wie sie sich bewegte. Alles an ihr war richtig. Wie sie die Beine übereinander schlug, wie sie durch ihre Haare strich. Eine klare Schönheit, die alles andere überdeckte. Sie war diejenige in dieser Gruppe, die nur Jeans und T-Shirt trug, stach heraus aus den nackten Beinen und schmuckbehangenen Dekolletés der anderen. Sogar die Japanerinnen waren aufregender gekleidet, geschminkt und glitzernder. Wir wussten, dass wir kein Problem hatten, die seltsamen Engländer und die deutschen Jungs auszuschalten. Es war noch nicht mal ein Wettbewerb. Diese Jungs waren einfach lächerlich. Meine Freunde flirteten mit den Brasilianerinnen, mit den Japanerinnen wurde viel gelacht. Nur Julia schien nicht mitzuspielen. Sie strahlte, sie lächelte zurück, aber sie blieb auf Distanz. Sie war einfach nur da, ganz ruhig, unaufgeregt. Die anderen Frauen interessierten mich nicht mehr. Ich konnte nur betrachten, wie sie ihren Rotwein trank, wie sie sich in das Sofa lehnte. Ich wollte mit ihr reden, ich wollte sie berühren, ich wollte sie verstehen. Mittlerweile war es voll geworden in der Bar. Die Musik war laut, die Tische voller Plastikteller. Meine Freunde tanzten mit den Brasilianerinnen, die Japanerinnen redeten mit den Deutschen und den Engländern. Sie redeten und redeten. Als wären sie in der Schule. Lächerlich, diese Engländer. Julia saß mittendrin und nickte freundlich. Sie schien genauso weit entfernt von der Situation zu sein wie ich. Ich spürte, wie meine Mundwinkel sich nach oben bewegten. Dann passierte etwas noch Unglaublicheres. Julia stand auf, sie schlängelte sich durch die Beine und Arme der Japanerinnen und der Engländer, akrobatisch an den Weingläsern und aufgetürmten Plastiktellern auf dem Tisch vorbei. Ein bisschen Platz war noch neben mir auf dem Sofa. Die Freunde tanzten. Ich war umgeben von Rücken, Beinen, Jacken und Julia.

»Hallo, ich bin Julia.«

Weil das Sofa so belegt war, trafen sich unsere Beine und Oberkörper. Sie roch gut, nach Mandel oder so.

»Ciao, ich bin Giorgio.«

Nun saßen wir wirklich nebeneinander, vor uns übertrieben tanzende Brasilianerinnen, neben uns englische Idioten.

»Schön, ist mir ein piacere!«

Julia kicherte und zeigte mir ihre Sommersprossen, die Grübchen, den spitzen Mund, das kleine Kinn, die Augen. Ich wollte bei ihr sein, ich wollte das sein. Seit diesem Abend trage ich Julia in mir.

Obwohl ich ja mittlerweile ein echter Londoner

geworden bin und die Kanzlei auch viel Arbeit für mich hat, habe ich es in den letzten Monaten für Julia häufig geschafft, einen Billigflug von London-Stansted nach Rom zu kriegen. Manchmal flog ich sogar morgens hin und mit dem letzten Flug zurück. Besser war es natürlich, die Abende in Rom zu erleben. Ich wusste, dass diese Gruppe aus vielen Sprachen sich meistens zuerst an der Kirche Santa Maria in Trastevere traf. Also suchte ich sie dort. Beim zweiten Versuch schon entdeckte ich den Haufen junger Leute, die Italienisch miteinander sprechen wollten, aber meist ganz schnell ins Englisch oder eine andere gemeinsame Sprache abrutschten. Es fiel mir schwer zu verstehen, was diese Leute alle in Rom wollten. Sie verdienten nicht wirklich Geld. Manche waren Praktikanten, manche sagten, sie machten Kunst, einige hatten sich eine Auszeit genommen, wie sie es nannten. Warum braucht man denn mit 29 Jahren eine Auszeit bitteschön? Wovon? Scheinbar kannten sich die meisten aus einer Sprachschule, manche waren noch Erasmus-Studierende. Ich war nur bei diesen Menschen wegen Julia, musste oft übersetzen, Vorschläge machen und mir manchmal die Hände vor das Gesicht halten, weil mir diese Leute peinlich vor meinen Landsleuten waren. Doch immer öfter gelang es mir, mit Julia allein zu sein. Tim, der Engländer, war oft dabei, ein Langweiler, ein Besserwisser, ein Idiot. Offenbar ist er Journalist und arbeitet ab und zu bei diesem UN-Büro hinter dem Zirkus Maximus. Hungerhilfe für Afrika oder so ähnlich. Tim war viel zu oft da. Wenn ich der Meinung war, ich könnte heute mal mit Julia allein Mittagessen, tauchte Tim plötzlich auf. Meistens hatte er noch ein paar Spanier oder Franzosen im Schlepptau, schrecklich. Genau wie in diesem Moment. Ich stehe vor Julia, doch Tim ist dabei. Sie strahlt uns an.

»Jungs! Schön, euch zu sehen. Geht's los?«

»Ins Hotel?«

»Nee, lass uns erstmal ein bisschen Sightseeing machen, mein Koffer rollt gut. Lasst uns Touristen sein. Wo ist denn euer Gepäck?«

Tim und ich gucken uns an. Julia sucht nach unseren Koffern.

»OK, verstehe. Für einen Tag braucht ihr wohl nicht viel.«

Tim hält seinen Rucksack nach oben, um sich zu rechtfertigen. Was für ein Idiot er nur ist.

»Also ich hab einen Rucksack. Hier!«

»Ich bin ja schon seit heute morgen hier. Habe meine Sachen bei Liliana abgestellt.«

»Du schläfst beim Geburtstagskind? Giorgio!«

»Da schlafen auch andere, das ist total nett. Ich muss nur später jemanden finden, der einen Schlüssel hat.«

»Bin sicher, du findest nachher jemanden bei der Party, ganz bestimmt.«

Tims Ton gefällt mir nicht. Er gefällt mir ganz und

gar nicht. Ich möchte ihn loswerden, Julia und ich sollen allein sein. Ich nehme ihren Koffer.

»Na gut, dann sightseeing? Promenade? An den Fluß? Portwein?«

Während wir das Café verlassen, blicke ich wie von selbst noch einmal nach hinten. Der Kellner von vorhin steht noch immer stramm da und scheint genau zu wissen, wann ich ihn ansehe. Er lächelt, Gänsehaut. Ich fühle mich aufgekratzt, jetzt zu wach. Auf einmal fällt mir mein Vater ein.

»Ach, verdammt, ich muss ja noch was arbeiten, ein Haus besichtigen.«

Tim guckt mich mit verkniffenen Augen an.

»Ein Haus? Hier?«

»Ja, für meinen Vater. Der kauft sich grade ein paar Immobilien.«

»Die du dann erbst?«

»Die wir dann verwalten.«

»Wo ist denn das Haus?«

»Fünf Minuten von hier.«

»Wir kommen mit.«

Julia hakt sich bei Tim und mir unter. Wir laufen los, zu dritt durch den Nieselregen, ich ziehe den Koffer. Damit liege ich in Führung.

»Mein Vater sagt, man muss die Krise ausnutzen. Angeblich sorgt die EU bald dafür, dass Portugal frisches Geld bekommt. Da muss man schnell sein.«

»Na, wenn Papa das sagt.«

Ich würde Tim gerne in die Fresse schlagen, doch

ich greife nur etwas fester den Griff von Julias Rollkoffer und sehe mir die Umgebung an. In der Straße gibt es einen kleinen Fischladen, noch geschlossene Wäschereien, Cafés, Grillrestaurants. Zwischen den Geschäften immer wieder Wohnhäuser, in dunkle, braune Fassaden gekleidet. Die Menschen, die auf der Straße unterwegs sind, sind erstaunlich ruhig. Die Straße ist eng, es passt maximal ein Auto durch. Wir bleiben vor einer grünen Haustür stehen. Die Marmorplatten an der Fassade sind türkis und noch gut erhalten. Links und rechts stehen Häuser, die schmutziger aussehen und aus denen Steinbrocken herausgebrochen sind.

»Steht das alles leer? Das sieht so kaputt aus?«

Die Balkone und Fenster in der Straße sind schmutzig, braun und verkommen, mit kaputten Stühlen darauf und anderen verlassenen Möbeln. Ein Gebäude ist zur Hälfte abgerissen und es steht nur noch die Fassade. Durch die Fenster der Fassade kann man den grauen Himmel sehen. Die Fenster des Hauses vor uns sind aber geputzt.

»Wohnt da noch jemand?«

»Nein, ist leer, eine Frau von der Agentur kommt und schließt auf.«

»Eine Frau von der Agentur, na klar.«

Was ist Tims Problem? Er nervt. Beim nächsten Spruch kriegt er auf`s Maul.

»Ich glaube, da wohnt noch jemand«, sagt Julia.

»In Moskau gibt es mittlerweile fast so viele Millionäre wie in London. Das Haus gehört bestimmt schon irgendeinem Russen oder einem Saudi, der nur einmal im Jahr da ist. In Rom ist das doch auch so, in der Via del Corso. Hast du mir doch selbst erzählt!«

»Ja, Julia, ich weiß es doch auch nicht, mein Vater sagt, die Agentur schickt jemanden. Ihr hättet ja auch nicht mitkommen müssen.«

»Nein, schon ok, ich klingle mal.«

Wir können das Läuten von außen hören, ein schrilles Geräusch. Nach dem zweiten Klingeln und einer ewigen Weile, in der wir zu dritt wie die Öl-götzen vor der Tür warten, steht endlich eine ältere Frau vor uns im Türrahmen. Sie trägt einen roten Bademantel über einer blauen Jogginghose, FC Porto vermutlich. Sie hat nicht mit uns gerechnet, das merkt man ihr an.

»Hallo Madame, mein Name ist Giorgio Carelli, sind Sie von der Agentur? Estate-Family? Wir haben einen Termin wegen des Hauses.«

»Bon dia.«

»Bon dia. Darf ich hineinkommen?«

Die Frau bleibt zunächst regungslos stehen. Dann macht sie einen Schritt zurück.

»Giorgio, bist du sicher, dass wir hier richtig sind?«

»Tim, lass mich mal, klar sind wir hier richtig. Die Adresse stimmt, guck! Nimm' mal lieber den Koffer. Du wartest hier!«

Julia und ich betreten vorsichtig den Eingangsflur.

Wir lassen den verblüfften Tim zurück. Das Treppenhaus hat ein gläsernes Dach, mit einem Treppengeländer aus dunklem Holz, die Treppe mit zwei Aufgängen.

»Ma, che bella! Wie schön!«

Im ersten Stock enden beide Treppenaufgänge. Die Zimmertüren haben dieselbe dunkle Holzfarbe wie das Treppengeländer. Das Licht fällt durch das Glasdach hinein auf die hellbraunen Wände. Es ist sehr sauber und aufgeräumt. Ich sehe, wie Julia in ein Zimmer voller Pflanzen und Kisten lugt. Nur der Wintergarten am Ende des Raumes erhellt ihn.

»Ich würde es nehmen.«

Sie lächelt mich dabei so an, dass ich für einen Moment einfriere vor Glück. Etwas riecht nach Essen, frisch, tomatig, wir folgen wie ferngesteuert dem Geruch in den nächsten Stock und finden eine Küche, mit gelben Einbauschränken und orange-braunen Farben an den Wänden.

»Riecht gut! Was ist das?«

»Pasta?«

»Giorgi, das kann nicht wahr sein, dass alles für dich Pasta ist!? Es gibt noch andere Dinge, die man essen kann.«

»Witzig, aber es ist Pasta, ich riech das!«

»Hier riecht's doch nach Fisch!?«

Ich folge meinem Instinkt, hebe vorsichtig den Deckel. Julia sieht über meine Schulter in den Topf hinein.

»Das ist Suppe. Siehste.«

Neben dem Topf liegen zwei Löffel. Ich spüle einen schnell ab und rühre durch den Topf. Beim Rühren tauchen all die kleinen kurzen Maccheroninudeln auf, die in der Suppe schwimmen.

»Das ist Pasta.«

Julia spült sich auch einen Löffel ab, legt ihren Finger auf die Lippen und dippt den Löffel verschwörerisch in die Suppe.

»Und?«

»Giorgi, das schmeckt unglaublich! Probier!«

»Weiß nicht, wir können doch nicht einfach ...«

»Probier!«

Die Pasta in der Tomatensauce ist hervorragend. Dazu Koriander, Thymian, Minze sogar. Alles mit Fisch und Garnelen gemischt. Es ist eine unübliche Geschmacksmischung, niemals würde ich das kochen. Etwas hält die Geschmäcker aber so in Balance, dass ich am liebsten einen ganzen Teller davon essen würde, ich nehme noch einen Löffel und stiere zur Tür.

»Wo ist eigentlich diese Frau hin?«

»Welche Frau?«

Julias Blick ist ernst, er erschrickt mich. Von ernst wird er dann zu einem breiten Grinsen.

»Sehr lustig, ich dachte wirklich kurz, dass nur ich diese Frau gesehen habe!«

Durch das Küchenfenster von hier oben erkennt man, wie belebt und voller Menschen die enge Gasse ist. Vor dem Grillrestaurant stehen Jugendliche mit Fahrrädern und bunten Hosen. Es ist ein seltsamer Anblick. Die Menschen auf der Straße flanieren, tragen Einkäufe und laufen telefonierend durch diese Gasse voller toter Fassaden.

Julia geht schnell wieder ins Treppenhaus, ich wandere hinterher, bis zu einem Zimmer, in dem Licht brennt. Dort steht die Frau, es gibt sie also wirklich. Sie hat sich umgezogen, trägt ein schwarzes Kleid mit weißen Rüschen und steht mit einer braunen Tasche am Fenster. In der Ecke auf einem Hocker läuft leise ein Fernseher. Das Bett ist bezogen, die Fenster geputzt.

Wir bleiben stumm vor dem Fernseher stehen und sehen eine Explosion. Ein Reaktor stößt Rauch aus. Die Bilder werden mit wenigen Worten kommentiert. »*Tsunami, terremoto, acidente nuclear*«. Die Katastrophe von Japan geht also weiter. Der Sender zeigt wieder und wieder die Explosion des Reaktors. Die Frau hat Tränen in den Augen. Noch während wir den Rauch zum dritten Mal sehen, nimmt sie ihre Tasche und nickt uns zu: »Adeus.« Sie schaltet den Fernseher aus und geht.

Julia sieht bleich auf den schwarzen Bildschirm. Ich spüre, wie mein Arm sich ganz automatisch auf ihre Schulter zu bewegt. Plötzlich zuckt sie aber zusammen, streicht sich die Tränen aus dem Gesicht und schüttelt sich: »Schrecklich!« Wir stehen einen Moment still da und versuchen, die Situation zu verstehen. Mir fällt wieder diese Frau ein und mein Vater und überhaupt. Ich muss doch dieses Haus besichtigen, warum geht sie denn? Wo ist diese Frau hingegangen, was war denn los mit ihr?

Auf der Suche nach der Frau kommen Julia und ich wieder an der Haustür an. Dort steht Tim noch immer mit dem Koffer und seinem Rucksack da wie ein Hotelportier.

»Wo bleibt ihr denn? Ich steh' hier dumm im Regen!«

Bevor ich antworten kann, entdecke ich eine junge Frau im Stiftrock, die von der anderen Straßenseite schnell auf uns zuläuft.

»Signore Carelli? Tut mir leid, dass ich etwas spät bin. Cunha, hatten Sie eine gute Anreise? Ihr Vater sagt, ich soll ihnen spontan das Haus zeigen?«

Ich sehe hektisch Julia an, die hinter sich vorsichtig die Tür zuzieht. Tim guckt uns beide verwirrt an, doch zum Glück sagt er nichts. Wir haben offenbar alle das Gefühl, dass wir nicht verraten sollten, schon im Haus gewesen zu sein.

»Hallo Frau Cunha, ist das Haus noch bewohnt?«

»Nein, das steht leer. Eine Putzkraft guckt manchmal nach dem Rechten. Kann sein, dass sie gerade da ist. Die müssen sie aber nicht mitkaufen, die Frau.«

Sie lacht über sich selbst, wir lachen nicht.

»Ein paar Möbel von den Vorbesitzern müssten auch noch drin sein.«

Während sie den Hausschlüssel hervorkramt, sieht

sie sich Tim, Julia und mich genauer an. Sie zeigt auf Julia.

»Und Sie sind.. Die Partnerin?«

»Nein ...«

» ...von ihm?«

Sie zeigt auf Tim, der erschrocken die Augen aufreißt: »Nein!«

LUISA

Das Herz ist die Fischbrühe. Ohne eine ordentliche
Brühe fehlt dem Eintopf das Leben. Dann wäre
es nur eine Suppe. Köpfe und Flossen von Barsch
und Brasse köcheln mit den Gewürzen und den
Garnelenkarkassen vor sich hin, Suppengeruch verteilt sich. Tomatenmark ist jetzt leer, zum Glück
hat es zum Anbraten gereicht. Jetzt treffen sich der
Duft der Brühe und das Aroma von Zwiebeln und
Knoblauch. Etwas tomatig ist die Luft auch schon.
Zwei Chili? Drei Chili. Die Garnelen sollten in der
Zitronenbutter anbraten. Frau Fonseca wollte mir
immer verbieten, die Butter so heiß werden zu lassen, dass sie brutzelt, doch es muss so sein, damit
sie schön braun und aromatisch werden. Ein kleines bisschen von der Brühe noch durch ein Sieb
zu den Zwiebeln und dem Knoblauch. Die Brühe
wandert nach und nach in den Eintopf hinein. Weil
heute ein besonderer Tag ist, habe ich den teuren
Fisch gekauft. Die Brasse ist zart, die Teile riechen
nicht nach Fisch. Sie sind frisch, rötlich und werden
wunderbar in der Suppe garen. Koriander und Minze
sind gehackt. Die Nudeln sind weich, der Fisch gart
noch etwas nach. Ich schwitze ein bisschen, von den

Dämpfen hier am Herd. Dabei ist es heute nicht warm. Hier im Dachgeschoss ist es im Sommer zu heiß und im Winter zu kalt. Frau Fonseca hat sich oft darüber beschwert, mich stört es nicht. Mich stört es nicht, wenn es warm ist, mich stört es nicht, wenn es kalt ist. Das Dachgeschoss ist eben mein Zuhause. Hier ist es schön.

»Hier ist es doch schön, José. Ich habe das gut gemacht. Guck mal, frische Blumen, Malereien von deiner Tochter und du! Findest du es nicht auch schön hier?«

Ich sehe dem Schwarzweissfoto meines toten Bruders José in die Augen. Es ist in einem dunkelbraunen, festen Holzrahmen eingeschlossen.

»Und riech mal! Wie früher, wie gut das schmecken wird!«

Was er wohl heute zu mir sagen würde? Das Haus gehört den Fonsecas, Herr Fonseca ist vor fünf Jahren gestorben, Frau Fonseca zog vor einem Jahr aus, in ein Pflegeheim, komplett dement. Vielleicht ist sie auch schon tot. Ich bin geblieben, immerhin bin ich 30 Jahre lang die Hausangestellte gewesen. Ich habe dieses Haus zum Leben erweckt, am Leben erhalten und gepflegt. Ohne mich wäre dieses Haus schon lange verschwunden. Josés Foto sieht mich an.

»Wohin hätte ich denn gehen sollen, deiner Meinung nach?«

Etwas sauer auf ihn, nehme ich mir das Portrait von José unter den Arm, in der anderen Hand mein

Glas Milch, steige die Küchentreppe hinunter, bis in den zweiten Stock. Die Suppe ist fertig, sie muss nur noch ein bisschen ziehen. Auch wenn ich allein in diesem riesigen Haus lebe, fühlt es sich immer noch falsch an, zu lange in den Räumen der Fonsecas zu sein.

Nachdem der furchtbare Herr Fonseca gestorben war, dauerte es nicht lange und Frau Fonseca und ich haben angefangen zu entrümpeln. Die Möbel wurden weniger und leichter. Es gab endlich mehr Farbe, mehr Blumen, mehr Luft. Bis auch sie aus dem Haus verschwand, siezte sie mich noch. Ich habe großen Respekt vor ihr, nur selten waren wir aber wirklich privat im Miteinander. Dabei haben wir doch so viel gemeinsam erlebt. Die letzten Jahre des Hausherren zum Beispiel, als ich mich um ihn kümmern musste, weil sie auch schon zu schwach geworden war. Er war ein Tyrann, der es nicht ertragen konnte, dass seine körperliche Kraft ihn verließ. Er war besonders unausstehlich in seinen letzten Monaten. Da schrie er viel, halluzinierte offenbar und schlug auch ab und zu mit einem Stuhl auf mich ein. Man darf so etwas nicht denken, aber ich war froh, als er endlich tot war.

»Ja, José, ich weiß, ich hab es doch gesagt. Man darf so etwas nicht denken. Man darf niemandem den Tod wünschen. Ja. Komm mit, ich steck dich ein.«

Ich muss die Blumen in Fonsecas ehemaligem Arbeitszimmer gießen. Hier hat er bis zum Ende versucht, Geschäfte zu machen. Die letzten davon waren von der Demenz gebastelte Fantasievereinbarungen mit Firmen und Personen, die es vermutlich nur in Teilen wirklich gegeben hat. Fonsecas Hirn kochte ihm regelmäßig vermischte Gedankeneintöpfe aus den Ereignissen seines Lebens und aus den Leben anderer, die er kennengelernt hatte. Wenn er kritisiert wurde oder nicht mehr wusste, welche Namen er nennen wollte, brüllte er los und war noch zorniger als vor der Demenz. Als Fonseca dann weg war, machten wir beiden Frauen ein Blumenparadies aus dem Raum. Hortensien, Oleander, Orchideen, wir stellten sogar einen kleinen Feigenbaum auf. Da das Licht durch den Wintergarten sehr gut an die Pflanzen kommt, konnten wir ihnen ein Zuhause bauen.

Man darf mit Pflanzen nicht zu laut reden, sie sind sensibel, sie haben Gefühle, sie wachsen besser, wenn Menschen ihnen mit Respekt begegnen. Ich werde sie vermissen.

»Adeus.«

Heute ist ein scheußlicher Tag, grau, regnerisch. Vielleicht ist es auch genau richtig so, vielleicht meldet sich José aus dem Himmel und gibt mir ein Zeichen.

»Bist du's?«

Das Bild sieht mich stumm an. Je länger ich ihm in das Gesicht sehe, desto lebendiger wird mein Bruder. Ich entdecke ein Lächeln, die Lippen ziehen sich zur Seite, die Augen blitzen. Hinter dem Fenster sehe ich meine Straße. Der Fischhändler verkauft im Moment viel zu wenig, er flucht dafür umso mehr über die Politik. Man kann ihn manchmal bis hier oben hören. Der Wind trägt ab und an seine Schimpftiraden bis zu mir ins Dach. Wenn er so wütend ist, erinnert er mich an Herrn Fonseca. Wenn er zufrieden ist und ich ihm ein bisschen Kabeljau abkaufe, mag ich ihn. Heute mochte ich ihn sehr. Er war sehr überrascht, dass ich ausnahmsweise den teuren Fisch kaufe. Um Josés Foto wirklich anzusehen, brauche ich beide Hände, ich halte ihn vor mich. Schwarzweiß, stolz, herausgeputzt, lacht er mich an. Das Bild muss aus den 70er Jahren stammen, wir müssen um die Zwanzig gewesen sein, er mit einem verschmitzten Blick. Ich erinnere mich, wie unsere Mutter sich damals bei ihm beschwerte, er solle doch ernst gucken. Daraufhin grinste er aber nur noch blöder und dieses Foto wurde geschossen. Die Mutter wollte es nicht haben, doch wir bettelten darum. Wir ahnten, wie lustig dieses Foto geworden sein musste. Wir hatten Recht.

»Weißt du noch? Wie laut sie war? Aber wir haben das Foto gerettet. Ich bring' dich in mein Schlafzimmer, wir sehen ein bisschen fern, was meinst du? Hier, von hier auf dem Fensterbrett aus kannst du auch etwas sehen.«

Jeden Mittag muss ich die Nachrichten sehen, zunächst ohne Ton, später höre ich mir dann an, was man über die Welt zu sagen hat. Doch mein Blick bleibt heute bei dem Portrait meines toten Bruders hängen und bei den Gedanken an ihn. Ich drehe sein Foto um, damit er nicht mitbekommt, wie ich über ihn nachdenke. 1982 haben wir ihn verloren. Mein Zwillingsbruder ist mit 28 Jahren an einem Herzschlag gestorben.

»Ja, du hast mir das Leben gerettet, so war's. War dumm von dir.«

Ich spreche mit der Rückwand seines Bilderrahmens.

»Du kannst doch nicht einfach an so einem heißen Tag in den Fluss springen.«

Es war der heißeste Tag des Jahres, wir verbrachten ihn am Fluss, 40 Grad, so fühlte es sich an. Zur Abkühlung ließ ich mich von der Strömung treiben. Innerhalb von Sekunden verlor ich die Kontrolle. Es wäre nicht schlimm gewesen, wahrscheinlich hätte der Fluss mich an einen Stein gespült, im schlimmsten Fall wäre mein Bein gebrochen gewesen. Weil ich aber so unter Schock stand, von der schieren Kraft des Wassers, schrie ich um mein Leben. José dachte, dass ich von der Strömung nach unten gezogen wurde. Er sprang kopfüber ins Wasser. Sein aufgeheizter Körper traf auf den eiskalten Fluss. Ich verstand nicht sofort, wo er war, wollte er zu mir tauchen? Während ich mich langsam ans Ufer kämpfte, war José untergegangen. Zu spät kamen die Ärzte. Sie fanden seine Leiche flussabwärts. Sein Herz hatte mit einem Mal aufgehört zu schlagen, der Kälteschock war zu viel. Mein Zwillingsbruder war tot. Seine schützende, nervende und beruhigende Hand war für immer verschwunden. Ab diesem Zeitpunkt war ich allein.

Die kleine Telma, seine Tochter, war damals zwei. Telmas Mutter war nicht mehr auffindbar, der Tod ihres Mannes hatte sie verrückt gemacht, so sagten es die Leute. Ich konnte mir das nicht vorstellen, dass sie Telma zurücklassen würde. Telmas Mutter muss ebenfalls gestorben sein, es ist die einzige vorstellbare Erklärung. Dass eine Mutter ihr Kind einfach vergisst, kann ich nicht glauben. Telma kam in ein Kinderheim und durfte mich regelmäßig besuchen. Wir hätten vielleicht auch zusammenleben können. Doch ich konnte nie den entscheidenden Schritt machen, um mich dafür einzusetzen. Somit wurde von fremden Menschen festgelegt, dass Telma im Heim bleiben musste.

Frau Fonseca war die einzige Person, die damals zu mir hielt, die sich kümmerte. Wir kannten uns ein bisschen aus dem Stoffladen, Frau Fonseca kondolierte, fragte ehrlich, ob sie etwas für mich tun könne. Sie kannte José und sie kannte auch Felipe. Mit Felipe hätte ich eine Familie gründen können. Seit der Grundschule in Soutelo waren wir Freunde gewesen, wir hatten uns unser ganzes Leben lang gesehen. Es fühlte sich selbstverständlich und normal an, dass wir auch eines Tages heiraten würden und eine Familie gründeten. Doch als José starb, legte sich eben dieser Schleier über alles. Ich hatte erst einmal keinen Platz mehr in meinem Herzen. Trotzdem musste ich mich aber um meinen Lebensunterhalt kümmern und Geld auftreiben. Als sich dann die Chance bot, bei Frau Fonseca anzuheuern, als Mädchen für alles, musste ich die Möglichkeit ergreifen. Und so zog ich ein, wurde zur Haushälterin und hielt das Haus am Leben. Ich ließ Felipe Felipe sein. Wie er mich ansah, mit dieser Mischung aus Mitleid und Ungeduld, war mir ohnehin unerträglich. Er verstand natürlich, dass ich meinen Zwillingsbruder verloren hatte, doch einen Zwilling zu verlieren, das war etwas, was ich nicht wirklich beschreiben konnte. Wir lieben uns doch, sagte Felipe oft! Wir hatten uns seit der zweiten Klasse geliebt. Aber ich hielt das Leben nicht mehr aus und trieb ihn von mir weg. Ich konnte nur das Leben anderer Leute leben, das der Fonsecas zum Beispiel. Es war eindeutig, dass es der Frau des Hauses sehr gut passte, dass ich nicht noch einmal aus meinem Dachgeschoss ausbrechen würde. Es war sehr bequem für sie und ich wäre an ihrer Stelle auch nie freiwillig mit diesem Monster von Mann alleingeblieben. Telma durfte ich im Haus empfangen, ich durfte mich um sie kümmern, ohne mir Sorgen um die Arbeit oder das Geld machen zu müssen. So verbrachte meine Nichte viele Sommer und einige Wochenenden ihrer Kindheit bei mir. Wir waren jetzt die einzige Familie, zwei von uns waren noch übrig. Ich merkte, dass es meiner Nichte im Dach gefiel. Regelmäßig fand ich versteckte Süßigkeiten oder Stofftiere, die Telma dort deponiert hatte. Ich war nie eine Mutter, auch nicht für die kleine Telma, weil ich nicht bedingungslos für sie da sein konnte. Ich brauchte ab und an meine Ruhe. Auch die Fonsecas schienen nicht immer begeistert zu sein, dass da dieses Kind im Haus herumsprang. Obwohl Frau Fonseca großzügig und nahezu liebevoll sein konnte und oft Spielzeug oder Essen vorbeibrachte. Wir drei Frauen machten manchmal kleine Ausflüge im Mercedes von Herrn Fonseca. Heimlich, wenn er es nicht mitbekommen konnte, ich musste fahren. So konnte ich meiner Nichte mehr vom Strand zeigen, mehr vom Umland, von den Hügeln, von diesem wunderschönen Land, in dem wir leben. Ich genoss jeden Moment, den ich in der Natur verbringen konnte, den Stadtlärm hinter mir lassen konnte. Manchmal träumte ich im Stillen von einem Häuschen am Meer, doch dafür fehlte mir wohl der Mut.

Je älter ich wurde, desto mehr war ich in meiner Routine gefestigt, und wusste, wie ich den Tag mit Putzen, Kochen, Waschen und Aufräumen füllen konnte. Ich war gründlich und ordentlich. Es gab immer etwas zu tun. Meine Angst verschwand aber nie. Meine Angst vor dem Alleinsein und meine Angst davor, kein Geld zu haben. Im Sommer kam jahrelang regelmäßig Telma vorbei, es war in Ordnung. Ich habe ein ordentliches Leben gelebt.

»Jetzt darfst du wieder zuhören.«

José drehe ich wieder zu mir, hole meinen Stift aus der Kommode, setze mich ans Fenster, schiebe den Vorhang zur Seite und schreibe weiter an meinem Brief an Telma. Vor zwei Tagen habe ich damit schon begonnen. Mir fehlt aber noch ein Ende. Bis sie 18 war, hat Telma jeden Sommer bei mir verbracht. Doch das hörte abrupt auf. Ich konnte nicht viel dagegen tun. Vom Heim hatte ich nur die Information bekommen, dass Telma wohl gegangen sei und man könne jetzt auch nichts daran ändern, immerhin war sie volljährig und alt genug für ihr eigenes Leben. War sie das?

Sie war eine Zeitlang verschollen. Dann besuchte sie mich wieder ab und an. Und es kamen Briefe, einer nach dem anderen. Sie schrieb von ihren neuesten Liebschaften, das war mir unangenehm. Wie intim und persönlich sie da von Männern schrieb, das macht man doch nicht! Sie schrieb von ihren Reisen durch Portugal und Spanien, vom Meer, vom Salzwasser und oft war auch ein Gedicht dabei. Telma war immer schon ein Freigeist gewesen, genau wie ihr Vater. Das weiß aber nur noch ich. Sie schrieb immer weiter Briefe und ich bekam ein seltenes kleines Gefühl von Sicherheit. Ihre Besuche wurden seltener, aber auch schöner, kurz nach Herrn Fonsecas Tod vor fünf Jahren zum Beispiel. Wir tranken Tee und sprachen über José. Sie spielte etwas auf der Gitarre und wir sangen gemeinsam, den ganzen

Abend. Es war Familie, es war Nachhause kommen, es war besonders.

Doch in den folgenden Jahren wurden Telmas Briefe trauriger und kürzer. Sie schrieb erschöpfter. Erschrocken entdeckte ich in meiner Nichte und in ihren Worten das, was auch ich in mir trage. Wir vermissen José. Ich weiß es, sie weiß es nicht. Ich vermisse meinen Bruder ganz konkret, die gemeinsame Kindheit, das gemeinsame Kämpfen gegen die Erwachsenen, die Ungerechtigkeit und gegen den Hunger. Ich vermisse die Witze und die Freude, mit der José seinen Fisch aß. Ich vermisse es, mich über seine Sturheit und seinen Egoismus aufzuregen. Ich vermisse es, ihn für einen Moment zu hassen. Ich bin stolz auf meinen Bruder, aber natürlich haben wir auch oft gestritten. Er konnte ein Egoist sein und ein sturer, eitler Bock. Doch ich war immer stolz auf meinen hübschen, charismatischen Zwilling, der so ganz anders mit den Menschen umgehen konnte als ich. Er lernte sehr schnell Spanisch und Englisch, gab jedem Menschen das Gefühl, in diesem Moment nur mit ihm zu sprechen. Er war nicht wie ich und dabei so sehr wie eine Kopie von mir.

All das war dann 1982 einfach weg und Telma schien schnell zu spüren, was ihr vorenthalten worden war vom Tod ihres Vaters und dem Verschwinden ihrer Mutter. Ich konnte also nur warten und hoffen, dass meine Nichte sich wieder melden würde. Sie ist jetzt 30, hat keinen richtigen Beruf gelernt, keinen Mann, kein Geld und kein Feuer mehr in sich. Die Situation zwischen uns ist leider eskaliert, als sie vor einigen Wochen das letzte Mal zu Besuch gewesen war. Wir gerieten in einen intensiven Streit, wie ich ihn nur von meiner Mutter und mir kenne. Telma stand abends überraschend vor meiner Tür. Ich erschrak. Da war nur noch ein abgemagerter Geist. Diese Wangen, diese wunderschönen Augen, die zauberhaften langen Haare, das Lachen. Wo war das? Wo war Telma? Ich kochte uns Reis und versuchte herauszufinden, was geschehen war. Doch es war nichts geschehen. Meine Nichte war nur älter und wütender geworden. Frau Fonseca war mittlerweile in einem Altersheim gelandet, die arme Frau hatte komplett vergessen, wer oder wo sie war. Ich wollte nicht an Frau Fonseca denken und auch nicht daran, dass früher oder später jemand kommen muss, der mir das Haus würde wegnehmen wollen. Auf dem Papier gehört es der Familie Fonseca, wer auch immer das noch sein konnte. Telma flippte beim zweiten Teller Reis dann aus, sie trank einen wütenden, tiefen Schluck Vinho Verde.

»Warum hast du nie probiert, dein eigenes Leben zu führen? Warum hast du dich zur Sklavin machen lassen? Von diesen Leuten?«

Die meisten Fragen, die Telma stellte, hätte sie sich auch selbst stellen müssen. Dummerweise sprach ich das aus:

»Was ist denn dein eigenes Leben, mein Herz? Lebst du das denn?«

»Ich habe NICHTS, Tante Luisa! Da draußen gibt es NICHTS. Die Häuser sind leer, niemand hat Arbeit, ich habe nichts zu essen. Es gibt kein Geld, es gibt nichts mehr. Tia, ich kann nicht mehr!«

Telmas Augen waren feucht, ich legte mich in ihre Arme, das erstickte ihre Tränen im Beginnen, die Augen blieben feucht, das Weinen blieb aus.

»Telmalein, wir haben doch uns. Das geht alles vorbei. Du wirst sehen, es kommen wieder schöne Tage.«

»Wenn ich mich belüge, wie du, dann sind alle Tage schön, klar!«

»Belüge ich mich?«

»Bist du zufrieden? Ist das hier dein bestes Leben? Die ganzen Arschlöcher da draußen kaufen sich Autos und Häuser und fahren in den Urlaub, und du sitzt hier. Als hättest du kein Recht auf das, was die Arschlöcher haben!«

»Sprich bitte nicht so.«

Ich sah in diesem Moment nervös zu Josés Portrait, was würde er wohl jetzt tun? Es war mir unangenehm vor ihm, dass seine Tochter so redete.

»Ich sprech' wie ich will. Ändert sich doch sowieso nichts!«

»Glaub mir, die Welt kann sich ändern.«

»Tia, ich liebe dich, aber du bist so dumm! So unheimlich dumm. Gibt's noch Wein von Fonseca?«

Sie hüpfte die Treppenstufen hinunter. Nach ein paar Momenten hörte ich sie aufschreien.

»Drei! Da sind nur noch drei Flaschen im Weinkeller, Tia! Hast du die alle getrunken?«

»Das waren wir, du und ich. Immer, wenn du hier warst. Der Weinkeller wird nicht mehr aufgefüllt.«

»Dann trinken wir jetzt den hier! Ein Franzose, Cote du Rhone.«

Telma holte zwei Gläser, fummelte kompliziert und aggressiv am Korken der Flasche und wirkte auf mich hektisch, fast panisch, auf jeden Fall angestrengt.

»Für mich nicht, Liebes. Für mich nicht. Ich bin müde. Lass mich schlafen gehen. Morgen ist ein Tag wie heute, nur neu.«

Telma stapfte wütend zum Fenster, setzte die Weinflasche an den Mund und sah hinaus. Ich hatte keine Kraft mehr, mit ihr zu sprechen. José sah mich enttäuscht aus seinem Bilderrahmen an. Ich konnte alles so gut verstehen, bin zwar fünfunddreißig Jahre älter, doch ich konnte gut verstehen, wie verloren meine Nichte war. Diese verdammten Banken, dieser verdammte Tod, dieses verdammte Europa, diese verdammte Frau Merkel, diese verdammten Amerikaner. In den Nachrichten sagten sie immer, dass die ganze Krise nur daran lag, dass gierige Bankmitarbeiter Geld erfunden hatten und jetzt alles aufgeflogen war. Mein Herz war an diesem Abend endgültig zerbrochen. Ich wollte nicht, dass es meiner Nichte auch so ging. Als ich an diesem Abend in meinem Bett lag, hörte ich in mich hinein. Ich schlief nicht, die ganze Nacht kramte auch Telma im Haus herum und machte Lärm. Seit diesem Abend habe ich viel mit José geredet und auf mich gehört. Ich habe mich an unsere Eltern erinnert und daran, was Familie sein sollte. Ich habe beschlossen, die letzte Möglichkeit zu nutzen, um Telma zu helfen. Heute ist der Tag. Jetzt guckt er mich wieder so vorwurfsvoll aus seinem Bilderrahmen an.

»Sieh mich nicht so an, José! Du weißt, ich habe es entschieden.«

Heute Morgen war die Arbeit getan. In den letzten beiden Wochen hatte ich viel mit der Bank und der Versicherung gesprochen. Der einzige wertvolle Ratschlag des furchtbaren Herrn Fonseca war es gewesen, eine Lebensversicherung abzuschließen. Vermutlich verdiente er unter der Hand per Provision mit. Ich habe Jahre lang in eine Versicherung Geld eingezahlt. Geld, das ich kaum hatte. Ich sorgte einfach dafür, dass das Geld einging und bezahlt wurde. Gestern bekam ich dann bei der Bank das Dokument, auf das ich gewartet hatte. Die Lebensversicherung war auf Telma ausgeschrieben, ich wollte aber noch einmal ganz sicher gehen, dass die Auszahlung auch klappen würde. Und wie hoch sie sein würde. Jetzt stand da diese Zahl: 125.183,- Euro. Ich hatte über 30 Jahre in eine Lebensversicherung einbezahlt. Jetzt wusste ich, warum. 125.000,- Euro!

Frau Fonseca musste heimlich auch immer Geld in die Versicherung eingezahlt haben. Anders kann ich es mir nicht erklären, wie es zu so einer hohen Summe kommen konnte. Wahrscheinlich wollte sie ihrem Monster-Ehemann eins auswischen und sein Geld verschenken. Umso besser, Telma soll jetzt alles kriegen. Dazu einen Brief und das Foto von José. Einen Abschiedsbrief. Ich stelle ihn später vor den Suppentopf. Ein zweites Mal schreibe ich ihn ab und nehme ihn dann an mich, zur Sicherheit. Die Unterlagen der Bank bekommt Telma automatisch. Das ganze Geld und der Abschied ihrer alten Tante, das ist Freiheit! Damit kann sie doch ihr eigenes Leben aufbauen. Ich bin fertig mit dem Leben. Es ist in Ordnung.

Meine Zeilen an Telma fallen mir leicht. Auf zwei Seiten schreibe ich Anekdoten und Geschichten von José auf. Ich liste alle Namen und Verbindungen auf, die es in unserer Familie gegeben hat, zumindest die, an die ich mich erinnere. Ich erzähle von der Revolution in den 70er Jahren, vom Zusammenhalt im Land und davon wie unsere Eltern, Telmas Großeltern, ausgesehen hatten und wann sie, ebenfalls viel zu früh, gestorben sind. Wir haben natürlich schon einmal über all diese Dinge gesprochen, aber ich kann nicht sagen, ob sie sich alles gemerkt hat. Ich beschreibe das, was war, damit Telma es an sich nehmen kann und daraus das machen kann, was sein soll. Leider weiß ich aber nicht, womit ich meinen Text beenden soll. Hinter mir läuft der stumme Fernseher. Wenn ich mich zu ihm umdrehe, halte ich das nur für einen kurzen Moment aus, mein Nacken und mein Rücken schaffen nicht mehr als einen Schulterblick. Man sieht Wassermassen in Japan, Wissenschaftler und Journalisten, die über Atomkraftwerke sprechen. Bei den stummen Bildern bekomme ich einen furchtbaren Schreck. Dass sie ohne Ton sind, macht sie noch gruseliger.

»Deine Tante Luisa, ich liebe dich«.

Nein, zum Glück habe ich das nicht als Abschied geschrieben, sondern nur gedacht. Das klingt ja wie ein Liebesbrief. Es stimmt natürlich, aber es passt nicht. Besser nehme ich mir einen Schmierzettel und überlege, wie der Brief enden könnte. »Sei frei, Telma!«, nein, so rede ich nicht. »Liebe das Leben!«, nein, so redet sie nicht. »Die Familie ist das wichtigste, vergiss das nie!«, nein, viel zu fordernd und unsympathisch. »José hat dich geliebt«, naja, das bringt ihr auch nichts, außerdem steht das ja im Brief.

Wieder sehe ich auf den Fernseher, diesmal drehe ich den Kopf zur anderen Seite. Auch das tut mir weh. Auf dem Bildschirm eine fünfköpfige japanische Familie, die sich umschlingt. Sie sehen nicht so aus, als würden sie sich besonders oft berühren, fast wirken sie wie Anfänger im Umarmen, doch jetzt stecken sie alle Kraft in diese körperliche Nähe. Die Kinder sind ungefähr acht und 14, die Mutter sieht jung aus. Als ich diese Familie sehe, weiß ich, was ich meiner Nichte zum Abschluss schreiben muss. Telma wird den Satz verstehen, sie wird ihn sich merken. Der Brief ist fertig.

Zur Belohnung schalte ich nun doch den Ton des Fernsehers an. Eine Moderatorin spricht über das Erdbeben und den Tsunami von Lissabon, 1755, der bis dahin größten Naturkatastrophe Europas. Es war ähnlich gewesen, erst Erdbeben, dann Tsunami, dann Zerstörung. Nur dass in Japan noch dieses Kraftwerk steht. Eine japanische Frau, die auf einem Reststück einer Wohnzimmerwand auf dem Wasser treibt, winkt in die Kamera. Ich krieche näher zum Fernseher, will diese Japanerin genauer ansehen.

BRRRRING! Mein Herz bleibt fast stehen. Warum klingelt es denn? Auf keinen Fall an die Tür gehen! Vor allem nicht heute. Mein Plan ist gefasst. Was soll noch passieren? Aber wenn es Telma ist? Oder Armando, von der Bank? Vielleicht habe ich etwas mit der Versicherung vergessen? Wo ist mein Morgenmantel? Es klingelt sofort noch einmal, ich muss wohl nachsehen, renne die Treppe hinunter. Als ich die Haustür öffne, stehen drei junge Menschen vor mir, zwei Männer, eine Frau.

»Hallo Madame.«

Ich verstehe kein Englisch. Ein Mann und die Frau gehen plötzlich einfach an mir vorbei, laufen schnell die Treppen hinauf, zu schnell, für meinen Geschmack, in Richtung Foyer mit der Glasdecke darüber. Sie ist wunderbar. Wie oft habe ich geflucht, wenn ich sie putzen musste, doch sie ist wunderschön. Das ganze Haus ist wunderschön. Die Glasdecke gibt dem Haus ein magisches Licht, mein Zuhause. Die beiden jungen Leute sind jetzt im Obergeschoss angekommen und rufen dabei wieder etwas auf Englisch. Keine Ahnung, was sie sagen. Sie wirken nicht bedrohlich auf mich, sie wirken wie Kinder, die im Haus spielen. Das Wichtigste ist mein Plan für heute, alles andere ist egal. Ich muss zurück in mein Zimmer, muss alles vorbereiten. Auf dem Stuhl neben dem Fernseher liegen die Kleider für heute und die braune Tasche, die ich mitnehmen möchte. Es fühlt sich so an, als müsse es schnell gehen. Die Fremden machen mir zwar keine große Angst, aber sie sind kein gutes Zeichen. In jedem Fall muss ich mich umziehen. Die Jogginghose kommt weg, den Kostümrock über die Strumpfhose, die weiße Rüschenbluse hole ich aus dem Schrank. Darüber meinen schwarzen Pullunder. In der Ecke des Zimmers, über dem Waschbecken, ist mein kleiner Spiegel, in dem ich mich betrachte, seit 30 Jahren. Vor mir das faltige, eingefallene Gesicht einer alten Frau. Da steht eine Fremde im Spiegel. Meine blauen Augen schimmern. Die Farbe um die Iris herum, genau wie das Weiße in den Augen, sehen durchsichtig aus. Als würde das Licht hindurch fallen und sich durch den Körper schieben. Ich kann mir selbst in die Augen sehen, und noch tiefer hinein. Vielleicht beginnt die Auflösung schon? Zu dem schwarzen Rock und der Rüschenbluse unter dem Pulli passen die geputzten schwarzen Schuhe, die ich an der Hintertür zum Hof abgestellt habe. Hoffentlich sind sie noch da, hoffentlich haben die jungen Leute sie nicht genommen. Ich möchte gehen, doch der Fernseher lässt mich erstmal nicht los. Was ich sehe, ist noch furchterregender als zuvor. Schon wieder erschrecke ich. Die jungen Leute hauen die Tür auf, sie schlägt an der Wand ein.

»Sorry, oh, sorry!«

Was für ein tollpatschiger Tropf, dieser Junge. Er sieht müde aus, das Mädchen mag ich lieber. Sie ist vorsichtiger, sie ist nicht so grob und dumm wie der junge Mann. Er spricht mit mir, ich verstehe noch immer kein Englisch. Wir beide halten unsere Hände wie zur Verteidigung vor unsere Körper und einigen uns darauf, dass wir uns nicht verstehen. Er weiß nicht, dass ich ihn nicht mag, vielleicht spürt er es aber. Im Fernseher explodieren Dinge. Wir sehen Rauch, immer und immer wieder. Eine Explosion wird wiederholt, sie zeigen nichts anderes. Auf jedem Kanal, selbst wenn ich umschalte, explodiert etwas. Fast hätte ich José vergessen. Ich hole ihn schnell vom Fensterbrett, halte ihm die Augen zu, damit er nicht von den jungen Leuten gesehen wird und stecke ihn in meine Manteltasche. Die Kinder sind beschäftigt, sie stehen vor dem Fernseher, in dem die Welt versinkt. Das ist gut. Sie bemerken mich nicht mehr. Ich kann in Ruhe unten meine Schuhe holen. Die Suppe für Telma steht in der Küche bereit, der Herd ist aus. Es ist Zeit.

TELMA

»Freddy! Fred! Wart mal!«

Wir müssen besser aufpassen, sonst werden wir am Hintereingang erwischt. Als ich mich früher in dieses Kino geschmuggelt habe, gab es den alten Vorführer Carlos, der die Projektoren und Boxen verteidigte wie seine Kinder. Wir dürfen auf keinen Fall Carlos treffen, der könnte alles kaputt machen. Carlos, ein Mann Mitte 60, mit lieben Augen und von beeindruckender Langsamkeit. Vielleicht war es auch nur Präzision und ich war immer zu ungeduldig mit ihm.

»Freddy, Stopp!«

»Was?«

»Vorsichtig, lass uns erstmal beobachten, ob wirklich keiner im Kino ist.«

Wir bleiben stehen, hören gemeinsam in das Gebäude hinein, Fred bereitet seinen Schraubenzieher und das Brecheisen vor.

»Du darfst nichts kaputt machen, wir wollen nichts kaputt machen!«

»Wenn wir hier rein wollen, müssen wir die Tür kaputt machen. Außerdem muss ich gleich zur Arbeit.«

»OK, aber nur die Tür!«

Fred ist genervt. Es muss jetzt schnell gehen, sonst verliere ich ihn.

»Stopp.«

Diesmal hält er mich fest und zieht mich zurück hinter ein geparktes Auto.

»Da!«

Ein Getränkelieferant parkt direkt vor uns und lädt seine Kisten ab. Wir müssen warten, bis er fertig ist, und kauern hinter dem Auto.

Obwohl ich schon mehrere Wochen wieder in Porto bin, habe ich mich noch nicht bei Luisa gemeldet. Seit diesem Abend, an dem sie auf eine andere, mir neue Art, traurig gewesen war, habe ich sie nicht mehr gesprochen. Als meine Tante beim Abendessen plötzlich schluchzte und versuchte, ihre Tränen zu unterdrücken, da konnte ich nichts tun. Da blieb ich einfach sitzen und guckte regungslos meine weinende Luisa an. Ich konnte sie nicht in den Arm nehmen. Etwas in mir sperrte sich dagegen, eine neue Wut. Auf Luisa, auf Papa José, auf die Fonsecas, auf alles, was meine Tante mir immer wieder erzählte. Immer wieder. Es hatte kein Treffen gegeben, an dem Luisa nicht die alten Geschichten ausgepackt und erzählt hatte, von ihrem Zwillingsbruder, meinem ach so heiligen Vater und vom Schicksal und der tiefen Ungerechtigkeit der Welt. Ich hasse es, wenn Luisa so weinerlich ist. Ich hasse es so, dass ich losheulen könnte. Luisa hat mir viele Märchen und Geschichten von meinem Vater erzählt. Meine

Schätze sind die vielen Fotos, die Luisa gepflegt und aufbewahrt hat. Eines zeigt ihn auf einem kleinen Ruderboot, hier auf dem Fluss in Porto. Er trägt eine weiße Mütze und hält seinen Kopf in den Wind. In meinem wiederkehrenden Traum, den ich seit meiner Kindheit habe, sitzen wir auf diesem Ruderboot, mein Vater und ich. Im Traum halte ich dann die Hand ins Wasser und der Fluss spült sich um die Finger, kalt und dunkel, aber wunderbar. Kaltes, frisches Wasser. Wenn ich dann daran dachte, dass ich nicht wusste, was dort im Wasser war, bekam ich einen Schrecken und zog die Hand vorsichtshalber schnell zu mir. Man weiß ja nicht, ob es Wassermonster oder Haie gibt, die mir die Hand abbeißen wollen. Mein Vater beruhigte mich dann mit seinem Blick. Ich vertraute ihm und konnte meine Hand vorsichtig wieder ins Wasser halten. Wenn er mir signalisierte, dass es in Ordnung sei und die Wassermonster nicht kämen, dann war es gut, dann fasste ich Mut. Allerdings gab es keine Stimme, mit der mein Vater in diesem Traum sprach. Ich hatte keine Idee, keine Ahnung, wie er klang. Als Erinnerungsangebot gab es nur Fotos, es gab nur die Blicke, das Aussehen, das verschmitzte Lachen und diese absonderliche Kleidung, die er trug. Auf allen Fotos wirkte es, als sei Winter. Papa José trug dicke Seemannspullover und klobige Schuhe. Er sah aus wie ein schwerer, großer, stummer Zirkusclown.

Irgendwann erzählte Luisa mir vom Tonband. Sie

hatte lange Zeit nicht gewusst, was es mit dieser komischen Tonrolle auf sich hatte, die sie aufbewahrt hatte, angeblich war aber darauf mein Vater zu hören. Eine Schultheateraufführung war gefilmt worden und hier war angeblich der Ton dazu eingebrannt. Ich steckte die Rolle heimlich ein, ließ meine traurige Tante allein zurück und erzählte Fred davon. Jetzt sitzen wir hier, hinter einem Auto und versuchen heimlich, die Tonrolle im Kino abzuspielen.

»Du willst wirklich nicht einfach mal fragen, ob sie das für dich abspielen lassen könnten? Wäre schon sehr viel einfacher.«

»Freddy, Carlos wird das nicht machen. Und ich will nicht, dass irgendjemand das hört, außer dir meinetwegen. Ich will das nicht erklären müssen. Wir machen nichts kaputt, wir benutzen nur einmal das Abspielgerät. Du weißt, wie man das bedient?«

Fred nickt nur noch müde. Er ist dabei, ich darf ihn aber nicht verlieren.

»Los!«

Zu unserem Glück ist die Hintertür so marode, dass wir ohne Freds Brecheisen, nur mit ein bisschen Gewalt, die Tür aufziehen können. Das Treppenhaus ist pechschwarz.

»Vorsichtig!«

Wir tasten uns langsam die Treppe nach oben, krabbeln auf vier Beinen die Stufen entlang bis zum Vorführraum.

»Und jetzt?«

Fred hat einen Lichtschalter gefunden. Wir stehen umgeben von Projektoren, Boxen, Abspielgeräten und Kabeln.

»Du kannst das?«

»Ja. Entweder versuchen wir es direkt hier in diesem Tonbandgerät, das aber wahrscheinlich keinen guten Klang erzeugt, oder man bastelt ein Provisorium und täuscht quasi dem Filmprojektor vor, dass er einen Film abspielt, der Ton und Bild hat. Wenn man dann noch die Geschwindigkeit einstellt, könnte man ...«

»Nein, zeig mal, wie geht das mit dem Tonbandgerät? Es ist ja auch ein Tonband, also kann man doch ein Tonbandgerät dafür benutzen.«

Fred sieht mich enttäuscht an.

»Technisch ist es nicht so gut. Das geht besser.«

»Das ist egal, wirklich. Zeig mal, wie das geht, bitte!«

»Wenn wir das angeschlossen kriegen, könnte man auch direkt unten im Kinosaal zuhören.«

Fred ist sehr geschickt und schnell. Er murmelt etwas von Mono, Stereo und XLR-Steckern und schließt alles an. Als das Band eingelegt ist, lässt er es kurz zum Test laufen. Am Anfang hört man Applaus, laut meiner Tante ist es ja die Aufzeichnung einer Theateraufführung. Als ich das erste Klatschen höre, platzt in meiner Brust ein heißes Säckchen und eine warme Flüssigkeit breitet sich aus, mein Herz klopft. Ich halte das Band sofort wieder an.

»Nein! Noch nicht!«

»Telma, wenn, dann jetzt. Ich kann es dir unten im Kinosaal abspielen. Jetzt oder nie.«

»Gut. Mach aber erst an, wenn ich unten sitze und halt' dir die Ohren zu.«

Ich sprinte hinunter in den Kinosaal. Die Sicherheitsbeleuchtung hat er angemacht. Mitten hinein, Reihe sieben, Platz zwölf. Alles, was ich weiß, ist, dass es eine Aufnahme sein muss, in der mein Vater einen Monolog spricht. Schwarze Leinwand, Ruhe. Ich muss warten.

»Fred? Freddy? Kann losgehen!«

Soll ich mich umsetzen? Ja, nein? Ich setze mich zwei Reihen weiter nach hinten, näher an die Lautsprecher.

»Freddy!«

Es riecht nach Schimmel in diesem kleinen Kinosaal. Das kommt sicher von den Vorhängen. Braunrote Vorhänge an den Seiten und vorne neben der Leinwand. Freddy hat den Vorhang der Leinwand per Fernsteuerung aufgezogen, obwohl es nur Ton und keinen Film gibt. Witzbold.

Wieder höre ich das Klatschen, dann lauter werdendes Stimmenwirrwarr, Klappern und Rauschen. Es klingt, als würde jemand das Mikrofon aus einer tiefen Kiste ausgraben und sich einem Menschen nähern.

»Schwachheit, dein Name ist Weib« ist das Erste, was ich wörtlich verstehe. Die Aufnahme ist mies, doch dieser Satz war gut zu hören. Seine Worte werden nur mühsam besser verständlich. Seine Worte. Wer spricht da? Ich war darauf vorbereitet gewesen, dass eine väterliche tiefe Stimme, eine weise Stimme mit mir sprechen würde. Ich hatte in meinem Herzen erwartet, dass alles sinnvoll und gut werden könnte, wenn ich nur endlich meinen Vater höre. Seine Wahrheit, seine Weisheit, seinen vermeintlichen Humor, von dem Luisa immer erzählt. Ich habe erwartet, dass eine Lücke sich endlich schließen würde. Dass der Traum komplett werden könnte. Aber jetzt, jetzt höre ich seine Stimme und es passiert: Nichts. All die Sehnsucht hat mich wohl wirklich dumm gemacht. Von Satz zu Satz des Monologs wird es mir klarer. Natürlich spricht kein schlauer, lebenserfahrener, fürsorglicher Mann mit mir und erklärt in väterlichem Ton, worauf es im Leben ankäme, sondern es spricht ein nervöser Junge. José muss auf diesem Tonband, bei der Aufnahme dieses Monologs, wohl höchstens 19 Jahre alt gewesen sein, also zehn Jahre jünger als ich. Es ist nur logisch, auch auf den Fotos war ja kein Greis zu sehen, sondern immer ein junger Mann mit zu dicken Pullovern. Mein Vater, der, der im Traum das Boot steuerte, der alles steuerte, ist nur ein nervöser, stotternder Junge auf einem kratzigen, alten Tonband. Es ist wie meine Tante es beschrieben hatte, er hat den Hamlet gespielt. Obwohl ich die Stimme noch nie vorher gehört habe, weiß ich, dass er es ist.

Er hat eine ähnliche, leicht maulige Aussprache wie Luisa. Überhaupt klingt sein Sprachrhythmus wie der meiner Tante.

Ich versinke in meinem Kinosessel und weiß nicht, wohin mit meinen Gedanken. Ich bin so dumm. Plötzlich geht das Licht an.

»Telma!! Telma! Weg hier!«

Ich renne Fred hinterher, aus den Augenwinkeln kann ich Carlos sehen. In dieses Kino werde ich mich wohl erst einmal nicht mehr einschleichen. Wir schaffen es, aus dem Gebäude zu entkommen, und verstecken uns nach einigen Metern in einem Hinterhof.

»Scheisse, Fred!«

Sein rechtes Bein ist voller Blut.

»Musste das Band noch rausholen und dann bin ich da an so einer Stahlkiste hängengeblieben.«

»Tut weh?«

»Tut weh.«

Unter dem Hosenbein sieht es nicht besser aus. Es scheint eine lange Schürfwunde zu sein.

»Ist, glaube ich, nur aufgerissen, nicht schlimm.«

»Alles klar, Dr. Fred. Ich bring dich zum Arzt.«

»Nein! Du musst was anderes für mich tun.«

»Freddy, das muss behandelt werden.«

»Ja, das schaff ich schon, aber ich hab' gleich Schicht. Du musst für mich arbeiten, sonst bin ich den Job los.«

»Hm.«

»Hier, nimm den Rucksack, da sind die Sachen drin. Du weißt ja, wo ich immer stehe. Du schuldest mir was.«

»Na gut, aber du versprichst mir, du versorgst dein Bein. Danke Freddy.«

Ich laufe los, in Richtung Flussufer. »Schwachheit, dein Name ist Weib«. Dass ich mir diesen Satz merke. Während ich die Seitenstraßen entlanglaufe, fliegt mir immer wieder diese Stimme in Erinnerung. Das war also mein Vater. Das war also ein junger Mann. Es macht mich zornig, meine Dummheit macht mich zornig, Luisa macht mich zornig, immer schon. Am zornigsten werde ich über mich selbst. Dass ich Hoffnung hatte, meinen Vater über ein altes Tonband kennenzulernen, macht mich zornig. Ich möchte etwas zerschlagen. Aber Fred braucht meine Hilfe. Fred ist einer von den Guten.

Ich denke an einige der Schlechten, die ich kennenlernen musste. Mit achtzehn konnte ich aus dem Heim abhauen und jetzt mittlerweile schon zwölf Jahre durch Portugal und Spanien ziehen. Ich habe viele Arschlöcher kennengelernt. Manchmal habe ich gedacht, es wäre einfach Pech, manchmal dachte ich, es wäre meine Schuld. Vielleicht ziehe ich diese ganzen kaputten Leute an? Fred ist einer von den Guten, er hat recht, ich schulde ihm etwas.

Am Museum angekommen, packe ich seine Arbeitsverkleidung aus, sie stinkt. Als ich sie überziehe,

111

kratzt der Sombrero an den Ohren, als würden mir Käfer über den Kopf krabbeln und es riecht nach feuchtem Keller. An der Taille zu eng und an den Schultern viel zu groß. Wie ein dunkelschwarzer Kartoffelsack mit Gummizug. Außerdem kriege ich Hunger. Ich warte, mache auf mich aufmerksam und laufe im Kreis. Immer wieder. Von der linken Seite der Promenade zur rechten und zurück. Es ist ein blödsinniger Job. Fred steht täglich in dieser Verkleidung vor dem Portweinmuseum und hat die Aufgabe, Touristen auf das Haus aufmerksam zu machen. Für drei Euro die Stunde, schwarz. Ich schiele auf die Tische des kleinen Cafés, direkt am Wasser, vor der geschwungenen Brücke. Die meisten Menschen essen und trinken alles auf. Manche lassen aber mal ein Stück Brot oder einen Schluck Kaffee übrig. Dann muss man schnell sein. Auf dem mittleren Tisch steht ein Hauptgewinn. Bevor die Tauben oder der Kellner am Tisch ankommen, muss ich es schaffen. Der Käsekuchen sieht sehr gut aus, cremig, im Glas, auf schwarzglänzendem Teller. Er sticht heraus, direkt in meine Augen, direkt in meinen Magen. Ich richte den Kragen des Mantels zurecht und bin voll fokussiert auf den Kuchen, den halben Cappuccino und den Schluck Wasser, die da verlassen auf dem Bistrotisch stehen. Mutter und Sohn, die dort gesessen haben, sind gerade in ein Taxi gestiegen. Ich habe sie observiert. Der Sohn, vielleicht sechs, hat zweimal in den Kuchen gebissen und etwas daran auszusetzen gehabt. Daraufhin hat es Streit gegeben, die Mutter sah aus, als wäre ihr das Kind lästig. Sie hat zurückgelehnt mit ihrer Sonnenbrille und dem Blick auf die Promenade dagesessen und ab und zu an ihrem Kaffee genippt. Sie wollte gesehen werden, sie wollte wahrgenommen werden. Sie wollte keine Mutter sein. Sie wollte keine Mutter sein, sondern eine Frau, die begehrliche Blicke auf sich zog. Es sah sie aber niemand an außer mir. Bestimmt ist sie eine erfolgreiche Geschäftsfrau. In letzter Zeit habe ich wieder sehr oft Sehnsucht nach kalten, großen Bürogebäuden. Ich stelle mir vor, wie ich in Bluse und mit einer Aktentasche durch die Büros wandere und Anweisungen gebe. Hier noch die Unterlagen fertig machen, da noch eine Rechnung prüfen. Mit dem Kollegen aus dem Nachbarbüro beim Mittagessen flirten. Ich stelle mir vor, wie ich dann, nach einem harten Tag im Büro, einfach nochmal kurz am Douro einen Cappuccino trinken würde, souverän, wie eine Erwachsene. Genau wie diese Frau, nur ohne das hässliche Kind.

Während der Träumerei bin ich vorsichtig immer näher zum verlassenen Tisch gewandert, um vor den Tauben am Kuchen zu sein. Der Kellner, der am Eingang steht, ist offenbar zu faul, um abzuräumen, doch er scheint ein Gespür für Leute wie mich zu haben. Je näher ich dem Tisch komme, desto schneller reagiert er dann doch. Es wird zu einem Wettrennen und als ich gerade nach dem Teller greifen will, schreit er mich aus zwei Metern Entfernung an. Was für ein Hurensohn! Als wäre ich nichts anderes als ein schmutziges Tier, dass man wegtreten muss.

Tante Luisa würde schimpfen, wenn sie wüsste, dass ich hier auf der Straße gegen Tauben um angegessenen Kuchen kämpfe.

Ich halte es aber nicht mehr aus, mir die Predigten meiner Tante anzuhören. Vor ein paar Wochen hatte es riesigen Streit gegeben. Daher war ich vorerst untergetaucht und meldete mich nicht mehr bei ihr. Natürlich habe ich ein schlechtes Gewissen. Meine Tante ist so ein kleines schwaches Ding. Warum macht sie nichts aus diesem Haus, in dem sie da lebt? Einfach das Schloss austauschen und besetzen. Wer soll denn auch kommen und ihr das Haus wegnehmen? Der sexistische Arsch Fonseca war zum Glück endlich tot. Die alte Frau Fonseca war schon lange nicht mehr ansprechbar und in einem Heim, oder mittlerweile auch schon tot. Wenn Frau Fonseca ein bisschen Ehre gehabt hätte, hätte sie bestimmt dafür gesorgt, dass Tante Luisa das Haus bekommt. Doch die Fonseca ist so eine reiche Sau wie die Frau mit dem Kind und dem Kuchen auf dem Café-Tisch.

Wahrscheinlich sollte ich heute doch mal zu Luisa. In die braunorangene Küche. Wie oft ich als Kind dort gesessen habe, den Fischgeruch und das fettige Öl in der Nase.

Am Museumseingang steht eine Truppe von drei Leuten, zwei Jungs, ein Mädchen. Das Mädchen ist blond und sieht müde aus. Einer der Jungs zieht einen Rollkoffer hinter sich her und der Dritte sieht im Gesicht aus wie ein alter Mann, mit einem jungen Körper. Sie haben mich entdeckt.

»Entschuldigung, sprechen Sie Englisch?«

»Ein bisschen, ja.«

»Wunderbar. Wissen Sie, ob die Tour auch auf Englisch gemacht wird?«

»Ja, die nächste ist direkt auf Englisch. Sie können die Tickets dort am Schalter kaufen.«

»Vielen Dank!«

Während der junge Mann mir Fragen stellt, stiert der andere auf eine unangenehme Art die Frau von der Seite an. Die Frau wiederum sieht mich direkt an, mit ihren müden Augen. Die drei sind ein seltsames Gespann.

»Der Schalter da?«

»Dort, ich zeig's Ihnen.«

Der Typ kann doch nicht so blöd sein, den Ticketschalter nicht zu sehen? Was machen die hier? Ich bemerke, dass die Frau von meinen schnellen Schritten ein bisschen erschrickt.

»Hier gibt es Tickets.«

»Danke! Ist es gut?«

Was soll denn jetzt diese Frage?

»Es ist das BESTE, Mister!«

Der Ticketverkäufer hinter der Glasscheibe hat unser Gespräch mitbekommen, er sieht mich sofort böse an. Es war viel zu übertrieben und zynisch ausgesprochen. Bevor es noch schlimmer wird, gehe ich lieber sofort wieder. Doch die Frau, die jetzt vor einem Bildschirm steht, sieht mich traurig an. Als würde sie darum bitten, dass ich noch nicht ginge. Geht es ihr gut? Ich stelle mich kurz zu ihr und dem anderen jungen Typen und sehe auf den Fernseher vor ihnen. Der Beitrag beginnt belanglos: Grauer Himmel, ein kleines Hafenufer, an dem drei Ausflugsschiffe festgemacht sind. Keine Menschen, nur Wasser, der geteerte Weg davor und die Schiffe. Die Schiffe haben mehrere Stockwerke, drei oder vier? Durch die Fensterreihen kann man billige lederne Sitzecken erkennen. Ab und zu erkennt man einen Regentropfen. Zunächst behutsam, dann immer stärker, beginnt dann ein Sprudeln. Das Wasser wird sanft und langsam mehr. Plötzlich wird aus dem Langsam ein Schnell. Die Wassermassen bedecken den ersten Steg, die erste Schiffsbrücke, die erste Ebene der Promenade, langsam die zweite Ebene. Nein, schnell die zweite Ebene. Dabei hat das Wasser dieselbe Farbe wie der Himmel. Grau. Braun. Matsch. Das Video endet mit einem letzten Schwenk in die Ferne, in die Flucht der Promenade. Die Schiffe sind noch immer zu sehen, sie wirken ganz normal, sie schwimmen am Ufer. Nur das Ufer ist weg, komplett verschwunden unter dem grauen Wasser. Es dauert keine Minute, wie eine Selbstverständlichkeit. ›Shiogama, Japan‹, wird eingeblendet.

»Hey!«

Der Chef will, dass ich wieder vor die Tür gehe. Hurensohn. Ganz woanders auf dem Planeten geht also scheinbar im Moment die Welt unter. Ich nicke der Frau zu, sie antwortet: »Schrecklich.«

»Ja, schrecklich.«

»Ich bin Julia.«

»Telma.«

Wir bleiben noch einen Moment stumm vor dem Fernseher, bis ich den Chef näherkommen höre, dann mache ich mich auf den Weg. Draußen spüre ich wieder die Sehnsucht nach einem Büro, nach einer Struktur, nach dem, was diese drei Touristen haben. Wie kann man sonst so angezogen sein und an einem Freitagnachmittag mit einem Rollkoffer durch ein Museum in einem anderen Land wandern? Sicher haben sie Urlaub, bestimmt haben sie vor ein paar Tagen in der Kaffeeküche gestanden und den Kolleginnen erzählt, dass sie in Porto Urlaub machen. Allerdings ist mir nicht ganz klar, wie die drei zusammengehören. Ein bisschen wirkt es so, als wäre der Typ, der so alt und komisch aussieht, mit der Frau zusammen. Der mit dem Koffer allerdings auch, zumindest ist er der Frau körperlich so nah, wie es ein Partner oder vielleicht ein Verwandter wäre. Die drei passen nicht zusammen und gleichzeitig sind sie eine Einheit. Weil der Regen stärker geworden ist, decken die Kellner die Tische ab und tragen alles rein. Also kein Essen heute. Ich stelle mir vor, wie der Regen noch stärker werden und dann auch hier alles wegspülen würde, wie in diesem Fernseher, bei den Bildern aus Japan. Es wäre schön, es wäre alles weg. Es juckt, es juckt überall, der stinkende Umhang. In zwei Stunden kann ich gehen. Ich ziehe den Sombrero tiefer ins Gesicht und versuche, den Gestank des Mantels zu ignorieren. Es geht erstaunlich gut, wenn ich mich nur auf die Erinnerung an den Geruch von Kabeljau in der Küche von Tante Luisa konzentriere.

JULIA

Stickige, feuchte Luft um mich herum, Gebirge aus Kopfsteinpflaster am Boden, dazu der Wind, den die Touristenführerin in ihrem Umhang und dem Sombrero-Hut vorneweg macht. Ich tapse der restlichen Gruppe durch den Weinkeller hinterher. Der Sombrero steht symbolisch für den spanischen Sherry, der Umhang für die portugiesischen Studenten. Schon wieder bin ich Teil einer Touristengruppe, wir sind ungefähr 15 Leute und laufen im Gänsemarsch durch das Portweinmuseum. Tim, Giorgio und ich sind mit Abstand die jüngsten. Die anderen sehen aus wie all die, über die wir uns seit Wochen in Rom lustig machen. Sie sind eingepackt in bunte Funktionsjacken, tragen hässliche Beutel und verwegene Sonnenbrillen. Seit wir das Museum betreten haben, frage ich mich, woher ich die Figur mit Hut und Umhang kenne, jetzt fällt mir Oma ein. Ich kenne den Umhang aus ihrem Schrank, in dem immer Schokolade war und eben auch Alkohol, offenbar. Oma hatte mich immer mal wieder mit einem Lächeln angezwinkert und gefragt, ob sie »was Gesundes« holen sollte? Für mich gab es dann Nougatschokolade und Oma trank Portwein.

An die Flasche mit der Figur kann ich mich erinnern. Der Schrank mit dem »Gesunden« stank genauso modrig wie diese langen Hallen voller Weinfässer, Kopfsteinpflaster und Touristen. Ich laufe durch den Schrank meiner Oma. Der Gestank ist wunderbar.

»Sie fragt, ob du mal weißen Portwein getrunken hast?«

Offenbar hat mich die Führerin etwas gefragt, Tim vermittelt.

»Weißer Portwein?«

»Alles ok?«

»Ja, sorry, hab' nur an meine Oma gedacht.«

»Ah, ok, der Geruch, oder?«

Verblüffend. Woher weiß er vom Geruch? Ich sehe ihn mir genauer an, dieses kantige Gesicht, wie eine Skulptur. Als hätte man aus einem Speckstein einen Menschenkopf geklopft. Er ist nicht schlecht angezogen, die dunklen Farben passen, zumindest fallen sie nicht unangenehm auf. Die Jeans grau, ein dunkelblauer Pullover, darüber eine noch dunkelblauere Jacke. Das Einzige, was seine Kleidung ein bisschen überraschend macht, sind bunte Knöpfe an den Ärmeln der Jacke. Wir stehen zwischen all den Weinfässern, unsere Touristengruppe läuft ohne uns weiter. Wir sind Tim und Julia. Wir sehen uns an, einen Moment länger als erwartet.

»Hi!«, sagt er.

»Hi!«, sage ich.

Wir lachen, bewegen uns dann gemeinsam weiter zur Gruppe. Was ist gerade passiert? Als ich auf den Boden sehe, bemerke ich, dass Tim und ich im Gleichschritt laufen. Unbewusst sind unsere Schritte exakt synchron. Schon wieder muss ich an meine Oma denken, hier in ihrem Schrank. Wenn ich mit einem Mann spazieren gehe, dann soll ich darauf achten, ob die Schritte synchron sind, ohne dass man schummelt. Dann wird's was. Dann ist es der Richtige. ›Der Richtige‹ – klar. Oma ist immer der Meinung gewesen, es gäbe einen Richtigen. Ich kriege schlechtere Laune, denn das ist doch alles Blödsinn und mache einen Ausfallschritt, damit wir nicht mehr laufen wie das Fernsehballett.

»Deutscher Tanz?«

Er hat es bemerkt. Und er ist lustig. Was ist hier los? Ich fühle mich gut, wenn er neben mir läuft. Ich mag seine Wangenknochen, seine Augen. Vielleicht liegt es auch am süßen Portwein oder der stickigen Luft? Ich bin ein Magnet, der auf Tim zusteuert. Uns wird Probier-Portwein nachgegossen, er schmeckt mir immer besser. Einmal hatte ich als Kind zu heftig mit Brot nach den Schwänen geworfen, die wir beim Entenfüttern am See getroffen haben, Oma und ich. Das muss so mit fünf gewesen sein. Die Schwäne wurden schnell sauer, sie schnappten nach mir, bis wir zum Auto flüchteten, die wütenden Schwäne immer im Pulk hinterher. Oma war nie besonders fit zu Fuß, sie hatte sogar ein schlimmes Leiden am Knie und konnte deshalb nur sehr langsam gehen.

Ich wiederum war so flink wie ein fünfjähriges Kind sein kann. Wir rannten also nicht besonders schnell, fühlten uns aber jede für sich wie die Top-Läuferinnen einer Olympiaauswahl. Nur knapp vor den Schwänen landeten wir im Auto, schlugen die Türen zu, waren außer Atem und voller Adrenalin. Ich habe dieses Gefühl danach nie mehr vergessen.

»Mit dir fühl' ich mich wie mit meiner Oma.«

Habe ich das gerade wirklich gesagt? Oh Gott, wie peinlich. Dieses blöde Englisch, Deutsch wäre einfacher. Nein, vielleicht gerade nicht, vielleicht ist das der Trugschluss. Ach, immer diese Gedanken. Verdammt, habe ich das gerade wirklich gesagt?

»Ich meine, nein, ich mein... Auf eine gute Art meine ich!«

Tim guckt demonstrativ einmal um sich herum. Tatsächlich macht er den alten abgestandenen Gag, ob denn wirklich er gerade gemeint sei oder ob ich die Frage an jemand anderen hinter ihm gerichtet hätte.

»Ok, auf eine gute Art. Das muss dann so ein deutsches Ding sein. Omas sind gut, normalerweise. Also, ok, danke, schätze ich. Hier kann man sich hinsetzen.«

Wir erreichen eine große Halle voller weiterer Touristen. Es ist eine Trinkhalle, im wahrsten Sinne, lange Holztische, schwere Holzbänke und trinkende, internationale Körper mit bunten Hemden. Überall im Saal rennen Figuren in Umhang und Sombrero zwischen den Tischen durch. Weil sie sich mit Tabletts, Gläsern und anderen Dingen in der Hand bewegen, blitzt und glitzert manchmal etwas auf, die meiste Zeit haben sie aber ihre Hüte ins Gesicht gezogen, die Umhänge hinter sich und fliegen durch den Raum wie Insekten oder Ninjas. Eine der Figuren erkenne ich direkt wieder. Es ist die Frau von vorhin, die uns den Ticketschalter gezeigt hat und mit der ich vor dem Fernseher stand, Telma heißt sie, ein schöner Name. Sie fällt auf, denn sie ist die Ungeschickteste und Langsamste von allen. Ständig rutscht ihr der Sombrero nach hinten und nach vorne, denn er ist einfach zu groß. Sie versucht unbeholfen, mit ihrem Tablett in der Hand den Umhang gerade zu richten. Dabei wird es manchmal sehr knapp mit den Gläsern, ich möchte ihr helfen. Obwohl alle identisch angezogen sind, sticht Telma heraus. Mit einem Mal dreht sich ihr Kopf abrupt zu mir, ich kann ihr in die zornigen Augen sehen und lächle sie an. Ihr Blick ändert sich trotz meines Lächelns nicht. Lieber trinke ich noch einen Schluck Portwein auf den Schreck. Er schmeckt scheußlich gut. Tim muss es genauso gehen, sein Gesicht fällt nach jedem Schluck für einen Moment zusammen, als wäre er nicht mehr aus Stein, sondern aus Wachs, das weich reagiert und nachgibt, wenn man es bearbeitet. Wir prosten uns zu. Er spricht mit Giorgio und lacht dabei.

»Hey, Giorgio!«

Giorgio wiederum sitzt schon eine Weile still und sauertöpfisch am Tisch. Seit unserem Spaziergang hierher habe ich nicht mehr mit ihm gesprochen, da war plötzlich nur noch Tim für mich. Giorgio lässt sich gerade einmal dazu herab, seine Augen aufzuschlagen.

»Giorgio, pass auf, kommt ein Mann zur Pizzeria, um seine Pizza abzuholen. Funghi.«

»Hm?«

Giorgio reagiert mit einem Ton. Halleluja! Ich streife mit meinen Fingern über das Portweinglas und ahne bereits, dass sich nun ein wirklich schlechter Witz von Tim seinen Weg ins Gespräch bahnen wird.

Giorgio wird patzig.

»Was willst du?«

»Der kommt zum Abholen, wird gefragt: Soll die Pizza geschnitten werden? Er sagt ›Ja‹. Dann fragt der Pizzaverkäufer: In vier oder in acht Stücke? Und der Mann sagt: ...«

Tim kostet den Moment bis zur Pointe maximal aus, hebt sein Glas wie zu einem Trinkspruch und ruft:

»In vier bitte! Acht Stücke schaff' ich nicht.«

Giorgio bleibt regungslos. Entweder hat er den Witz nicht verstanden oder er findet ihn nicht lustig. Er guckt beleidigt vor sich hin, während ich lachen muss.

»Acht Stücke schaff' ich nicht!«, brüllt Tim in den

Raum. Ich bin fasziniert davon, wie ich mich bei Tim fühle. Giorgio bleibt weiter regungslos.

GIORGIO

Mir ist das alles zu dumm. Portwein ist doch sowieso Müll. Ein alter Schotte hat mal Wein in Porto liegen gelassen und vergessen. Jetzt schmeckt er süß und billig und die Frauen laufen rum wie Zorro. Was ist das für ein Land, dieses Portugal? Anstelle mit Julia zusammen zu sein, muss ich den Telefonassistenten für meinen Vater spielen. Wir kaufen dieses Haus, er kauft es. Wir reißen es ab oder verkaufen es. Alles ist durchgerechnet. Mein Auftritt bei der Maklerin war nur nötig, um das Interesse zu untermauern. Ich bin der Laufbursche, der Köder. Danke, Papa. Von Mayumi kommt auch nichts mehr. Es ist mir auch egal, soll Japan untergehen. Ich stecke meine Telefone in die Taschen. Der Engländer ist schon wieder bei Julia. Am Ende der Gruppe. Was macht sie nur mit ihm? Wir haben uns doch gerade im Haus und überhaupt in Rom immer gut verstanden. Jetzt fühlt es sich so an, als wäre ich unsichtbar. Sie spricht nur mit ihm. Ich stehe wie ein Hindernis in der Mitte der wandernden Touristengruppe und sehe nach den beiden. »Scusi, scusi«, sage ich und weiche schwitzigen Touristenarmen aus.

Dreiundvierzigtausendfünfhundertsiebzig Liter.

Was für ein Fass! Die Gruppe ist abrupt stehen geblieben vor einem meterhohen Weinfass mit 43000 Litern Fassungsvermögen.

»Si, é tanto. E?«

43000 ist viel. Das stimmt, ja und? Ich selbst bin für die anderen auch nur ein Portweinfass, die Luft hier im Keller ist ekelhaft, stickig, säuerlich. Außerdem erkennt man nichts um sich herum. Alles wird zu einem süßsauren Mischmasch, zu einem matschigen Drumherum. Wir sind eine weiche Masse aus Touristen, Erdboden, regennassen Köpfen, Schweiß und Portweinluft. Am Ende des Ganges entdecke ich ein Licht, das Licht am Ende der Fässer.

Die große Halle, die wir erreichen, eine Art Riesenkneipe, in der man den Portwein probieren kann, ist gefüllt mit brüllenden Trinkern, einige lallend, einige auch ganz stumm vom schweren Portwein. Wir setzen uns an den ersten Tisch, ich trotte hinterher, mich beachtet ja keiner. Noch einmal starre ich Julia an und bewege dabei den Kopf, als würde ich ihn lockern, um gleich einen Motorradhelm aufzusetzen. Es ist zwecklos, etwas ist passiert. Sie hat mich abgelegt, mich vergessen. Die Energie, die zwischen uns beiden gezündet hat, ist weg. Als wir durch das Haus der alten Dame gerannt sind, war ich glücklich. Sie war bei mir, mit mir, wir waren es. Wir waren in diesem Moment eins und konnten gemeinsam etwas entdecken. Den Geschmack der Pasta, die wir heimlich probiert haben, habe ich noch im Gedächtnis. Ich werde ihn niemals vergessen. Jetzt bin ich neben ihr, nicht mehr bei ihr. In ihrem Gesicht finde ich keinen Makel. Nichts, was nicht perfekt wäre. Sie erinnert mich an Audrey Hepburn. Ich liebe Audrey Hepburn, ihre kalte, klare, kleine Schönheit. Das Band zwischen uns ist in kochendem Wasser aufgelöst worden. Alles, was sie tut, ist auf den Engländer ausgerichtet. Alles. Dabei reißt sie immer wieder die Augen auf und lacht den langweiligen Tim an. Ich nehme mein Portweinglas, Tawnee oder so ähnlich heißt das Zeug. Tim nervt, er erzählt uns gerade einen Kinderwitz.

»...Acht Stücke schaff ich nicht!«

Dieser Engländer ist ein Idiot. Was findet Julia nur an ihm?

Ich werde das nicht hinnehmen, ich gebe nicht auf, rieche am Portwein, ohne dabei den Blick von ihr zu lassen, tiefer Blick, so wie der des Kellners vorhin. Sie lacht über ihn und seinen Witz, nein, ich bin mir sicher, sie lacht ihn an. Julias Lachen ist perfekt. Sie legt ihren Kopf zur Seite und guckt mich niedlich trotzig an. Für sie finde ich auch Kinderwitze lustig. Tim klopft mir auf die rechte Schulter, greift dabei mit der Hand in die Schulterknochen und massiert ein wenig. Obwohl ich zurückzucke, bleibt er mit seiner Hand fixiert in meinen Schulterknochen.

»Na, Giorgio, geil absurder Witz, oder? Acht Stücke, von einer Pizza, hast du verstanden? Ha!«

Julia fühlt mit mir, sie erkennt, wie unangenehm

Tim mir ist. Während ich ihr in die Augen sehe, kommt es aus mir heraus:

»Wie nennt man einen gutaussehenden Mann in England?«

»Hm? Was?«

»Wie nennt man einen gutaussehenden Mann in England?«

»Giorgio, hast du auch einen Witz? Hammer! Unglaublich! Einen gutaussehenden Mann in England? Hm. In England oder in Großbritannien?«

»Wie nennt man einen ...«

Julia springt mir bei, vollendet die Frage:

-» ...gutaussehenden Mann in England. Tim, hör' doch mal zu! Also ich habe keine Ahnung.«

»Moment! Da komme ich drauf. Ein gutaussehender Mann. Naja, Tim wird es nicht sein. Oder? Nennt man den Tim?«

»Nein.«

»Hm. Keine Ahnung, ehrlich. Sag mal!«

Tims Handgriff in meinem Schulterblatt wird noch einmal fester. Er scheint nicht zu verstehen, wie stark er zudrückt, aber ich lasse mir nichts anmerken.

»Sag!«

»Einen Tourist.«

Tim stutzt kurz, er hat es nicht sofort verstanden, Julia spuckt einen Schluck ihres Portweins zurück ins Glas und ein bisschen davon auf den Tisch. Sie lacht und entschuldigt sich, bekommt feuchte Augen vom Portwein in Hals und Nase. Tim hat den Witz

130

nun auch verstanden. Sein Handgriff wird schwächer, er lacht pflichtbewusst. Julias Reaktion scheint
ihm nicht zu gefallen. Die Runde geht an mich.

LUISA

»Der Topf kommt in die Mitte, du kommst an meine Seite.«

Josés Bilderrahmen steht neben meinem Brotkorb. Das frische Brot passt sehr gut zur Nudelsuppe. Der Fisch darin ist wunderbar zart geworden. Vielleicht hat es ein wenig zu viel Minze, ich nehme die Blätter hinaus, lege sie an die Tellerseite, damit sie nicht weiter in das Essen zieht. Die kleinen Nudeln, die aussehen wie kleine Ellbogen, sind so, wie es sein muss, nicht verkocht, aber weich genug. Es schmeckt gut, es schmeckt rund, ich habe das gut gemacht.

»José, es schmeckt wie früher, es schmeckt wie zuhause.«

Er lächelt mich an, ich spüre, wie er mich anlächelt.

Der Topf ist lauwarm, also kann ich den Umschlag mit dem Brief an Telma anlehnen. Er wird nicht verbrennen. Wenn sie ins Haus kommt, wird sie ihn sofort sehen. Wenn sie nicht ins Haus kommt, wird ein anderer Mensch ihren Namen lesen und ihr den Brief sicher schicken. Außerdem habe ich ja noch eine Kopie bei mir. Sie wird den Brief lesen, sie wird es verstehen. Telmalein.

Ich spüle meinen Teller, meinen Löffel und die beiden Kellen, die noch dort liegen. Zum letzten Mal stehe ich in meiner Küche.

»Komm mit.«

Josés Bild stecke ich in die Manteltasche und mache mich auf den Weg ins Pflanzenzimmer unten, um die Bewässerungskonstruktion in Fonsecas altem Büro zu prüfen, die ich mir ausgedacht habe, damit die Pflanzen möglichst lange feucht bleiben können. Von außen strahlt sanftes abendliches Licht hinein. Der große verglaste Wintergarten macht das Licht der Straßenlaternen milchig. Die Schrankwände glänzen.

Nach den jungen Leuten war eine Frau gekommen, mit Aktenkoffer und Unterlagen. Ich hielt mich erst versteckt vor ihr, wollte ihr nicht begegnen. Als wir uns dann kurz trafen, akzeptierte sie mich als die Putzkraft, die manchmal kommt. Dass das »manchmal« mittlerweile 30 Jahre sind, ist der Geschäftsfrau offenbar nicht klar. Dass diese Frau hier war, muss bedeuten, dass etwas mit dem Haus geschehen wird. Andere Menschen werden dieses Zuhause an sich nehmen und ich kann es nicht kontrollieren. Jedes Zimmer, jeder Blick aus dem Fenster eine andere Erinnerung. Erinnerungen an Veränderung. Was bleibt, ist das Haus, der Ort, das Schiff, von dem man auf das Meer hinaussieht. Es riecht nach Koriander und nach Lavendel, frisch geputzt, und es riecht noch immer nach dem dunklen Holz, das im gesamten Haus steckt. Es ist ein Haus wie ein alter Baum.

Meine Hände sind feucht. Der Bilderrahmen mit dem Bild von José ist mittlerweile nass, ich nehme ihn mit spitzen Fingern hoch und wische vorsichtig die Flecken von den Ecken ab. Dabei sehe ich ihm in die verschmitzten Augen. Es beruhigt mich, er beruhigt mich. Der Schlüssel für den alten Mercedes liegt da, wo er hingehört, in der kleinen Holzschale an der Eingangstür. Dort, wo Herr Fonseca ihn jahrzehntelang immer abgelegt hatte. Da hätte ich lange in der Küche suchen können. Als ich den Schlüssel entdecke, ist es mir ein wenig peinlich vor José, vor seinem Portrait. Lieber drehe ich ihn mit der Vorderseite auf meinen Brustkorb.

»Bruderherz.«

Ich sehe ein letztes Mal in den Spiegel. Die Frisur ist ordentlich. Es ist soweit. Der Topf und der Brief stehen bereit. In der linken Hand habe ich José, in der rechten Hand den Autoschlüssel. Es geht los.

TELMA

Verdammte Touristen, sie wollen einfach nicht gehen, wenn Schluss ist. In der großen Halle habe ich wieder diese drei Vögel gesehen, die zwei Jungs und die hübsche Blonde. Ich habe wohl einige Gläser fallen lassen heute, kann mich schlecht konzentrieren. Zuerst ging viel aus Versehen kaputt, dann mit Absicht. Als der letzte Müllsack voller Scherben gefüllt und hinter das Haus gebracht war, konnte ich endlich gehen. Das Wetter ist noch schlimmer geworden, mehr Regen, mehr Wind. Das stinkende Zeug am Körper würde ich gerne ausziehen, aber der Sombrero schützt vor dem Regen, der Mantel hält mich warm. Ich laufe zügig durch die kalten Gassen Portos auf dem Weg zum Fonseca-Haus, auf dem Weg zu Luisa. Wie oft ich früher hier durch diese Straßen gezogen bin, immer wenn ich meine Tante besuchen durfte. Luisa machte sich immer große Sorgen um mich, wenn ich diesen Weg nahm. Etwas machte immer Angst, etwas drohte immer, etwas musste man immer beachten. Meine Tante kann so sehr nerven. Warum nur dieses ganze Leben voller Angst?

Es gibt den Baum noch, vor dem Fonseca-Haus!

Ich stehe direkt vor der riesigen Linde, auf die ich als Kind gerne geklettert bin. Einmal bin ich wirklich zu weit hochgestiegen, immer weiter und weiter, bis ich am Ende eines fetten, großen Astes angelangt war. Das hat Spaß gemacht und plötzlich saß ich da oben, mit einem hervorragenden Blick über Porto, für einen Moment fühlte ich mich frei. Als ich verstand, wie hoch ich saß, bekam ich den größten Schreck und wollte mich nicht mehr bewegen. Tante Luisa entdeckte mich durchs Fenster, rannte aus dem Haus, war völlig aufgelöst und schimpfte und säuselte etwas in meine Richtung. Meine Erinnerung an diesen Moment ist voll wieder da, als ich am Baum die Rinde berühre und vom Holz rieche. Mit einem Mal bin ich zurück in der Kindheit, zurück auf dem Baum. Tante Luisa hatte solche Angst um mich gehabt, dass sie sogar den bösen Herrn Fonseca um Hilfe bat. Der war gemein wie immer und redete nicht, sondern bellte nur. Er bellte und fletschte mich an. Ich sehe seine vernarbten Pranken in der Erinnerung. Seine Pranken, mit denen er nach mir griff, als er es geschafft hatte, mit einer Leiter in meine Richtung zu kommen. Ich wollte nicht, dass er mich anfasste, den Ekel und die Abscheu spürte ich am ganzen kleinen Körper. Ich hatte aber immer noch Angst, auf diesem hohen Baum und diesem fetten Ast. Einmal trat ich noch nach Herrn Fonseca und hätte ihn fast mitsamt der Leiter nach unten geschickt. Vielleicht wäre das das Beste für alle gewesen. Er fluchte, schrie mich an und packte mich am Unterschenkel, offenbar hatte er die Schnauze voll. Fonseca zog mich wie ein Lamm an den Haxen herunter und schob mich ruppig in Luisas Arme, als wir wieder unten angekommen waren. Luisa konnte nicht aufhören zu weinen, bei mir war der Schreck schnell verflogen, stattdessen war ich wütend. Wütend auf Fonseca und auf den Baum. Wütend auf Fonsecas Gestank, seine ekligen Hände und den fetten Ast. Seitdem bin ich wütend.

Die kleineren Äste des Baums peitschen jetzt im Wind gegeneinander, der Regen prallt vom Stamm ab in mein Gesicht. Ich laufe schnell in meinem albernen Sombrero-Kostüm zur Tür, klingele und kann die Klingel von außen hören. Nichts. Kein Licht springt an, überhaupt ist es stockdunkel. Ich klingele noch einmal, Luisa öffnet wieder nicht. Kann es sein, dass sie beim Einkaufen ist? Vielleicht. Um diese Uhrzeit? Sie war doch immer da, immer in dieser Küche und immer traurig. Bestimmt holt sie nur schnell noch ein bisschen Milch beim Laden oder sie ist im Keller. Ich klingele noch einmal, ziehe den Mantel noch enger zu, um weniger Wind abzukriegen, und stehe planlos vor der Haustür.

LUISA

Vor mir der alte Mercedes-Benz, hellgelb, gut gepflegt. Fonseca hat wohl nie mitbekommen, dass ich
in den letzten Jahren öfter damit gefahren bin als er.
Frau Fonseca hat mich häufig gebeten, ihre Chauf-
feurin zu sein. Der Gedanke daran, es in seinem
Mercedes zu tun, gefällt mir. Es ist nur gerecht. Es
steht mir zu. Ob Armando von der Bank etwas ahnt?
Es ist schon verwunderlich, wie fraglos er das alles
akzeptiert hat. Er fand es offenbar nicht ungewöhnlich, dass eine ältere Frau einmal ihre Finanzen in
Ordnung bringt und prüfen lässt, wieviel Geld ihrer
Nichte nach ihrem Ableben zustehen würde. Auch
dass ich nachfragte, ob sie denn dann auch wirklich
Telma kontaktieren würden, falls mir etwas zustoßen
würde, schien Armando nicht zu verwundern. Vielleicht war er sich einfach sicher, dass ich ängstlich
und fürsorglich bin, und wollte mich mit einem
professionellen Umgang beruhigen. Wer weiß das
schon. Ich bin mir sicher, dass alles vorbereitet ist.
Den Schlauch hole ich aus dem Kofferraum und be-
festige ihn am Auspuff. Das andere Ende über das
Fenster in die Fahrertür. Dann setze ich mich hinter das Lenkrad. Es ist ein schönes Auto, es riecht

nach Frau Fonseca und sieht aus wie Herr Fonseca. Hölzern, ledern, kantig, hart. Ich halte die Abschrift meines Briefs in der Hand, außen steht mit großen Buchstaben TELMA. Als ich den Autoschlüssel umdrehe und zünde wird es laut: »FUKUSHIMA!«

Das Autoradio springt gleichzeitig mit dem Motor in enormer Lautstärke an. Es erschreckt mich sehr, ich drehe etwas leiser und höre zu. Die Menschen werden noch immer evakuiert. Offenbar ist alles nur noch schlimmer geworden. Brennstäbe liegen frei, Tausende müssen schnell fliehen. Einmal durchatmen. Ich greife nach dem Stift, der immer unter dem Autoradio deponiert ist und schreibe auf die andere Seite des Umschlags für Telma: »*Ich bitte alle, die mich lieben, um Verzeihung und Vergebung*«.

Dann schalte ich das Radio aus, schiebe den Stein auf das Gaspedal, lege mich zurück und halte den Umschlag fest in beiden Händen. Ich schließe die Augen, höre nur noch den Motor und ganz leicht, weit entfernt, die Regentropfen vor der Garagentür.

TELMA

Seit einer halben Stunde sitze ich auf dem Baum-
stumpf meiner Linde und starre auf das Haus.
Irgendwann hat Luisa mir mal einen Schlüssel gegeben, aber der muss in Lissabon liegen, oder im
Meer. Ich mache mir langsam wirkliche Sorgen.
Wenn sie beim Einkaufen wäre, müsste sie längst
zurück sein. Gerade ist weniger Regen, nur der
Wind wird stärker, so dass ich meinen Sombrero auf
dem Kopf festhalten muss. Es gibt eine Mauer, mit
Stacheldraht versehen, über die man in den Hinterhof gelangt. Vielleicht kann ich durch ein Fenster
einsteigen. Vorsichtig ziehe ich mich an einem Ast
an der Wand hoch, greife nach der Oberkante der
Mauer und reiße mir dabei am Stacheldraht die linke
Hand blutig. Scheiße. Mit dem Umhang drücke ich
das Blut zurück und stemme mich mit der anderen
Hand auf die Mauer. Es tut weh. Mein linker Schuh
hat weniger Löcher in der Sohle als der rechte, also
trete ich damit über den Stacheldraht und mache
eine Art gymnastischen Radüberschlag, um die Sta-
cheln zu überwinden. Dabei stürze ich auf der anderen Seite der Mauer nach unten. Der Umhang hängt
sich im Draht fest und auf einmal hänge ich wie eine

Fledermaus kopfüber an der Mauer. Im Erdgeschoss des Hinterhofs springen sofort zwei Lichter an, ein Ehepaar aus dem Nachbarhaus öffnet die Hoftür und ruft etwas. Aus dem Umhang kann ich mich befreien, den Sombrero habe ich bei diesem Manöver auf der anderen Seite der Mauer verloren. Jetzt trage ich wieder nur die zerrissene Jeans und mein graues, schmutziges T-Shirt. Mir ist kalt. Der Nachbar scheint bereit, auf mich, die vermeintliche Einbrecherin, einzuschlagen, die Nachbarsfrau feuert ihn aus dem Hintergrund an. Soll er doch kommen. Die Hoftür, durch die man über die Kellertreppe ins Haus kommt, ist offen. Im oberen Geschoss ist es dunkel, kein Licht.

»Luisa? Tia? Tante?«

Es ist aufgeräumt, sehr sauber. Sauberer als sonst. Toter als sonst.

»Luisa, bist du da? Ich bin's!«

Etwas brummt, aber ich weiß nicht, wo es herkommt. Ganz leicht, fast ein leichtes Vibrieren.

»Bist du bei den Pflanzen? Tia?«

Im Pflanzenraum ist sie nicht, in ihrem Schlafzimmer nicht, dann muss sie in der Küche sein.

»Tia, geht's dir gut? Bist du da oben? Ich bin's, Telma.«

Nachdem ich das Küchenlicht angeknipst habe, erschrecke ich. Auf dem Küchentisch steht ein enormer Topf, davor ein Briefumschlag, auf dem mein Name steht. Außerdem ein frischer Teller und ein

Löffel. Es riecht nach Essen, ich kann mich aber nicht darauf konzentrieren. Wo ist meine Tante?

»LUISA! WO BIST DU DENN?«

Die Küche macht mir Angst. Es ist so leer, so sauber. So still, bis auf das Brummen. Ein kleines, seitliches Fenster der Küche zeigt in den Hof. Ich kann die Garagen erkennen. Aus einer der Garagen kommt Dampf. Das ist doch die Garage von den Fonsecas, die dritte von links? Da sind wir doch immer eingestiegen in dieses riesige Auto? Das Brummen scheint von dort zu stammen. Mein Herz bleibt stehen. Etwas Gewaltiges stimmt hier nicht. Ich nehme drei Stufen auf einmal und sprinte in den Hof.

Dort angekommen rennt mir der Nachbar, offenbar in Jagdstimmung, aus seiner Wohnung hinterher. Ich könnte mit ihm reden, ich könnte mich vorstellen, aber der Typ ist doch nur noch peinlich, mit seinem Stück Holz. Ich springe zur Garagentür. Zum Glück hat sie immer noch die wackelige Schraube am Türknauf. Als ich sie nach oben klappe, entweicht eine dicke stinkende Wolke. Der Mercedes steht in der Garage, er läuft, es ist laut. Mittlerweile sind der Nachbar und seine Frau an meiner Seite. Wir versuchen im dicken Rauch die Fahrertür zu finden. Plötzlich hören wir, dass Gas gegeben wird. Wir müssen zur Seite springen. Der Mercedes schießt rückwärts aus der Garage, an uns vorbei. Am Steuer sitzt Luisa. Das erkenne ich deutlich.

TIM

Ob ich mein Hemd noch bügeln lassen sollte? Fünf Euro pro Hemd sind eine Unverschämtheit, ich könnte mir auch einfach das Bügeleisen leihen. Alternativ gibt es immer den Trick, einen Pullunder über das Hemd zu ziehen. Das sieht zwar etwas spießig aus, doch dann wäre mir auch sicher nicht zu kalt heute Abend im Restaurant. Ich mag Hotelfernsehen in fremden Ländern. Es macht mir Freude, Quizshows und Lokalnachrichten in fremden Sprachen zu sehen, doch jetzt hänge ich an CNN fest, ich brauche meine Muttersprache, ich verstehe, Japan ist verseucht. Breaking News handeln von vier Reaktorkernen und einer drohenden Kernschmelze. Arbeiter des Kraftwerks hatten mit Plastiküberschuhen in 10000fach höher kontaminiertem Wasser gestanden und würden nun versorgt, was auch immer das bedeutet. Ein englischsprachiger Augenzeuge erzählt, dass er mindestens fünf Minuten lang mit seiner Frau das Erdbeben auf der Terrasse vor der Tür erlebt hat, dass es eines der längsten Erdbeben jemals gewesen sei, auf einer Skala lag es bei knapp neun. Ich kann nur vermuten, dass diese Skala bis zehn reicht. Mich erschreckt die

Möglichkeit, diese Katastrophe mit einem Druck auf die Fernbedienung beenden zu können. Es macht mich unruhig, ich verstehe die Schwere der Gefahr für die Menschen in Japan, doch ich muss mich nicht damit beschäftigen, wenn ich das nicht möchte. Wenn das portugiesische Fernsehen gerade nicht von Fukushima berichtet, interviewen sie junge Menschen auf der Straße in Lissabon, die, soweit ich das interpretieren kann, traurig sind, dass es keine Arbeit und keine Perspektive für sie gibt.

Lange habe ich nicht mehr so viel am Stück ferngesehen, das ist doch Irrsinn. Es ist Zeit, sich auf die Geburtstagsfeier zu freuen. Wenn ich ehrlich bin, freue ich mich darauf, bei Julia zu sein und hoffentlich ein bisschen mehr mit ihr sprechen zu können. Seit wir uns im Café gesehen haben, schwirren wir umeinander herum, in meinem Kopf. Nach dem Portweinmuseum wollte sie noch ein wenig allein durch die Stadt wandern, ich hätte sie gerne begleitet, doch es gab keine Chance. Vielleicht gab es auch eine und ich habe die Signale falsch gedeutet? War das vorhin ein »Ich laufe noch ein wenig alleine durch Porto, weil ich meine Ruhe haben will.« Oder ein »Ich laufe noch ein wenig alleine durch Porto, mit dir wäre ich aber am liebsten alleine«? In dem Moment entschied ich mich für die erste Variante, alles andere sprengte meine Vorstellungskraft. Kurz nachdem wir uns dann verabschiedet haben, war ich mir mit einem Mal sicher, dass sie mich an ihrer Seite gewollt hat. Es fühlt sich richtig an, dass wir uns beide ineinander gefunden haben. Ich habe gegen meinen Instinkt gehandelt. Ihre Augen blitzen, ich bin sicher, meine auch. Es ist der schönste Moment im Leben, wenn man im Herz unmissverständlich versteht, dass die andere Person sich genauso wohl fühlt wie man selbst. Doch ich bin ein Rindvieh, denn ich ließ sie gehen. Im Museum hatten wir unseren Moment, doch ich musste es in den Sand setzen.

Ich nehme die braunen Schuhe mit den leichten Verzierungen an den Nähten, dazu der dunkelblaue Anzug über dem weißen Hemd. Zwei Knöpfe auf, drei? Nein, zwei. Wenn ich mich im Spiegel betrachte, bin ich überzeugt, dass ich aussehe wie ein stilvoller, nicht zu spießiger, junger Mann. Wie ein erfolgreicher Schauspieler, der es allen schon bewiesen hat, und nun vor allem durch seinen Stil und sein politisches Engagement auffällt. Der sich gerade eine Auszeit zwischen zwei Blockbustern nimmt, um einen kleinen, aber feinen Arthousefilm in Chile zu drehen. All das spricht aus der Kleidung, Kleidung ist nun mal Sozialverhalten. Im nächsten Augenblick kann es sich aber um 180 Grad drehen. Auf einmal sehe ich im Spiegel einen verkleideten jungen aus einem Londoner Vorort, der Angst vor der Welt hat, der Angst davor hat, dass seine Angst erkannt wird, und der in seiner Verkleidung sicher entblößt werden wird. Zum Glück dominiert die stilvolle Wahrnehmung meiner Selbst, als ich das

Hotelzimmer verlasse, um mir unten ein Taxi zum Restaurant zu suchen.

Der Hotelgang ist düster, macht es nicht möglich, den Teppichboden mit kleinen bunten Strichen darin gut zu erkennen. Vermutlich ist das auch besser so. Ich möchte nicht wissen, was schon alles in diesem Teppich steckt. Auf dem langen Weg zum Aufzug muss ich durch zwei Durchgangstüren, die wie eine Luftschleuse funktionieren. Es zieht, ist bitter kalt, sobald man die Tür geschlossen hat, ist es wieder stickig und zu heiß im dunklen Gang. Die Aufzugtür schließt sich gerade langsam, als ich einen Fuß in der Tür entdecke. Wie ein kleiner, ratternder, schäbig schimmernder Vorhang öffnet sich die Aufzugtür. Die Show beginnt, dahinter steht Julia. Wir erschrecken beide, so fühlt es sich an.

»Ach, Hi!«

»Tim. Hallo.«

»Wohnst du auch hier in der Etage?«

»Da hinten, 326.«

Julia macht einen kleinen Schritt zurück, ihre Stirn zieht leichte Falten, sie sieht prüfend den Gang entlang. Ich lehne mich an den schmutzigen Spiegel und schaue mir Julia an.

»Ich bin 328.«

»Das kann doch nicht wahr sein. Wir sind Nachbarn? Dachte, du wohnst im ersten Stock? Dachte, du bist schon bei der Party?«

»Wir sind Nachbarn. Und wir sind heute beide extra aus Rom gekommen.«

Ich weiß nicht, warum sie das jetzt gesagt hat, aber ich finde es gut.

»Stimmt, pazzo! Verrückt!«

Während ich spreche, wedelt meine rechte Hand durch die Luft. Sie tut es ganz automatisch. Als ich anfing, ein bisschen besser Italienisch zu lernen, fing ich auch an, mehr zu gestikulieren. Das war keine Parodie oder peinliche Anpassung, es gehörte dazu. Ab und an fällt es mir erst nach dem Sprechen auf, so wie auch in diesem Moment. Im Englischen funktioniert die Kommunikation mit subtilerer Körpersprache, viel auch über die Mimik. Hochgezogene Augenbrauen, Pausen, in denen in die Ferne gestiert wird, bevor eine Antwort auftaucht, feinste Mundwinkelpolitik. Wie man wohl den Körper bewegt, wenn man Deutsch spricht? Wie ein Panzer natürlich, mir ist das klar. The Krauts. Ich lache in mich hinein bei diesem Gedanken an meinen eigenen Witz. Dann platzt die Frage aus mir heraus.

»Wie spricht man Deutsch? Ich meine, mit dem Körper?«

Julia dreht schnell ihren Kopf zu mir, die Augen blitzen.

»Naja, wie ein Panzer natürlich. Gerade Schüsse. Vorwärts! Bam Bam! Ratatata!«

Dabei zeigt sie mit dem Zeigefinger nach vorne in Richtung Hotelgang. Hat sie jetzt wirklich diesen

Witz gemacht? Habe ich vorher laut gedacht? Hat sie mich gehört? Nein, das kann nicht sein. Was? Ich hätte mich rasieren sollen, meine Bartstoppeln sind zu lang. Während ich das mit der Hand fühle, sehe ich mir Julia an. Sie hat Eleganz, aber ganz ohne besondere Kleidung oder Schmuck. Sie hat Stil. Sommerkleid, Jacke, Zopf. Es ist einfach, es ist grandios. Ich mag ihren Hintern, den sehe ich mir nur für eine Millisekunde an, doch sie hat es sicher bemerkt. Ihre Haare sind zusammengebunden zu einer lustigen Palme. Die Palme bewegt sich wackelig hin und her, aber selbst das hat Stil. Beim Lachen berühre ich aus Versehen mit dem Arm ihre Schulter. Dabei wird mir warm, schnell ganz heiß. Diese Frau, sie ist hier und alles ergibt auf einmal Sinn, alles, was ich mir antue. In einem engen, stickigen Flugzeug Stunden verspätet in Faro ankommen, auf einer Bank im Terminal übernachten, im Zug sinnfreie Gespräche mit Curtis aus Philadelphia führen, mit dem unangenehmen Giorgio übermüdet im Café warten, heute Abend noch diese Geburtstagsfeier. Ich fühle mich den gesamten Tag über schon müde und lethargisch, habe funktioniert, von außen gesteuert, wie ein Reiseroboter oder eine Puppe. Am liebsten wäre ich zurückgeflogen, abgehauen, zumindest stehen geblieben. Am liebsten hätte ich die ganze Welt vergessen und verflucht, weil sie so nervt, weil sie so unnötig anstrengend sein kann. Doch jetzt, hier, bei dieser Frau, in diesem Lachen, bei diesem Blick, ist plötzlich all meine Energie wieder da, eine andere Energie. Nicht die, die ich heute Morgen viel zu früh beim Aufstehen auf einer Sitzbank am Flughafen zurückgelassen habe. Es ist eine neue Energie, unbekannt, verheißungsvoll.

»Willst du auch zum Restaurant fahren? Ich nehme ein Taxi.«

»Ich hatte vorhin Spaß, zu laufen. Habe mir den Weg auf die Karte gekritzelt, wollte einen kleinen Spaziergang machen. Es ist nicht weit, man läuft am Meer entlang. Und man spart Geld. Wenn ich schon hier im Hotel residiere.«

»Wolltest du nicht sowieso eigentlich bei Liliana schlafen?«

»Nein. Nein, ich wollte so tun, als könnte ich mir ein Hotel leisten.«

Wieder bin ich mir nicht sicher, was dieser Spruch bedeutet. Wieder mag ich es aber, wie sie vor sich hin, fast in Trance, solche Wahrheiten formuliert. Als der Aufzug stoppt, wackelt er, als gäbe es ein leichtes Erdbeben. Ich muss an Japan denken.

In der Lobby des Hotels hängen Bilder alter portugiesischer Schifffahrer und viele stilisierte Weinfässer. Menschen sieht man nicht. Eventuell ist hinter der Rezeption ein Mann eingemauert, doch da bin ich mir nicht sicher. Wir nehmen unsere Schlüssel mit. Draußen ist offenbar eine kurze Regenpause eingelegt worden, es ist noch grau, aber nicht mehr so feucht.

»Ok, dann, ja, dann sehen wir uns gleich? Ich laufe schon einmal los. Da hinten stehen glaube ich Taxis, übrigens.«

»Ja, danke, ich … Ja, bis gleich.«

Nach zwei Minuten zu Fuß habe ich die Taxis gefunden, ein gelangweilter Fahrer mit Schiebermütze glotzt mich durch die Fahrerscheibe an, ich bleibe am Türgriff kleben und bewege mich nicht weiter.

»Mister. Rein oder nicht?«

Diesmal darf ich kein Rindvieh sein, warum tue ich immer das Gegenteil von dem, was ich will? Daher jogge ich Julia hinterher, die Straße hinunter. An der Kreuzung verliere ich sie kurz aus den Augen, erschrecke, doch dann sehe ich die wandelnde Frisurenpalme an einer Ampel, die in Richtung Meerespromenade führt.

»Julia! Stopp! Jules!«

Als ich etwas verschwitzt bei ihr ankomme, sieht sie mich mit einem frechen Lachen an. Sie freut sich und sie kann es nicht verbergen.

»Jules? Was ist das denn für ein bekloppter Spitzname?«

»Sagen wir so, in England, manchmal. Sorry.«

»Schon ok, was gibt's?«

»Ich komme mit dir. Spaziergang.«

»Du wolltest doch Taxi fahren?!«

Warum muss sie so streng sein? Doch auch das mag ich.

»Eigentlich wollte ich gar nicht Taxi fahren. Ich will lieber mit dir laufen.«

Sie lacht mich an und dieser Anblick löst ein kleines Feuerwerk in mir aus.

»Cool. Find ich cool. Sehr cool. Dann los!«

GIORGIO

Ich habe mich umgezogen, neue Hose, bin aus-
geruht und bereit für das Abendessen. Tim und Julia
habe ich hinter mir gelassen. Es war gut, ein bisschen allein zu sein. Der Tag heute ist unangenehm.
Ich bin gestresst. Der Portwein im Museum ist mir
zu Kopf gestiegen, jetzt bin ich zwar noch nicht wieder ganz nüchtern, aber fitter. 20 Uhr ist viel zu früh
zum Abendessen, aber ich habe Hunger. Hoffentlich
gibt es nicht zu viele Reden und Spiele zum Geburtstag, sondern schnell etwas auf die Teller. Noch kann
ich die portugiesische Küche nicht einschätzen. Ich
hätte Lust auf Pasta Amatriciana von Loredana, an
der Piazza Navona.

Vor mir sehe ich jetzt eine Wendeltreppe aus Stein.
Sie sieht aus wie ein steinernes Krokodilmaul, das
gerade zubeißt. Allerdings ist die untere Zahnreihe
eher abgekaut, wahrscheinlich ein älteres Krokodil.
Die steinerne Wendeltreppe steht terrakottafarben
neben einem grauen Kasten mit Fensterreihen an
allen Seiten. Vielleicht zehn Meter hinter mir beginnt bereits der Strand und ein heute sehr wüten-
des Meer. Der Nieselregen ist eklig, aber zum Glück
gibt es hier in Porto auch die armen Gestalten, die

157

an der Straße Regenschirme verkaufen. Es ist wie in Rom, vor dem Kolosseum, vor der Fontana di Trevi, wie überall im Zentrum. Die Regenschirme sind Schrott, für den Nieselregen in Porto reichen sie kurz. Das Restaurant wirkt von außen wie eine enorme verglaste Garage. Die gesamte Fensterfront ist in Richtung Meer ausgerichtet, auf einer Höhe, auf der man die Straße nicht mehr im Blickfeld hat. Genial. Ich denke an meinen Onkel Paolo, mit seinen Vorträgen und minutenlangen Monologen über Fassaden und Inneres. Über das Täuschen, über das, was wir sehen und das, was wir im Inneren erhoffen. Der Immobilien-Sokrates, so nannten wir ihn gerne. Paolo wäre stolz auf mich gewesen. Papa kann das nicht verstehen, aber Paolo hätte es gesehen. Ich habe heute gute Arbeit geleistet. Das Haus mit der wunderbaren Glaskuppel und der sonderbaren alten Frau gehört jetzt quasi uns. Von den Gläubigern der Fonsecas wurde das Haus schon vor langer Zeit auf die Bank überschrieben, die Bank wiederum ist nebenbei auch einer der größten Immobilienhändler Portugals und macht Geschäfte mit der Krise. Win/win/win.

Als ich den Gastraum betrete, ist er noch schöner als erwartet. Es fühlt sich an, als würde man mitten im Meer sitzen und dort essen. Die Höhe der Fensterfront ist perfekt gewählt. In der Mitte steht ein großer Tisch für unsere Feier mit circa 30 Leuten. Um diesen Tisch herum sind an den Rändern einige kleine Tischkonstellationen mit blauweißen Tischtüchern und schlichten, eleganten Stühlen. Es ist noch niemand da, ich bin zu früh.

»Entschuldigung, ich bin für die Geburtstagsfeier hier?«

»Ah, Sie sind der Erste. Kommen Sie mit. Hier an den großen Tisch.«

»Kann ich auch erstmal da ans Fenster?«

»Ja, klar, das ganze Restaurant gehört Ihnen. Wollen Sie ein Bier?«

Ich trinke selten Bier, es ergibt für mich wenig Sinn. Aber das raue Wetter und dieser Tag, das passt zu Bier.

»Superbock! Ist gut.«

»Superbock?«

»So heißt unser Bier.«

Ich setze mich an den schönsten Platz, einen kleinen Tisch, direkt am Fenster. Wenn ich nach rechts blicke, sehe ich das wilde, große, dämmernde Meer. Man hört nichts von den Wellen, ich spüre nichts mehr vom peitschenden Regen im Gesicht. Das Wilde ist noch zu erahnen, es ist jetzt aber hinter Glas.

Das erste Blatt der Speisekarte heißt *Tourist Menu*. Oh mein Gott, wo bin ich hier gelandet? So stillos kann Liliana doch nicht sein. Aber jetzt, da ich mich ein bisschen genauer umsehe, denke ich immer mehr, dass ich in einer abgehalfterten Strandbar gelandet bin. Der erste Eindruck hat mich ausgetrickst.

159

Die Glasfront und der Ausblick durch die Fenster haben mich mit ihrer Schönheit geblendet. Die Tische sind abgenagt an einigen Stellen, die Bar sieht improvisiert aus, gebaut aus Holzpaletten und verramschten Surfbrettern. Alles außer des Ausblicks ist schäbig. Ich muss wieder an Paolo denken, was er wohl dazu sagen würde?

»Eine portugiesische Spezialität? Eine Kleinigkeit vorab?«

Der Kellner ist mal wieder da. Wie macht er das, dass er immer aus dem nichts auftaucht, wie ein Zauberer?

Ja, ich will schon einmal etwas essen, egal was Liliana vorbereitet hat. Sonst bin ich zu betrunken. Wo sind denn alle, ich dachte, diese Leute aus der ganzen Welt kommen pünktlich? Ich möchte etwas essen, das ich nur hier in Porto bekomme. Außerdem will ich kein Englisch mehr sprechen, ich will endlich meinen erfolgreichen Hauskauf feiern. Mit Essen und Bier, auf Italienisch.

»Francesinha. Eine kleine Portion für Sie zum Probieren? Es ist ein einfaches Gericht. Aber das kriegen Sie wirklich gut nur in Porto. Es bedeutet niedrige ..., nein kleine, junge Frau. Junge französische Frau. Die Francesinha.«

Francesinha also. Gut, ich will gar nicht wissen, was es ist, sie sollen es mir bringen. Mir kommt der Kellner aus dem Café in den Sinn. Was ist das? Der Kellner hier ist aber im Vergleich zu ihm einfach nur ein Kellner. Ohne tiefe Augen. Während ich mein Bier trinke, fällt mir auch noch dieser Tsunami ein oder was auch immer da in Japan ist. Am Ende dieses Meeres, einmal um die Welt herum, werden Menschen überschwemmt mit Wasser, Schutt und Radioaktivität. Dann wird das schwer für Berlusconi und seinen Wiedereinstieg in die Atomkraft. 1987 sind wir ausgestiegen, nach Tschernobyl, es soll dieses Jahr eine Abstimmung geben, ob wir wieder Atomkraftwerke bauen. Silvio, was für ein peinlicher Clown. Aber bei der Atomkraft bin ich seiner Meinung, ich bin dafür. Wenn das alles stimmt, was aus Japan berichtet wird, dann wird das schwierig.

JULIA

»Hier ist es, da oben, das Restaurant mit der Fensterfront.«

»Wow! Sieht aus, als würde der Wintergarten ins Meer fallen. Bestimmt eine tolle Aussicht! Gehen wir rein?«

»Ja, regnet ja auch.«

Wir stehen am Meeresufer, hinter uns das Restaurant, vor uns das Meer, und bewegen uns keinen Schritt.

»Kann unangenehm sein, der Regen. Das ist etwas, was ich nicht vermisse, in Italien.«

»Regen kann schon auch schön sein, ist ja auch wichtig. Für die Pflanzen und so.«

»Unbedingt! Du bist ganz nass. Sorry, dass der Schirm so ein Schrott war. Hat nicht lange gehalten.«

»Ist nicht schlimm, wir können uns ja gleich aufwärmen.«

»Hört das heute nochmal auf oder regnet das jetzt durch?«

»Hat sich bestimmt ordentlich eingeregnet. Cats and Dogs, wie ihr sagt.«

Wir sind wirklich pitschnass, bleiben aber wie angeklebt stehen. Er sieht mich an, auf diese eine

Weise. Auf die Weise, bei der man sich sicher ist. Bei der man sich sicher ist, was passieren wird. Als könnte man ein paar Sekunden in die Zukunft reisen und weiß jetzt schon, was geschieht.

»Sprechen wir eigentlich gerade wirklich über's Wetter?«

»Wir sprechen grade über's Wetter, schon ziemlich lange.«

Wie er lächelt. Wir küssen uns, im strömenden Regen, links von uns das Meer, rechts das groteske Restaurant mit der hervorstehenden Fensterfront. Wir küssen uns. Ich hatte mir so sehr gewünscht, dass es gut sein würde. Es hat sich noch nie ein Kuss so richtig angefühlt. Es kribbelt überall. Nachdem wir uns kurz in die Augen gesehen haben, küssen wir uns wieder, er streichelt meinen Kopf, ich lehne den Kopf auf seinen Brustkorb.

»Gut, dass wir über's Wetter gesprochen haben.«

»Regen! Ist wichtig.«

»Sehr wichtig. Gehen wir rein?«

Er nimmt meine Hand, wir laufen zum Treppenaufgang in Richtung Restaurant.

GIORGIO

Julia winkt mir von der Eingangstür.

»Giorgi!«

Hat Tim seinen Arm an ihrer Hüfte? Hinter ihnen fällt eine große Gruppe in das Restaurant ein. Die Party beginnt also. Geburtstagskind Liliana läuft vorneweg wie der Vorderteil einer Prozession. Tim und Julia werden von der Menschengruppe aufgesaugt, sie verschwinden in Umarmungen, Küsschen und Lachen. Als ich mich an den Haufen von Gratulierenden wage und Liliana schnell an der Schulter streichle, bin ich mir nicht sicher, ob sie mich wahrnimmt. Sie lächelt mich an, aber da ist nicht viel Veränderung in ihren Augen. Es ist ein starrendes Lächeln. Julia hat ihren Arm über Lilianas Schulter gelegt, ich bin von ihr gebannt. Ich hatte versucht, sie zu vergessen. Ich habe es wirklich versucht. Doch jetzt, vor mir, in einem blauen Kleid, ist sie wieder zurück in meinem Herz. Tim schiebt sich zwischen die beiden Frauen, ich möchte ihn aus dem Fenster werfen.

»Setz dich doch zu uns! Warum hast du dich denn da so einsam an deinem Tisch versteckt?«

»Der Ausblick! Außerdem war ich der Erste.«

»Giorgi, komm zu uns! Da kommt ja auch schon dein Essen.«

Der Kellner, der mir mein Essen bringen will, ist überrascht von der Partyinvasion und von Julias Überfall. Sie schiebt ihn mit einem Lachen hin zu ihrem Tisch, allerdings in einer Mini-Conga-Tanz-Reihe, einer Polonäse. Ihre Arme liegen von hinten auf seinen Schultern. Ich schließe mich hinten an die Polonäse an, mit meinen Händen an Julias Schulter. Ihre Haut ist zart und warm, meine Hände verkrampfen. An meinen Schulten spüre ich kräftigere Hände, männlich vermutlich. Ich verdrehe meinen Hals kurz und schnell, um zu erkennen, wer hinter mir läuft, doch ich hatte es schon geahnt. Die kräftigen Hände gehören Tim. Als wir mit unserer kleinen, bescheuerten Polonäse am langen Esstisch angekommen sind, stellt der Kellner meinen Teller ab. Julia dreht sich geschickt weg, Tim drückt mich auf den Stuhl. Ich bin nun der einzige, der an diesem Tisch sitzt, ich bin der einzige, der etwas zu essen vor sich hat. Ich kann nicht fassen, was ich sehe. Vor mir steht ein tiefer Teller, in dem ein roter eckiger Batzen schwimmt. Es riecht süßlich, Ketchup? Portwein?

»Francesinha. Desfrute! Bon appetit!«

›Bon appetit‹, der Kellner hat Humor! Tim und Julia sind wieder in der Gratulierendenmasse verschwunden. Ich trinke mir einen tiefen Schluck Mut an, nehme zunächst zwei von den Pommes, die es dazu gibt. Oben liegt ein Spiegelei, der ganze Kasten ist überzogen mit roter Sauce. Mit der Gabel komme ich nur beschwerlich hindurch. Innen gibt es mehrere Lagen von Weißbrot, oder Toastbrot? Fleisch, Schinken, Käse und mehr von der roten Sauce. Ich nehme etwas von der Sauce auf die Gabel. Dosenravioli. Eine einzige Unmenschlichkeit. Die Konsistenz ist leicht sämig, breiig, süßsauer, schwierig. Ich stecke die Gabel mit ganzer Kraft tief hinein und probiere eine zu große Portion dieses Toast-Käse-Ei-Schinken-Saucen-Monsters. Beim Kauen versuche ich, die Geschmäcker in meinem Mund zu sortieren. Während das Restaurant um mich herum voller lachender und quasselnder Menschen ist, kaue ich vor mich hin. Süß, sauer, klebrig. aufgeweichtes Weißbrot, Pfeffer, ein bisschen ist da auch Fisch, oder bilde ich mir das ein? Ich kaue, doch auf einmal schmecke ich nichts mehr. Am Rand der Gruppe stehen Tim und Julia am Fenster und küssen sich. Als ich mein Stück Francesinha herunterschlucke, ist es trocken wie Pappe.

Julia lächelt in meine Richtung. Will sie sich bei mir entschuldigen oder will sie sich über mich lustig machen? Und was esse ich hier? Kellner, ich brauche noch ein Bier!

JULIA

Liliana hat ihr Fest wirklich schön vorbereitet. Das Restaurant ist geschmückt mit Meeresdekoration. Über der Bar hängen Taue, die Wände sind in weißem Holz. Weiß und blau dominieren den Raum. In Richtung Meer ist ein großes Fenster mit einem großartigen Blick in die Ferne. Ich bin betrunken.

»Esistwrklichschönhir!« Der Satz kommt aus meinem Mund wie ein einziges Wort. Tim lacht mich an, oder lacht er mich aus? Es ist mir egal, ich mag jedes seiner Lachen. Sein Partyhut rutscht ihm dabei über die Augen.

»Ist es.«

Es fühlt sich gut an und komisch. So vertraut. Giorgio sitzt uns gegenüber. Er hatte schon etwas zu essen, als wir uns noch gar nicht an den Tisch gesetzt hatten, seltsam. So unhöflich ist er doch sonst nicht. Doch die ganze Geburtstagsparty wirkt chaotisch. Liliana hat eine kurze Begrüßung abgehalten und uns den Kabeljau empfohlen, wir haben Platz genommen. Wir zahlen also alle selbst und bestellen, was wir wollen. Das ist nicht schlimm, aber als ich das verstanden habe, war ich kurz enttäuscht. Ich hatte mich auf ein rauschendes Fest mit Menu und

Sitzordnung eingestellt, jetzt bin ich im regnerischen Porto beim Abendessen mit ein paar Bekannten. Was auch immer Giorgio da isst, ich möchte es nicht probieren. Er sieht so unglücklich aus, so traurig, es muss ihm wirklich schlecht schmecken, nach zwei Gabeln hat er schon aufgehört. Tim hat uns Vorspeisen bestellt. Oliven, gegrillte Sardellen, etwas Frittiertes, eine Fischfrikadelle. Gutes, frisches Essen.

»Giorgi, willst du was von uns haben? Du siehst so unglücklich aus?«

»Was hast du dir denn da eigentlich bestellt, Mann?«, blafft Tim ihn an.

»Ich will nichts von eurem Essen.«

»Giorgi, bist du sicher?«

»Giorgi?« äfft Tim mich nach. Ich muss darüber lachen, doch Giorgio schlägt mit der flachen Hand auf den Tisch, starrt auf seinen Teller, ohne uns einmal anzusehen.

»NEIN, DANKE!«

Ok, seltsam. Wenn er nicht will, Spinner. Die Partygesellschaft an unserem Tisch teilt sich auf in viele kleine Grüppchen. Es läuft zum zweiten Mal nacheinander dieses Lied, das gerade alle gut finden. «Money, Money, Money, we don't need your money, money, money!« und sowas wie «PriceTag«, ich dachte eine Weile, die Frau würde «Scheisstäg« singen.

Liliana ist beschäftigt, dort am Tischende. Andauernd reden Freunde auf sie ein. Eine Frau krakeelt andauernd »für immer 29 plus«. Das Geburtstagskind ist der Mittelpunkt des gesamten Restaurants. Ich wäre jetzt lieber in Rom oder irgendwo anders, auf jeden Fall mit Tim. Mit dem spitzen Papierhut mag ich ihn noch mehr. Nachdem Giorgio sich von uns verabschiedet hatte, sind wir trotz Regen vom Hotel am Fluss entlang zum Restaurant gelaufen, bis zum Kuss. Jetzt sitzt er neben mir, isst Oliven und ich finde ihn zum Aufessen süß. Vielleicht würde er schmecken wie ein Baumkuchen.

»Portonic?«

Der Kellner stellt Gläser vor uns ab, hell, leicht rötlich, mit Limette. Es schmeckt wie ein Gin Tonic, der zu lange im Schrank meiner Oma gestanden hat. Weißer Portwein mit Tonic und Limette. Wasser, ich brauche Wasser. Ich möchte nicht so schnell noch betrunkener sein, doch Giorgio scheint etwas dagegen zu haben. Er hat noch immer sein Essen vor sich, trinkt schon lange ein Bier nach dem anderen und hat nun auch seinen Portonic hinuntergekippt. Außen stürmt es, innen ist es laut und alkoholisch. Seine Trunkenheit ist auf dem Weg umzuschlagen in Aggression. Er sitzt apathisch auf seinem Platz, isst lustlos und trinkt zu viel. Seine Energie gefällt mir, wenn wir uns in Rom sehen, aber heute stimmt etwas Gewaltiges nicht mit ihm, er ist ein negativer Energieschub. Seine Augen sind glasig, er guckt mir tumb ins Gesicht.

Der heutige Morgen kommt mir eine Ewigkeit entfernt vor. Das Flugzeug, die wackelige Landung, das Radio. Japan! Japan? Was war denn in Fukushima mittlerweile los? Ich bekomme einen Schrecken und ein schlechtes Gewissen, wenn ich an Japan denke, denn mir geht es gut. Tim beendet sein Gespräch mit den Tischnachbarn, offenbar amerikanische Architekten. Er dreht sich zu mir und zeigt fragend auf Giorgio.

Ich schüttele den Kopf: »Dummkopf«.

Tim nickt: »Dummkopf«.

Wir küssen uns.

TIM

»Dummkopf«

Wie niedlich sie das ausspricht. Der deutsche Akzent gefällt mir, wie ein Spielzeugpanzer, wie ein stumpfes, zu kleines Holzschwert, liebenswert. Ich war noch nie so glücklich wie in diesem Moment, nach diesem Kuss.

»Ich gehe mal zum Geburtstagskind, bleibst du beim Dummkopf?«

Sie lacht mich an, gibt mir noch einen Kuss auf die Wange. Ich trotte zum Ende des Tisches, möchte nur höflich sein. Jetzt stehe ich bei Liliana und ihren engsten Freunden. Es ist eine aufgedrehte Truppe. Der eine oder die andere hat hier heute vermutlich ein bisschen zu viel gekokst. Das würde auch erklären, warum der Weg zur Toilette wie ein Laufband am Flughafen oder die Schlange beim Check-in wirkt. Menschen gehen hinein, hinaus, ziemlich regelmäßig und selbstverständlich. Kaum einmal stört jemand den Rhythmus, indem er oder sie zu lange oder zu kurz drinbleibt. Es wird effizient abgefertigt. Ich höre dem Stimmenwirrwarr aus Portugiesisch und Englisch zu, wandere von stierenden Augen zu sich hektisch bewegenden Lippen. Sich hier in das Gespräch einzuklinken, ist so schwierig, wie auf einen fahrenden Zug aufzuspringen. Der Zug fährt zwar langsam, circa 5 km/h, aber ich muss es schaffen, im richtigen Moment zu hüpfen und mich festzuhalten.

»Ha, natürlich, die EZB muss da was machen.«

Das hat niemand verstanden, obwohl doch eben noch über die griechischen Schulden gespottet wurde. Nächster Versuch, neuer Sprung.

»Barcelona wird das natürlich! Champions League Finale ist dieses Jahr in London, Wembley!«

Wieder nur leere Blicke. Fußball scheint hier niemanden zu interessieren, dabei kommen die beiden Jungs doch offenbar aus Getafe in Spanien. Gut, aller guten Dinge sind drei. Während ich versuche, der wirren, verkoksten Diskussion über Christoph Columbus zu folgen, sehe ich nach Julia, am Ende des Tisches. Es ist nicht einfach, sie zu finden, zwischen all den Menschen, Armen und Gläsern, doch dann kann ich es erkennen und es schießt mir in die Schläfen vor Schreck. Giorgio hängt da auf Julias Schoß! Wenn ich es nicht besser wüsste, könnte man vermuten, die beiden seien ein Liebespaar, das sich einen Dreck schert um das, was um sie herum geschieht. Dann würde ich wohl lachend in die Runde sagen: »Guckt mal, die ziehen sich gleich aus! Hey! Nehmt euch ein Zimmer!«.

Doch ich kann nicht darüber lachen. Ich muss Julia befreien. Was ist heute nur mit Giorgio los?

Der kokst sich bestimmt auch die Birne weg in seiner überteuerten Bude am Covent Garden. Wer wohnt denn auch im Westend? Alles an diesem Italiener finde ich suspekt. Er ist aufdringlich, verträgt keinen Alkohol und beschwert sich über jedes Essen, das nicht die Pasta von Mama ist.

Auf dem Weg zurück zu meinem Sitzplatz, zur Rettung von Julia, werfe ich fast zwei Weingläser um und rempele aus Versehen zwei portugiesische Damen um, scheinbar Tanten von Liliana, die mich mit stolzem Vorwurf zu einer Entschuldigung aus erfundenem schlechtem Gewissen bringen. Ich muss zu Julia, daher sind mir die Damen und die Manieren egal. Wenn die wüssten, was da im Klo passiert, wäre ich ihr geringster Aufreger. Die Stühle, Tische und Menschen auf meinem Weg erscheinen mir wie ein Hindernisparcours aus dem Sportunterricht oder wie ein besonders schweres Level aus Super Mario World, oder das Finale aus Donkey Kong, fast nicht zu überstehen. Andauernd fliegen mir Fässer und bösartige Gestalten entgegen. Doch Julia braucht mich, das spüre ich. Ich brauche, dass Julia mich braucht, das spüre ich noch mehr. Für einen kurzen Moment konnten wir uns in die Augen sehen, es war ihr gelungen, durch die Belagerung von Giorgios Oberkörper hindurch nach mir zu sehen, und ich entdeckte in ihrem Blick Verzweiflung und ein Flehen, ihr zu helfen. Tim ist unterwegs, ich bin bereit, ich rette sie.

»Timmy, stronzo! Tutto a posto?«

Oft verstehe ich nicht, was Giorgio auf Italienisch sagt, das liegt an seinem Akzent, aber »stronzo« kenne ich. Das ist eine Beleidigung.

»Julia, alles ok?«

Sie sieht sehr genervt aus, allerdings auf einmal nicht mehr so hilflos wie noch vor einigen Momenten. Giorgio springt auf den Tisch, gießt Weißwein in alle Gläser, die er erreichen kann. Er gießt die Flasche grob und wütend aus, wie ein unkoordinierter Schimpanse. Dabei trifft er zwar das meiste in die Gläser, vieles aber auch auf den Tisch. Ich greife nach der Flasche, dabei zuckt er zurück und fällt hinten um, mit voller Wucht auf den Tisch hinter ihm. Mit einem Höllenlärm krachen die Teller und Blumen unter ihm zusammen. Es wird still, alle blicken in unsere Richtung. Julia springt vom Stuhl auf und will nach Giorgio sehen. Der liegt mit dem Rücken auf einigen Scherben, streckt aber sofort seinen Arm nach oben.

»Tutto ok!« und beugt sich langsam wieder hoch. Er nimmt eines der vielen Weingläser, das noch nicht zerbrochen ist.

»Un brindisi! Einen Toast!«

Dabei grinst er breit, genießt es sichtlich.

»Auf Queen Elizabeth!«

Er holt aus und wirft ein volles Glas in meine Richtung.

»Stronzo!«

Ich kann ausweichen, immerhin bin ich nüchterner, bekomme aber einiges an Wein mitten ins Gesicht, er ist kalt und klebrig. Die Scherben des Glases liegen um meine Füße herum. Ich könnte ihn schlagen, ihn anschreien, ihn noch mehr zum Gespött des gesamten Restaurants machen. Ich könnte ihn hinaus zerren, ihn ins Meer schmeißen. Dann wäre Ruhe. Doch ich habe Mitleid, bleibe vor ihm stehen, sehe ihm in die Augen.

»Giorgio. Heute ist nicht das Ende deiner Welt. Beruhige dich.«

Mit einem Ruck springt er vom Tisch wie ein wildes Tier. Er packt nach mir, will mich zu Boden reißen. Sein Griff tut mir an der Schulter weh. Er hat einen klammernden Griff angewandt, der mir durch das Jackett direkt in den Körper fährt. Was ist das, Karate, Kung Fu, Mister Spock? Es ist ein kleiner, stechender Schmerz, der mich fast ausschaltet und niederringt, doch mittlerweile sind die Kellner gekommen und die meisten anderen Gäste aufgestanden. Sie halten Giorgio zurück, der nur noch unverständlich auf Italienisch flucht, mit blutunterlaufenen Augen und schäumendem Mund. Er bewegt sich so zappelig, dass es ihm gelingt, sich aus den Armen zu befreien und zum Gang in Richtung Badezimmertür zu rennen. Ich erkenne, wie er sich durch die erschrockene Kokserschlange drängt, und die Tür von innen verschließt. Als ich mich auf dem Tisch abstütze, merke ich noch immer den Schmerz in der

Schulter. Julia lehnt sich neben mich. Wir berühren uns nicht, wir sprechen nicht, wir sehen uns nur in die Augen. Es gibt keine Notwendigkeit zu reden. Es gibt nichts zu besprechen. Natürlich ist mein Kopf voller Gedanken, natürlich macht sie sich Sorgen. Um uns herum sausen und wuseln Gäste und Kellner. Menschen nehmen sich in den Arm, räumen Scherben auf. Liliana sagt etwas in die Gruppe, es scheint etwas Versöhnliches zu sein. Julia und ich sind uns einig im Mitleid mit Giorgio. Ich fühle mich wohl, ich fühle mich richtig. Solange ich neben ihr an diesem Tisch lehnen kann, wird mir nichts passieren. Mein Herz klopft. Erst jetzt bemerke ich die Musik, die im Hintergrund läuft. Wieder kenne ich die Melodie, doch ich komme nicht darauf, welches Lied es ist.

GIORGIO

Meine Haare sind nass und nach hinten gedrückt, die Wangen sind rot, als hätte ich einen langen Tag im Schwimmbad hinter mir. Als wäre ich den ganzen Tag im *Piscina delle Rose* gewesen, meinem Lieblingsbad in Rom. 1960 gebaut, für die Wasserballwettbewerbe der olympischen Spiele. Eine Weile habe ich das auch gespielt, ich war der schnellste Schwimmer meines Jahrgangs, daher sollte ich das Anschwimmen um den Ball immer gewinnen. Jetzt fühle ich mich wie nach einem Wasserballspiel oder einem langen Badetag. Ich spüre mich selbst auf einmal wieder, beim Blick in meine roten Augen im Spiegel. Vorher war ich neben mir, hatte alles erlebt und getan, aber es war fremd gesteuert gewesen. Die Tränen kann ich nicht mehr kontrollieren, es ist alles so anstrengend. Mayumi hat mir ein letztes Mal geschrieben, kurz bevor ich auf Tim zugesprungen bin. Ich solle sie nie mehr kontaktieren, sie wolle selbst entscheiden, wie sie mit der Katastrophe in ihrem Land umginge. Dabei wollte ich doch nur nett sein, wollte doch nur der sein, der alles regelt. Der alles im Griff hat, der jeden Angriff abwehrt und jeden Kampf gewinnt. Der Tim aussticht gegen Julia, der

179

sie bekommt. Egal, was dann passieren würde, ich muss einfach gewinnen. Dieses Leben ist so anstrengend. Da ist wieder die Wut, die Wut auf alles, auf die ganzen Frauen, auf die ganzen Männer, auf meinen Körper, auf Italien, auf meinen Vater. Wenn ich mich lange genug im Spiegel ansehe, beruhigt mich das. Die Wut kenne ich schon, sie ist ein Teil von mir geworden in den letzten Jahren. Ich akzeptiere das. Doch als ich vorhin diesen schönen portugiesischen Kellner gesehen habe, begehrte etwas langsam auf, was keine Wut war. Etwas in mir brodelte nach oben, wie Nudelwasser, kurz bevor es kocht und sprudelt.

Als ich den Gastraum betrete, schweigen mit einem Mal alle anderen. Man kann jetzt deutlich die Hintergrundmusik hören, die vorher im Gemurmel untergegangen war. *Listen to your heart, Roxette*, allerdings in der spanischen Version. *Habla corazon*. Wer kommt auf so eine Idee? Ich würde diese Melodie überall sofort erkennen, in jeder Sprache. Dadadadadaaaa, hämmert es nach einem stillen Takt in den Raum. Ich bin im Zentrum, die Musik macht meinen Auftritt noch dramatischer. Julia will mich umarmen, redet etwas, doch ich schiebe sie weg und gehe zurück zu meinem ursprünglichen Platz, dem kleinen Tisch am Fenster. Es ist der beste Platz, dort hätte ich bleiben sollen. Dann wäre das vielleicht alles nicht passiert. Von dort hat man auch den besten Ausblick aufs Meer. Ich sehe hinaus, obwohl ich weiß, dass mich alle anstarren, und denke noch einmal ans Schwimmbad, an die Heimat. Ich krame tief in mir nach dem Stolz, den ich kennengelernt habe, als schnellster Anschwimmer meines Jahrgangs. Julia steht wieder bei mir, ich spüre ihre Hand auf der Schulter. Sie redet, ich höre nicht, was sie sagt. Da ist plötzlich ein Licht. Ein Licht, das größer und größer wird. Wie ein Scheinwerfer, der sich auf uns zubewegt, wie ein kleines Flugzeug. Oder ein fliegendes Auto. Es wird schneller und heller. Da stürzt etwas auf uns zu! Julia will mich weg vom Fenster ziehen, ich bin wie festgewurzelt. Tim ist jetzt auch da. Er stürzt sich auf mich und wirft seinen Arm über meinen Kopf. Ich kriege keine Luft mehr, mein Oberkörper brennt, mir ist heiß, mein Herz klopft, es wird immer greller. Plötzlich gibt es einen lauten Schlag, eine Bombe, eine Explosion, etwas greift mich an! Überall nur Rauch und Wasser. Mir ist schwindelig. Ich sterbe.

JULIA

Tim ist klebrig, der Kuss war klebrig. Die Stimmung bei dieser Party ist furchtbar. Mit den Gläsern und den Scherben hätte so viel passieren können! Was ist nur mit Giorgio los? Er war für ungefähr zehn Minuten im Bad, jetzt läuft er langsam auf uns zu, wie auf Eierschalen.

»Giorgio! Bist du verrückt? Hast du dich verletzt?«

Er weicht mir aus, sagt nichts und setzt sich an den kleinen Tisch, an dem er zu Beginn des Abends schon gesessen hatte. Er sieht nach draußen, wie ein Bösewicht in einem Film, in dem er sich jetzt umdrehen und etwas Diabolisches sagen würde. Vorsichtig berühre ich seinen Rücken, möchte ihn zu mir drehen, doch etwas Helles am Fenster lässt mich rausblicken. Über dem Meer ist ein Licht, das immer größer und größer wird. Es kommt näher, rast auf uns zu. Instinktiv spüre ich, dass wir rennen müssen.

»Weg! Schnell! Schnell, alle weg!«

Tim schiebt mich in Richtung Bar, in die gegenüberliegende Ecke des Restaurants. Dabei greife ich nach Giorgio, doch ich kann ihn nicht packen.

»Giorgio! Weg hier, raus! Wir ...«

Tim umarmt mich, ich umarme Giorgio. Zusammen zerren wir Giorgio zu uns. Wir lassen uns nicht los. Wir halten uns fest. Etwas explodiert. Ich werde ohnmächtig.

TIM

Es ist keine Angst vor Giorgio, es ist Angst vor dem, was in Giorgio gefahren ist. Er ist ein unberechenbarer Spinner geworden und ich möchte nicht wegen seiner Dummheit verletzt werden, ein Auge verlieren oder mir den Arm brechen. Wir sollten ihn in Ruhe lassen. Doch Julia empfängt ihn sofort, als er aus dem Bad kommt. Sie redet auf ihn ein wie auf ein Kleinkind, das Ärger bekommt. Sanft, aber streng genug. Soll sie mit ihm reden, ich bleibe hier sitzen. Immerhin hat er angefangen. Er hat mich angegriffen, er hat mich beleidigt. Jurek, mein polnischer Mitbewohner in Island, hat mir mal von einem Sprichwort aus seiner Heimat erzählt. Ein Mann, der dieselbe Frau liebt wie du, der kann kein schlechter Mann sein. Giorgio ist kein schlechter Mann, aber ein dummer Mann. Zumindest heute. Julia streichelt ihn, steht an seinem Tisch, durch das Fenster sehe ich einen Leuchtturm, das Licht eines Leuchtturms. Es bewegt sich. Das ist kein Leuchtturm. Es wird größer. Ein Flugzeug? Es könnte auch die USS Enterprise sein oder die Voyager. Ich kann es nicht identifizieren, was da auf uns zu fliegt. Drei große Schritte zu Julia und Giorgio. Ich ziehe beide zu mir, unter die Theke, mein Herz klopft. Im Mund schmeckt es nach Blut.

LUISA

Lichtstrahlen wecken mich auf, mir ist schlecht. Ich sitze hinter dem Steuer. Im Rückspiegel erkenne ich, dass die Garagentür geöffnet wird, jemand ruft. Plötzlich muss ich husten. Der Gasschlauch fällt auf den Boden, mehr Lärm. Der Gasschlauch? Ich kann Arme und Köpfe erkennen. Mit dem Fuß rolle ich den Stein vom Gaspedal, drücke die Kupplung durch, schalte in den Rückwärtsgang und presse mich auf die Lenkradhupe für einen schmerzenden Ton. Mein Fuß drückt auf das Gaspedal und der Mercedes schießt rückwärts aus der Garage. Links und rechts springen Menschen aus dem Weg, ich gebe weiter Gas, fahre jetzt rückwärts auf die Rua Pinheria und schalte dann in den Vorwärtsgang. Mit ganzer Kraft lenke ich gegen den Sturm an, um nicht in eine der Häuserfassaden zu krachen. Mittlerweile bin ich auf der Avenida Gomes da Costa. Auf einmal höre ich eine Sängerin oder ist es ein Pianist, der übt? Eine Sirene? Sirene! Es ist eine Sirene! Ich drücke das Gaspedal bis zum Anschlag, werde immer schneller. Der Sturm draußen rauscht in meinen Kopf hinein. Jetzt schon im fünften Gang. Das Meer kommt näher. TELMA!. DER BRIEF! DIE

INSTRUKTIONEN! Ich greife um mich herum, taste nach dem Brief für meine Nichte, greife eine Decke, um den Brief darin einzuwickeln. Eine Böe gibt mir dann einen heftigen Stoß, keine Chance auf Kontrolle. Mein Mercedes rast an den Rand eines Parkplatzes, direkt auf den grasbewachsenen Hügel, der eine Begrenzung für die Autos sein soll. Er wird zu einer Startrampe und ich hebe ab. Im Flug zieht eine Wendeltreppe an mir vorbei, vor mir erkenne ich eine Fensterfassade, unter mir spüre ich das stürmische Meer von Porto, meiner Heimat, die ich jetzt zum ersten Mal verlassen werde. Ein Schlag. Vor mir umarmen sich Menschen, zwei Männer und eine Frau. Sie liegen sich regungslos in den Armen, zu einer Einheit verschmolzen. Es sieht friedlich aus. Ich muss an meinen Bruder José denken.

Zweiter Teil

11. März 2021

GIORGIO

11. März 2021
To: telma8080@ptip.pt
From: giorgio.ca@liberi.it
Betreff: 100.000 Euro

Liebe Telma Saleiro,

wir kennen uns aus dem Polizeirevier, damals in Porto
2011. Meine Briefe an Ihre Adresse waren nicht zustell-
bar und die Telefonnummer ist nicht mehr gültig. Meine
letzte Hoffnung ist diese E-Mail-Adresse. Ich bin noch
immer sehr traurig darüber, dass Ihre Tante vor zehn
Jahren gestorben ist. Es tut mir leid, dass ich sie so erschreckt habe, und dass sie keinen anderen Weg sah.
Das Haus hat unserer Familie und unsere Firma viel
gebracht. Deswegen habe ich beschlossen, Ihnen ein An-
gebot zu machen: Ich möchte ihnen 100.000 Euro überweisen, als Entschädigung. Vielleicht hilft es Ihnen. Sie
sind eine junge Frau, vielleicht haben Sie Kinder, Familie. Mir wäre es wichtig. Meine Telefonnummer, falls Sie
mich erreichen möchten: 0039631773649. Bitte melden
Sie sich und bitte schicken Sie mir ihre Kontodaten.
Cari Saluti, Giorgio Carrelli (aus 2011)

Die Mail ist verschickt, in ein digitales schwarzes Loch. 100.000 sind ok. Das kann die Firma verkraften. Das Schreiben hat weh getan im Kopf, in den Gliedern und im Rücken. Es war anstrengend gewesen, sich zu überwinden, sich noch einmal mit diesem Tag und diesen Dingen zu beschäftigen. Als hätte ich zwei Stunden trainiert, als wäre ich zwei Stunden im Fitnessstudio gewesen. Aber ich bin aktiv, ich tue etwas. Die Erschöpfung tut mir gut, sie räumt den Kopf frei. Zum zehnjährigen Jahrestag vermisse ich unser Dreieck besonders. Direkt hinter die E-Mail an Telma schicke ich noch einmal Nachrichten an Tim und Julia, zur Erinnerung, heute, 21 Uhr ist der Videocall.

Der Himmel ist heute so grau wie in Porto. Mein Körper erschreckt bei der Erkenntnis, dass dieser Tag schon zehn Jahre her ist. Er erinnert sich an die Angst, an die Gewissheit, dass ich sterben würde. Die Erinnerung verschwindet nicht, sie ändert nur etwas den Geschmack, macht mir Sorgen. Die Erinnerung lässt mich nicht mehr schlafen. Wir wären fast gestorben, ich wäre gestorben. An der Stelle, an der ich in diesem Restaurant gesessen habe, war alles zerstört und verbrannt, da Teile des Autos in die Luft gegangen waren, von einer seltsamen Gasexplosion ausgelöst. Den verkohlten Tisch sehe ich in meinen Träumen bis heute. Den Tisch, von dem Timmy und Jules mich weggezerrt haben, von dem sie mich dem Tod entrissen haben. Der Moment des vermeintlichen Todes, in dem angeblich das Leben eines Menschen vor dem geistigen Auge vorbeirauscht, war bei mir ein großes Eingeschnappt-Sein. Es machte mich sauer und beleidigte mich, dass es jetzt schon so weit sein sollte. Ich erinnere mich gut daran, wie ich innerlich fluchte und schrie, vielleicht auch äußerlich, dass ich noch nicht bereit sei. Dass ich noch Wichtiges vorhabe, Wichtiges für mich, für mein Leben, dass ich mein wahres Leben noch nicht begonnen habe, und dass es unfair ist, mir diese Chance zu nehmen. Denn nicht das Leben ist unfair, sondern der Tod. Dem Tod bin ich aus der Schlinge gehüpft, doch so locker, wie ich mir das gerade zusammenreime, fühlt es sich nicht an. Es lässt mich noch immer nachts wachbleiben, immer, wenn der März beginnt. Es macht mir Angst, es macht mich traurig und rastlos. Ich kann meinen Frieden nicht machen. Vielleicht gelingt es, wenn ich dieser Telma Geld geschickt habe, vielleicht habe ich dann meine Schuld bezahlt.

Weg mit der traurigen Erinnerung, ich sehe auf den Schumannplatz hinunter. Menschen unterhalten sich mit Kaffeebechern in der Hand oder joggen in der Mitte des Platzes durch den eckigen Grasfetzen. Auf dem Tisch vor dem Fenster liegen stapelweise Ordner und Umschläge, die ich bearbeiten muss. Ich bin ein Sachbearbeiter bei Kafka und nicht ein Jurist, der Großkonzerne berät. Von wegen Nachhaltigkeit und Umweltschutz, diese EU erzeugt täglich massenweise Papiermüll. Heute ist besonders viel zu tun, denn es ist Parlamentstag. Der Gesetzestext und die Verträge für 2022 müssen noch vor der Parlamentssitzung zu den Mitarbeiterinnen der Abgeordneten. Die Portugiesen haben seit Jahresbeginn die EU-Präsidentschaft inne, wahrscheinlich war Ruiz auch deswegen in der letzten Zeit so anstrengend. Wir haben ursprünglich geplant, viel Zeit in Ruiz' Heimat zu verbringen. Wenn der ganze europäische Wanderzirkus dann für ein halbes Jahr in Lissabon Halt gemacht hätte, wollte ich von dort arbeiten, immerhin wären genug Unternehmer und Politiker dort gewesen. Doch die EU-Präsidentschaft 2021 findet nur digital statt. Alles findet in diesen Zeiten nur noch digital statt. Die Welt ist eingesperrt.

Die Geschichte von Luisa in Porto war ein brillanter Eisbrecher für Ruiz und mich gewesen, als wir uns kennenlernten: »Das einzige Mal, als ich in Portugal war, ist eine alte Frau mit ihrem Auto in ein Restaurant gekracht und hätte mich fast getötet!« Damit stellte ich mich vor. Ruiz erzählt gerne, dass er an dem Abend, kurz vor unserem Kennenlernen hier in Brüssel, aus der Bar gehen wollte. Er hatte sogar vorgehabt, seine Wohnung am nächsten Tag zu kündigen und Belgien zu verlassen. Die Entscheidung hatte er gefällt, doch eine Vorahnung ließ ihn noch ein letztes Getränk an der Theke holen. Da der Barkeeper aus Brasilien kam, sprachen Ruiz und er kurz miteinander, ich lehnte allein an der Bar und war betrunken, was sehr selten vorkommt. Ich hatte an diesem Abend aber ein anstrengendes Telefonat mit Tim hinter mir, in dem er wieder nur gejammert und gefleht hatte, dass ich ihm helfen solle, Julia zurückzugewinnen. Doch das war aussichtslos. Der Zug war abgefahren. Tim wollte es offensichtlich nicht einsehen. Es war erbärmlich und auch enttäuschend, dass mein alter Freund nur noch von sich erzählte und sich nicht mehr für mich interessierte, mich nur als Ablage seiner Probleme nutzte. Also ging ich übellaunig ausnahmsweise in eine Bar, trank Gin Tonic und versuchte, Tims Erbärmlichkeit zu verdrängen. Als ich dann Portugiesisch neben mir hörte und ich mir den kleinen Ruiz ansah, platzte es einfach raus:

»Portugal, he? Das einzige Mal, als ich in Portugal war, ist eine alte Frau mit ihrem Auto in ein Restaurant gekracht und hätte mich fast getötet.«

Ruiz erzählt die Geschichte unseres Kennenlernens immer mit leichter Empörung. Er fand es in diesem Moment frech, dass ich offenbar einfach eine Nachricht aus Portugal gesucht hatte, wahrscheinlich schnell auf dem Telefon gegoogelt, und sie für mich geklaut hatte, um mich interessanter zu machen. Doch ich hatte Beweise, zuhause, in meiner frischbezogenen, leeren Wohnung. Natürlich glaubte mir Ruiz das nicht, unser ganzes Kennenlernen hatte eine gewisse Aggressivität. Ruiz tat den ganzen Abend in der Bar so, als wäre ich ein mieser

Lügner. Ich fand Ruiz aufmüpfig und frech, aber auch bezaubernd und wunderschön. Offenbar ging es ihm ähnlich. Er hat am nächsten Morgen gefragt, was denn nun mit diesen Beweisen sei, er war sich sicher, es sei gelogen gewesen und er wäre einfach nur abgeschleppt worden von einem verklemmten römischen Macho. Ich konnte ihm damals aber Fotos auf dem Rechner zeigen, von mir, von Luisas Auto, auch von Tim, Julia und der seltsamen Geburtstagsparty. Die Fotos wirkten wie übertriebene Kunst in einem Museum in Rotterdam oder Glasgow oder einem anderen dieser modernen Betonhäuser. Zu sehen waren ein halber Mercedes, Glassplitter, ein paar gedeckte und ein paar zerstörte Tische und, wenn man genau hinsah, eine Menge Wasser vom Regen und Sturm vor der Tür. Es waren offizielle Pressefotos und Aufnahmen der Polizei, die ich gesammelt habe. Mittlerweile tut es mir wirklich leid, wie gemein ich an diesem Tag über Portugal gedacht habe. Es ist einfach ein hässlicher Tag gewesen, aber eben auch ein sehr wichtiger. In den letzten Jahren sind wir immer wieder dort gewesen, auch in Porto. Ich mag mittlerweile sogar die Küche, ich mag Portugal und die Portugiesen, weil sie sind wie der Mann, den ich liebe. Wild, liebevoll, melancholisch, wunderschön, eine Heimat. Eine zweite Heimat. Ich konnte meine Familie in Italien in den letzten Monaten nicht mehr besuchen, Reisen war verboten. Dabei will ich so gerne einmal wieder am Strand in Ladispoli stehen, einen Kaffee trinken und die Luft einsaugen. Pasta bei Stefano, später noch eine Runde ins Wasser. Mit meinem Bruder und meinem Vater Weinproben machen. Ach, ich vermisse Italien manchmal so sehr.

Die portugiesische Polizei erschien uns damals nach der Katastrophe zunächst etwas übereifrig, der leitende Kommissar wirkte besonders stolz darauf, dass sie vermutlich eine Verbindung gefunden hatten. Er wollte wohl unbedingt einen Fall daraus machen. Dabei gab es keinen Fall. Es gab die tragische Geschichte von Luisa und es gab den Zufall. Noch in der Nacht nach dem Unfall wurden wir nacheinander von der Polizei verhört. Meine einzige Erklärung für das alles war: Zufall.

»Zufall?« fragte mich der Inspektor hinter seinem Schreibtisch.

»Zufall«.

»Zufall«, murmelte der Polizist noch einmal.

»Ja, Zufall«. Ich wusste nicht, was ich noch hätte sagen sollen. Ja, ich bin an diesem Tag in dem Haus der Fonsecas gewesen, in dem Luisa Jahrzehnte lang gelebt hatte, wie der Kommissar mir mitteilte. Ja, Luisa ist dann mit dem Auto in dieses Restaurant gestürzt. Aber was sollte das mit mir zu tun haben? Doch der Kommissar schien begeistert von einem Fall mit einem ausländischen Geschäftsmann und konnte mich überzeugen. Nach einigen Stunden kam er zu seiner Erklärung: Diese Frau, Luisa, konnte offensichtlich nicht damit umgehen, dass das

Haus verkauft wurde, daher hatte sie wohl nach mir gesucht und wollte sich an mir rächen. Dabei musste sie sterben, ich hatte Glück gehabt. Sie stellten mir dann Luisas Nichte Telma vor, in meinem Alter. Wütende Augen, wilde Haare, strenger Geruch, voller Hass. Ich erschrak am gesamten Körper, als sie mir auf der Polizeiwache gegenübertrat. Niemals werde ich diesen zornigen Blick vergessen. Wir stritten uns kurz vor den Beamten. Offiziell war damit die Sache vom Tisch. Unser Familienanwalt regelte den Rest. Für die Firma meines Vaters war das Fonseca-Haus der Schlüssel zum Erfolg im vergangenen Jahrzehnt. Wir renovierten zunächst ein bisschen, dabei kamen wir in Kontakt mit noch weiteren Immobilienverkäufern und schnell gehörten unserer italienischen Firma mehrere Straßenzüge in Portugal. Wir taten genau das, was all die Scheichs und Russen mit den edlen Straßen in Rom taten. Unbemerkt, unter dem Decknamen vieler kleiner Firmen, Tochterunternehmen in Portugal und Italien, bauten wir unser Portfolio aus. Nachdem wir die Umgebung des Hauses nahezu komplett aufgekauft hatten, zu einem Spottpreis, begannen die Renovierungen. Aus dem Fonsecahaus und den Nachbargebäuden wurden Luxuswohnungen und Einkaufszentren, die nach und nach wiederverkauft wurden. Portugal boomte nach einigen Jahren, die Zinsen waren niedrig, die Firma meines Vaters wurde steinreich durch die neuen schicken Wohnungen in der Innenstadt eines florierenden Portugals. 2016 wurde diese Seleção sogar Fußballeuropameister, unglaublich!

Zum Glück hatten wir alles verkauft, bevor es wieder bergab ging, doch Papas Firma war mittlerweile in anderen Märkten aktiv. Osteuropa, Skandinavien und viel in England. Da konnte man Geschäfte mit der Brexit-Krise machen. Wir waren gut darin, es machte unsere Familie reich und bedeutend. Und alles begann mit diesem Wintergartenhaus der Fonsecas, 2011.

Doch die Schuld suchte sich mit der Zeit ihren Weg in meine Träume. War ich zunächst noch erfolgreich darin, mir einzureden, dass alles Zufall war, schlief ich danach immer schlechter. Immer wenn der März und mit ihm dieses Datum näherkamen, wurde ich nervös. Es steigerte sich von Jahr zu Jahr. Ich träumte, dass ich sterben würde, ich stellte mir vor, wie diese Frau mich überfährt, und ich träumte von der Nichte Telma. Von ihr, die mich beschimpft, die mich vor Gericht als Mörder ins Gefängnis schicken lässt. Ruiz musste mich oft beruhigen, er konnte mich wahrscheinlich nie ganz verstehen. Zum Glück hatte ich Julia und Tim.

Nach der Nacht von Porto sind wir erst einmal gemeinsam nach Rom zurückgegangen. Ich pendelte dann viel zwischen London und Italien hin und her und wir sahen uns in Rom regelmäßig. Tim und Julia waren auf einmal ein Paar, der Crash im Restaurant hatte uns verbunden. Ich konnte Tim anfangs immer noch nicht leiden. Julia wollte ich hassen. Doch beides gelang mir nicht. Wir drei gehörten nun zusammen. Wir wussten voneinander haargenau, wie die anderen diesen Moment erlebt hatten. Wir wussten, dass sich Tim und Julia gerade geküsst hatten. Wir wussten, dass Tim und ich an unterschiedliche Arten von Raumschiffen dachten, als das Auto durch die Scheibe krachte.

Wir hatten den Ohrwurm unseres Lebens aus der *Listen to your heart*- Melodie, die kurz vor dem Crash in den Raum dröhnte. Wir haben diese Erfahrung geteilt, die beiden haben mir das Leben gerettet und wir waren eine Katastrophenfamilie geworden.

Es gab uns Sicherheit, über den Abend und die Nacht zu sprechen. Wir hatten zusammen in einem scheußlichen Warteraum des portugiesischen Polizeireviers gesessen. Wie oft erinnerten wir uns in den Gesprächen an diesen Ort, der wie eine Lagerhalle aussah, und in dem es kalt und zugig war. An der Wand hingen Portraits verdienter portugiesischer Beamter. Nur einer von uns musste den Raum erwähnen und sofort fühlten sich alle drei verbunden in der Erinnerung. Doch viel zu lange haben wir diesen Moment nicht mehr gemeinsam erlebt. Mir fehlt die gemeinsame Erinnerung.

Einmal an Tims Geburtstag in Rom trafen wir uns bei meinen Eltern auf der Dachterrasse. Aus England kam ihn niemand besuchen, also versuchten wir, eine möglichst britische Party für ihn auszurichten. Julia hatte alles für Pimm's eingekauft, ein seltsames, bitterfruchtiges Sommergetränk. Mein Vater versuchte sich an einem Shepherd's Pie. Allerdings geriet er mehr zu einer Lasagne mit Kartoffelbreikruste. Er kochte das Fleisch wie einen Sugo für eine Bolognese ein. Tim schmeckte es trotzdem. Ich lachte den Shepherd's Pie aus. An einem anderen gemeinsamen Sommerabend auf dem Dach schlug Julia vor, Yoga zu machen, nur eine halbe Stunde. Ich verteilte Decken auf dem Boden der Terrasse und knöpfte mein Hemd auf. Julia setzte sich vor uns auf den Boden, atmete ruhig ein und aus und gab Anweisungen für seltsame Turnübungen. Tim hatte große Schwierigkeiten, schon allein seine Beine gestreckt zu halten, ohne umzufallen, brachte ihn an seine Grenzen. Das spornte mich an, ich konzentrierte mich. Tim fiel laut fluchend um, schürfte sich ein Stück des Oberschenkels auf, kniete sich aber direkt wieder hin. Wir machten einen Wettstreit daraus, wer länger und strukturierter den Anweisungen von Julia folgen konnte, und wem das Hemd dabei noch immer stilvoll stand. Wir sprachen kein Wort miteinander. Doch auch ohne Worte begaben wir uns in den Zweikampf, ab und zu ein verbissener Seitenblick. Es war anstrengend. Tim schwitzte genau so sehr wie ich, als Julia endlich vorschlug, mit einer Atemeinheit im Liegen die Session abzuschließen. Wir haben beim Yoga mindestens ein Unentschieden erzielt, Respekt war erarbeitet, das

Gesicht war gewahrt. Julia tätschelte Tim, half ihm hoch und nahm sich ein Bier.

Die gemeinsame Zeit fühlte sich nach Familie an, auch wenn ich das lange nicht einsehen wollte. Nach einer ebenso zufällig entstandenen Familie wie meine eigene. Zufällig entstanden, wie alle Familien, die sich lieben.

TIM

Die Kinder essen so viel. Wo geht all das Futter hin? Ich stehe schon wieder in einer Schlange vor dem Supermarkt. Es ist das tägliche Brot, es ist ein hartes Brot: Wir brauchen Brot, Milch, Pfirsiche, Nudeln, Klopapier, Müsli und Seife. Wie kann man so viel Seife verbrauchen? Überall sind Schlangen, man darf Lebensmittelgeschäfte nicht nutzen, ohne eine Gesichtsmaske zu tragen, ohne einen Korb zu tragen oder einen Einkaufswagen zu schieben. Auf diese Weise soll die Menge der Menschen im Raum kontrolliert werden. Vor mir wartet eine Frau, Mitte 50. Mit ihrer geblümten Jacke und der beigen Hose sieht sie aus wie eine Rentnerin, dabei wirkt ihr Gesicht ungewöhnlich jung. Auch sie, sehr genervt. Besonders von der rothaarigen Dame, die mit ihrem Korb, telefonierend, durch den vorderen Teil des Supermarkts schlendert, als wäre sie bei einem Stadtbummel. Sie spricht laut in ihr Telefon, lacht immer wieder auf und hält hier und da an, als wäre sie in einer Modeboutique. Hier mal die Auberginen ansehen, dort mal bei den Schokoriegeln anhalten. Sie nimmt manche Produkte kurz in die Hand, um sie zu begutachten, legt sie zurück, bleibt stehen, telefoniert weiter und lässt sich alle Zeit der Welt. Dabei bleibt ihr Korb aber leer. Sie bemerkt nichts von der wartenden Schlange zwei Meter hinter ihr. Leute, die darauf warten, dass sie ihren Einkauf beendet und dann den Korb an die nächste wartende Person gibt, werden ignoriert. Bei ihr ist es mit der Kleidung umgekehrt. Eine hellrote Sportjacke und dazu passende Turnschuhe. Sie ist zu alt dafür, ihr Gesicht passt nicht zu den Kleidern. Kurz ist sie gerade verschwunden, dann taucht sie aber von der anderen Seite sofort wieder im vorderen Bereich des Supermarkts auf. Sie ist weiterhin im Telefongespräch vertieft und läuft plaudernd im Kreis, als wäre sie in ihrem Wohnzimmer.

Plötzlich schiebt die wartende Frau vor mir einen Einkaufswagen in Richtung der telefonierenden Sportjackenfrau, die dadurch stolpert, ihren Korb verliert und fast mit dem Gesicht im Orangenberg landet. Es raunt in der langen Schlange der Wartenden vor sich hin. Nachdem die Telefonfrau ihr Gleichgewicht wiedergefunden hat, tritt sie fest auf und stürmt mit wütendem Blick auf die andere zu. Sie erinnern mich an meine vier- und fünfeinhalbjährigen Kinder, die um einen Fußball streiten, bitterböse und unverzeihlich. Dann geht alles ganz schnell, die Telefonfrau schlägt tatsächlich mit ihrer Handtasche zu, einmal quer über das Gesicht der anderen, von links nach rechts, über die Nase. Ihre Tasche klappert dabei, man kann hören, wie die

Knöpfe und der Reißverschluss der Tasche die Backen der anderen Frau aufschürfen. Beide Frauen erschrecken, die Täterin noch mehr, denn mit Blut hat sie offenbar nicht gerechnet. Ich muss dazwischen gehen, greife nach beiden und bekomme den linken Haken der Rothaarigen ans Kinn.

»Kannst du aufstehen?«

Mein rechtes Auge ist milchig. Wenn ich blinzele, wird die Sicht klarer. Der Streit der beiden Frauen scheint jetzt erst richtig Fahrt aufzunehmen, sie fauchen sich in einem Abstand von zwei Metern an. Ich halte mir die schmerzende Stirn und sehe den anderen beim Einkaufen zu. Was ist denn nur los? Ich will doch nur schnell ein paar Lebensmittel besorgen. Die Kinder! Ich muss die Kinder gleich abholen, wo ist mein Telefon? Nicht in der Hosentasche, nicht in der Jacke. Ich muss da Bescheid geben, die Kinder sind noch in der Kita. Auf einmal schwebt mein Telefon in der Luft vor meinem Gesicht, das Display ist komplett zerbrochen.

»Kaputt, Spider-App.«

»Hm?«

Ein liebes, hübsches Gesicht strahlt mich an, die junge Frau hält mir mein Telefon unter die Nase.

»Braucht Reparatur. Dein Telefon.«

»Scheiße! Was...? Mann!«

»Das kannst du vergessen, ist kaputt.«

Kleine Grübchen, auf dem Kopf ein palmenhafter Zopf. Ich versinke in ihrem Lachen.

»Wenn du eine Zeugin brauchst, ich hab gesehen, wie dir das Telefon aus der Hand gefallen ist nach dem Schlag. Hat dich ziemlich K.O. gehauen, die alte Frau.«

Jetzt lacht sie mich aus, es stört mich nicht.

»Ja, ähm, ja, also, ich, ich weiß nicht. Muss jetzt los. Ich...«

»Polizei ist unterwegs. Da kommt bestimmt auch bald ein Krankenwagen, der verarztet dich! Ist aber glaub' ich nicht schlimm. Dein Telefon hat's heftiger erwischt.«

»Ja, ich muss jetzt los, meine Kinder abholen.«

Wenn ich mit der Hand über meine Stirn fühle, scheint mir das Blut schon etwas angetrocknet zu sein. Ich kann hier nicht bleiben.

»Warte mal!«

Sie tupft die Wunde mit einem Taschentuch ab, dabei sehe ich mir ihren Hals, ihre Brüste und ihr Gesicht an. Ich weiß, dass sie das merkt. Sie bleibt aber so nah, wunderschöner Nacken.

»Ich geb' dir meine Nummer, hast du was zu schreiben?«

»Ne.«

Mit erhobenem Zeigefinger greift sie in ihre kleine Tasche.

»Dein Telefon geht ja nicht mehr, ich schreib dir das hier auf den Arm, dann vergisst du's auch nicht.«

Es fühlt sich kühl und ulkig an, wie sie mit ihrem Schminkstift auf meinem Arm ihre Nummer schreibt, vielmehr hineindrückt. Dabei kommt sie wieder sehr nah und lächelt mich an.

»Marli. Also, eigentlich Marlena, aber man nennt mich Marli. Ich schreib einfach ein M neben die Nummer. Ruf' mich an, wenn du ne Zeugin brauchst!«

Zum Abschied streicht sie mir noch über die Wange, nicht wie eine alte Tante, anders liebevoll. Ich sehe ihren Beinen nach, ihrem Hintern. Was, verdammt, passiert hier? Keine Spur von Polizei oder Krankenwagen, ich muss zur Kita.

Als ich eine Stunde später die Wohnungstür öffne, rennen Eliot und Lilly begeistert auf mich zu. Kim kommt, als sie die Macke an der Stirn entdeckt.

»Honey, was ist passiert? Geht's dir gut? Wo warst du denn?«

»Streit, beim Supermarkt, nicht schlimm.«

»Mit wem hast du denn gestritten? Warum?«

»Nein, nicht ich. Zwei Frauen.«

»Welche Frauen?«

»Zwei Frauen, so Rentnerinnen. Ich wollte dazwischen, dann gab's einen Schlag.«

»Was machst du denn? Warst du beim Arzt?«

»Ist nicht schlimm.«

»Die KiTa hat mich angerufen!«

»Ich weiß. War da jetzt umsonst, weil du die beiden schon geholt hast. Telefon kaputt.«

»Ich hab dich auch nicht erreicht!«

»Telefon kaputt.«

Ursprünglich wollte ich nach dem Einkaufen die

Wohnung aufräumen, dann kochen, bis Kim wieder da ist. Doch jetzt sieht es aus, als wäre ein angeschossenes Nilpferd mit einem ausladenden Rucksack durch die ganze Wohnung getorkelt. Natürlich ist eine aufgeräumte Wohnung mit zwei Kleinkindern eine Illusion, doch wenn ich es für einen kurzen Moment schaffe, das meiste an seinem Platz zu verstauen, dann macht mich das üblicherweise glücklich. Leere Tische, gefaltete Kleider in strukturierten Schränken, ich mag das, ich vermisse das. Hauptberuflich räume ich auf, meine Karriere als reisender Journalist ist lange vorbei. Vielleicht könnte ich sie mit großer Kraftanstrengung vorsichtig wiederbeleben. Mit Wiederbelebungsmaßnahmen, die viele vergessene Muskeln in mir bräuchten, aber das möchte ich nicht. Ich hätte sogar Redaktionsleiter in London oder Amsterdam werden können. Die letzten drei Jahre bin ich aber vor allem Hausmann gewesen.

Mit über 40 verstehe ich leider die Menschen immer besser, die vom Alter sprechen. Die Hälfte meines Lebens ist vorbei, mindestens. Sylvester Stallone hat einmal gesagt: Bis 40 ist das Leben Addition, danach ist es Subtraktion. Leider muss ich befürchten, dass Sly damit Recht hat. Mich verwundert vor allem, wie sich das Zeitgefühl verändert. Im Jahr 2000 schien mir etwas wie das Jahr 2006 so weit entfernt wie ein ganzes Leben. Wenn ich heute sechs Jahre in die Zukunft denke, dann scheint mir das morgen schon so weit zu sein. Vielleicht liegt das auch an den Kindern. In der KiTa sehe ich mir die anderen Mütter zu genau an, sehe mich nach den jungen Frauen in Hotpants um, wenn ich mit meiner Familie im Sommer im Park sitze. Es kommt mir an manchen Julitagen im Stadtgarten vor, als wäre der gesamte Park voller 23jähriger hübscher Frauen in Hot Pants.

Mir fällt M ein, wie hieß sie? Marli. Ich denke an ihren Nacken, an ihre Grübchen, an ihre liebevolle Art. Früher wäre ich schlagfertiger gewesen, früher hätte ich sie vielleicht zum Kaffee eingeladen. Ich habe ja sogar ihre Nummer, aber es gibt keinen Grund, ein Idiot zu sein. Ich bin glücklich verheiratet. Ich liebe meine Frau. Ich darf nicht so ein triebgesteuerter Depp sein. Was ist denn heute mit mir los? Dieses Mädchen ist schuld. Wegen ihr fühle ich mich alt. Es ist noch nicht mal ein Witz, wenn ich sage, dass ich ihr Vater sein könnte. Ich bin ein alter Mann, ein grauer, fetter, britischer Mann. Wo ist der dynamische, einsame Wolf hin verschwunden, der um die Welt reist voller Nonchalance und Coolness? Der mit allen Menschen der Welt klar kommt und jedes Gespräch so führen kann, dass sich alle wohlfühlen? Was ist passiert?

Das Ärgerlichste an diesen Gedanken ist, dass sie so ärgerlich sind. So schnell ich sie im Kopf entdecke, umso schneller werfe ich sie wieder hinaus. Ich finde mich lächerlich und nehme mir vor, nicht so ein unangenehmer Egoist zu sein, schon gar nicht gegenüber meinen Kindern. So lange ich mir einrede, alt zu sein, bin ich es auch. Als ich vor vielen Jahren die Deutsch-Prüfung bestanden habe, war da dieses Goethe-Zitat im Prüfungstext: »Was wir in uns nähren, das wächst«.

Die Deutschen, dieser Goethe, genial. Die meiste Zeit mag ich, wie klar und direkt sie hier sein konnten. Sie sagen gerade heraus, wie sie etwas finden. Es kann deprimierend sein, aber ich mag meine Deutschen. Doch dass ich seit drei Jahren zuhause bin, fühlt sich sonderbar an. Kim hat nach den Geburten schnell wieder angefangen zu arbeiten und ist in den letzten Jahren in der Firma stetig aufgestiegen. Üblicherweise bin ich tagsüber bei den Kindern, abends kommt meine Frau dazu und kümmert sich noch ein bisschen. Durch den Supermarktvorfall ist die natürliche Ordnung heute gestört.

»Honey, ich muss jetzt telefonieren, ist wichtig, kommst du klar? Im Kühlschrank ist noch Salat. Der Rest ist auf dem Tisch.«

»Ich komme klar! Isst du nix?«

»Keine Zeit!«

Kim nimmt sich eine Tomate und rauscht aus der Küche. Eliot untersucht meinen Verband.

»Tut das weh, Papa?«

»No, it's nothing, habt ihr keinen Hunger?«

Eine weitere Stunde später sind die Kinder satt. Ich lehne die Kinderzimmertür vorsichtig an, in der Hoffnung, dass sie schnell schlafen werden, und setze mich zu Kim ins Wohnzimmer, auf unser Sofa, ein paar Meter vom Tisch entfernt. Sie tippt in Höchstgeschwindigkeit auf ihren Computer ein, man kann das Hacken der Tasten laut hören. Noch während sie schreibt, spricht sie, ohne mich anzusehen.

»Was machst du da?«

»Nichts.«

»Wie, nichts?«

»Nichts, ich sitz' hier.«

Kim tippt jetzt doch fertig, dreht sich dann zu mir.

»Was ist denn los mit dir heute?«

»Mit mir?«

»Ja, du prügelst dich mit Rentnerinnen, sagst nix, was soll das?«

»Ich wollte helfen, ich hab niemanden geprügelt. Keine Ahnung.«

»Ich hab' dir seit Wochen gesagt, dass ich heute einen wichtigen Tag hab', dass wir heute unsere Anteile verkaufen können und dass wir schnell sein müssen. Dass ich ausnahmsweise heute mal nicht aushelfen kann.«

»Naja, sonst mach' ich ja alles.«

Kim klappt ihren Computer mit so einer Wucht zu, dass man hören kann, wie das Display einen Knacks bekommt. Wir erschrecken beide.

»Lass es! Ich hab' den Termin mit dem Vorstand auf heute Abend verschoben, 21 Uhr, ging nicht anders.«

»Wenn die Kinder dann schlafen, ist das ok.«

»Die Kinder schlafen zurzeit doch nie um neun?!«

»Ich hab' um neun heute Abend auch einen Termin.«

Kim lacht kurz und hysterisch, als hätte ich einen absurden Witz gemacht.

»Dein Freund aus Rom, oder was? Das kannst du doch verschieben!«

»Schwierig, ne, kann ich nicht verschieben, ich hab ja, also, das war ja nicht meine Idee. Das war Giorgio. Und ich hab' ja lange nicht mit ihm gesprochen.«

»Es ist ein Telefonat! Dann ver-schieb-es-halt.«

»Geht nicht. Er meinte, es muss um neun sein.«

Sie klappt ihren Computer wieder auf und untersucht den Riss im Bildschirm. Das Gerät funktioniert noch, doch ein ungefähr zwei Zentimeter fetter Spalt ist zu sehen.

»Fuck!«

Ich muss an mein Telefon denken, das sieht noch schlimmer aus als ihr Laptop. Vielleicht bestelle ich mir gleich ein neues. Beim Gedanken ans Telefon schiebe ich meinen linken Ärmel nach oben und sehe mir Ms Nummer an.

»Was ist das denn?«

»Ach nix, so eine Zeugin quasi, wegen dem Telefon.«

»Eine von den Rentnerinnen? Hat die dir was auf den Arm geschrieben? Was ist denn das?«

Kim untersucht die Zahlen.

»M. Ist das Kajal oder was ist das? Edding?«

»Keine Ahnung, die hat das aus ihrer Tasche geholt. War nett, die hat mir geholfen. Hat mein Telefon gefunden.«

»Ach. War nett?«

Ich sehe mir meinen Arm genauer an, das M ist sehr geschwungen. Es sieht aus wie die Schrift eines Schulkinds.

»War also nett, die Frau M? Ruf' sie doch mal an!«

»Ja, wenn ich Hilfe brauche, wegen der Versicherung oder so, aber ich glaub nicht, dass ich die anrufen werde.«

»Ach, das ist aber doch schade, wenn sie so nett war.«

»Was soll das denn jetzt? Ist echt blöd, dass mein Telefon kaputt ist, was ist denn mit deinem Computer, lass mal sehen. Der hat einen Riss.«

»Lass es einfach! Ich muss jetzt weiterarbeiten. Du verschiebst das heute oder nicht, mir egal, ich muss meinen Termin um neun machen, unbedingt.«

»Ja, müsste gehen, kann aber sein, dass die Kinder wach sind, und dann müssen wir schauen. Ich bin ab neun auch beschäftigt.«

»WA-RUM? Tim? Warum? Warum willst du heute deine schlechte Laune an mir auslassen? Was ist denn so wichtig an diesem Gespräch heute Abend?«

»Giorgio hat so sehr darauf bestanden, dass wir uns heute sprechen. Mehr konnte er mir nicht sagen. Vielleicht ist ja auch etwas mit ihr. Es gibt nur diese Chance.«

»Also hast du ja scheinbar doch erst vor Kurzem mit ihm gesprochen. Dann verschiebt es doch bitte!«

»Ja, aber ...«

»Aber?«

»Ja, weiß nicht, schwierig, lange nicht gesprochen.«

»Tim, WA-RUM heute? Nur wegen dieser Sache in Porto vor zig Jahren? Macht es doch jetzt oder morgen!«

»Vor zehn Jahren. Es war genau vor zehn Jahren, heute. Nein, das geht so nicht, ich ...«

»Was??«

»Ich hab die ja seit sechs Jahren nicht gesprochen und ich bin wegen ihr überhaupt hier und vielleicht weiß Giorgio ja etwas von ihr, vielleicht ist etwas mit ihr. Er klang so dringend.«

»Hier? Wo hier? In Köln?«

»Hm.«

»In Deutschland? Wegen ihr? Wegen Julia?«

»Hm.«

»Du bist nur wegen dieser Julia hier in Deutschland, das ist ja schön! Und du hast auch wegen dieser Julia zwei Kinder? Mit mir? Und hast wegen dieser Julia auch geheiratet. Mich? Oder wie? Und natürlich musst du heute Abend eher über sie sprechen, als für deine Kinder da zu sein, klar. Spinnst du? Lass dir doch einfach von noch einer Frau die Nummer auf die Stirn tätowieren. Wär' doch auch nett.«

»Was hat das denn jetzt damit zu tun?«

Wir geben uns eine Pause, aber nur ein kurze.

»Wenn ihr euch fünf Jahre lang nicht gesprochen habt, dann MÜSST ihr natürlich heute Abend reden, das geht nur heute, klar. Du Arsch!«

»Sechs Jahre. Und sie ist ja gar nicht dabei, nur er. Ich, ja, weiß auch nicht. Sie ist ja gar nicht dabei. Aber vielleicht weiß Giorgio etwas Neues. Er ist so schwer zu erreichen. Ach, ich weiß auch nicht.«

»Ich weiß auch nicht, ich weiß auch nicht.«

Wieder Pause. Wir warten, dass ich jetzt noch etwas sagen würde. Etwas Versöhnliches möglicherweise oder etwas Erklärendes, gerne auch etwas Trotziges. Aber ich sage nichts. Ich kann nichts mehr sagen.

Natürlich bin ich wegen Julia nach Deutschland gezogen. Vor zehn Jahren wären wir beinahe alle gestorben wegen dieser verrückten Frau in Porto. Nach diesem Abend sind wir nach Rom zurück gegangen und alles begann. Es ist wichtig, es ist mir wichtig.

»Und jetzt sagst du wieder nichts mehr. Toll, ganz toll! Genau! Hau einfach ab, geh einfach, das ist eine Superidee.«

Im Kinderzimmer läuft ein Hörspiel von *Dangermouse*. Die Kinder lieben diese Maus, die in einem Briefkasten in London lebt und mit ihrem Assistenten in einem fliegenden Auto böse Schurken besiegt. Eliot und Lilly bauen dazu an ihren Legomauern herum. Sie sind erstaunlich brav heute. Durch das Kinderzimmerfenster sieht man den grauen Kölner Himmel. Einmal habe ich einen deutschen Film im Kino gesehen, als ich noch kein Vater war, noch Zeit hatte und die Sprache lernte. Da sagte ein Mann, mit österreichischem Akzent, als er in Köln den grauen Himmel betrachtete: »Was ist das nur für ein Land, wo der Himmel so ausschaut?«

Das fand ich wunderschön in seiner Poesie, aber auch in seiner Blödheit. Vielleicht nicht ganz Goethe, aber auch ein guter Deutscher, der Filmemacher.

Für Julia habe ich mein Pulver verschossen, die letzte Patrone war mein Umzug nach Köln gewesen. Seitdem ist alles aufgebraucht und ich bin in dieser seltsamen Stadt. Ich feiere Karneval mit bunten Hüten, mag die türkischen Restaurants in Mülheim und in der Weidengasse und mag auch sehr, wie einige Menschen miteinander umgehen. Viele haben diesen ›sense for the ridiculous‹ den die Deutschen wahrscheinlich am ehesten als britischen Humor bezeichnen würden. Ich mag es, in dieser Stadt zu sein, sie ist mir oft zu klein, doch die Menschen machen sie groß. Wer weiß, was passiert wäre, wenn die Brexiteers nicht gewonnen hätten. ›Brexiteers‹, wie harmlos und vermeintlich stolz das klingt. Als wären es wirklich Freiheitskämpfer oder Ehrenmänner, die den Brexit durchgesetzt haben. Natürlich kenne ich die Diskussionen, mein ganzes Leben lang. Hätte

Rupert Murdoch damals nicht Tony Blair erpresst, gäbe es heute vielleicht doch den Euro in Britannien und dann auch sicher keinen Brexit. So viele Gespräche habe ich geführt über die Südeuropäer, über die Deutschen, über die sozialistischen Franzosen, über die vermeintliche globale Elite, die sich angeblich in Form der EU zeigt. All die Gespräche haben nicht viel gebracht. Der Brexit ist geschehen. Ich habe es unterschätzt. Damals habe ich auch unterschätzt, wie sehr mich die Trennung von Julia einsam machte. Trotzdem blieb ich in Köln. Nach der Katastrophe mit Julia, nach der Katastrophe von Brüssel und dann der von London, entschied ich, an meiner Karriere zu arbeiten. Kim lernte ich bei einem Interview kennen. Ursprünglich wollte ich mehr über die Wirtschaftsbeziehungen zwischen England und der EU erfahren, doch ich fand etwas über meine Beziehung zu den deutschen Frauen heraus. Es war nicht fair, Kim mit Julia zu vergleichen, dennoch geschah es natürlich in meinem Herzen ständig. Mit Julia in Rom zu leben, hat mich lebendig gemacht. Es hat mir das sichere Gefühl gegeben, ein lebender Mensch zu sein und nicht jemand, der immer nur von außen betrachtet und berichtet, wie die anderen Leben spielten. So hätte ich es niemals laut formulieren können, doch ich hätte mein ganzes Dasein damit verbringen wollen, Julia zu erkunden und mich mit dieser Frau auf den Raketenflug des Lebens einzulassen.

In Rom hatten wir eine schöne Wohnung, dummerweise war ein Zimmer immer untervermietet. Trotzdem waren wir gerne dort, in der Nähe des Campo dei fiori, also da, wo kein Römer lebt. Es ist eines dieser historischen, touristischen Epizentren, wo überteuerte Touristenmenüs aus matschiger Pizza und Fertignudelsauce an jeder Ecke verkauft werden. Allerdings war es auch magisch, wenn ich in den Hinterhof sah und dort die Zitronenbäume, die Zypressen und all die Farben an den Wänden zu einem Gemälde wurden. Grün, Rot, Braun, Gelb, ich hätte nur auf diesen Hof schauen können. Wir waren auch ab und zu im Umland. Im Castel Gandolfo übers Wochenende, da wo der Papst Urlaub macht, oder mit der Bahn in Ostia am Meer. In San Lorenzo zum Essen und am anderen Ende der Stadt, in der Villa Ada, dem schönsten Park der Welt, weil er so kaputt und verlebt ist. Giorgio ist über die Zeit ein Freund geworden. Obwohl wir uns vor Porto kaum getroffen hatten, gab es seit diesem Märzabend eine Verbindung. Etwa zwei Wochen nach der Katastrophe besuchten wir ihn in seiner kalten, leeren Wohnung in Rom. Sie gehörte seinen Eltern, aber er war kaum dort. Oft flog er ein, um mit Olivenöl und Pasta im Gepäck direkt wieder nach London zu verschwinden. Es gab Aperol Spritz und Weißwein auf dem Dach, eine enorme, leere Steinfläche, die ganz sanft noch vom Gelb der Straßenlaternen angestrahlt wurde. Julia und ich waren beide auf unsere Art aufgeregt, dort als frischgefundenes Pärchen aufzutauchen. Die Stimmung war angespannt, Giorgio war zwar nicht mehr so ein Arschloch, aber noch waren wir keine guten Freunde. Julia hob ihr Glas in die Runde und wollte auf das Wiedersehen anstoßen.

»Auf das Wiedersehen!« und sie sagte mit fester Stimme: »A rivederci!«

Kurz war es still, Julia schien schnell zu verstehen, dass da etwas nicht ganz stimmen konnte, sie wusste aber noch nicht, was. Giorgio und ich brachen in lautes Gelächter aus. Das Lustigste war Julias ernster Blick. Sie hatte mit einem höflichen Toast auf das Wiedersehen das Eis brechen wollen. Durch ihren unfreiwilligen Witz schmolz eine komplette Eisscholle innerhalb von Sekunden.

»A rivederci!« So falsch war das nicht, aber es wäre so, als würde ein Deutscher sein Glas erheben und überzeugt rufen: »Auf Wiedersehen!« Die Eisscholle wurde von diesem Moment an immer kleiner, wir aßen und tranken den ganzen Abend. Giorgio hatte schwarzen Risotto gekocht, aus tintenfischgefärbtem Reis. Das Essen sah aus wie ein schwarzer Haufen geschmolzene Straße, hatte aber so eine Vielzahl an Geschmäckern und Aromen, wie ich es noch nicht erlebt hatte. Das Geheimnis schien der Fischfond zu sein, den er nach und nach hinzugegeben hatte.

Durch das Teilen unserer gemeinsamen Erfahrung begannen wir Freunde zu werden. Freunde, die sich tatsächlich regelmäßig trafen. Giorgio fragte mich

als echten Londoner häufig nach Tipps zu Kneipen, Clubs und Restaurants. Er wollte immer ganz
genau wissen, welche Bar welches Publikum hatte.
Von Giorgio lernten wir noch mehr über Essen, wir
lernten, wie man eine echte Carbonara oder eine
Vongole machte und wo man in der Nähe um welche Uhrzeit eben doch gutes Essen bekam. Schinken
musste man immer am Stück kaufen, dann zuhause
schneiden und essen: »Taglia e mangia!«. Auf keinen Fall durfte man das abgepackte Zeug kaufen.
Außerdem verstand ich, wie wenig die Italiener mit
Pfeffer kochen, ganz im Gegensatz zu den Engländern. Manchmal luden uns sogar Giorgios Eltern zu
sich ein. Sie lästerten gerne über Berlusconi, allerdings merkten wir schnell, wie unpassend es war,
wenn wir uns beteiligten, Kritik war den Italienern
vorbehalten. Sie hatten diesen Typen wiedergewählt,
scheinbar wussten sie bei ihm, woran sie waren.
Ein alter, korrupter lüsterner Bock war wohl immer
noch besser als ein korrupter linker Professor, der
ihnen alles wegnehmen wollte. Diese Interpretation
behielt ich damals für mich. Sie machten so viele
Witze über Silvio, sie beschwerten sich ständig,
doch das durften eben nur sie. Julia fand mich zu
höflich und zu verklemmt. Sie warf mir vor, diesen
offensichtlichen Vergewaltiger Berlusconi zu ver-
teidigen. Wir stritten häufig deswegen. Es nervte,
dass sie das so bitterernst meinte. Giorgio, sein Vater
Enzo und ich setzten uns nach den gemeinsamen

Abendessen manchmal auf einen Grappa und den restlichen Wein auf die Dachterrasse, während Julia mit seiner Mutter Federica abspülte und aufräumte. Es hatte eine gruselige Selbstverständlichkeit. Als wären Wirtschaft und Politik nichts für die Frauen. Das sehe ich natürlich nicht so, aber der Abend, die Gastgeber, der Grappa, die Terrasse, all das führte dazu. Enzo dominierte den Abend und er dominierte unsere Entscheidungen. Heute verstehe ich Julias Enttäuschung, damals dachte ich, sie wüsste doch, dass ich nur Enzo zuliebe diese Rolle annehme. Sie wüsste doch, dass ich nicht so denke. Doch ich machte es mir zu bequem. Ich fragte aus Höflichkeit nach, ob ich helfen könnte, doch Julia und Federica schickten mich weg. Julias Entscheidung, beim Aufräumen zu helfen, sollte mir zeigen, dass sie kein Interesse an Enzos Geschichten hatte. Doch das verstand ich damals nicht. Julia wurde darüber mit der Zeit immer wütender und das zurecht. Wie oft erklärte sie mir, dass ich es einfach nicht verstehen könne. Dass ich es einfach nicht sehen würde, was hier schiefläuft. Was konnte ich aber dafür, dass Enzo mit seinen 60 Jahren ein jovialer Idiot war und mit Julia sprach wie mit einem kleinen Kind?

Ich mochte diese Abende bei Giorgios Eltern, Julia sorgte dafür, dass sie weniger wurden. Manchmal traf ich mich ohne sie zum Mittagessen mit Giorgio und seinem Vater im Monti-Viertel. Enzo erzählte dann von seiner Tochter Chiara, Giorgios kleiner

Schwester, mit der er ständig über Politik diskutieren würde. Er sah kein Problem darin, wie er mit Julia umging. Weil er eine Frau und eine Tochter hatte, fühlte Enzo sich offenbar bereits modern genug.

Am letzten Abend, den wir noch mit Julia auf dem Dach ausklingen ließen, dozierte Enzo über Europa und die EZB. Er war ein großer Fan von Mario Draghi, dem EZB-Vorsitzenden. Über einige Ecken kannte er ihn angeblich auch persönlich. Enzo war nach zwei Grappa ein Angeber, allerdings ein unterhaltsamer. Er blickte über die Bäume und Straßen, ganz hinten konnte man das Castello des Vatikans und den Tiber entdecken, hier aus dem Norden der Stadt, dem Nomentana. Enzo redete sich in Rage, über die Mafia, über den Drogenhandel. Zunächst wirkte er recht gefasst, er analysierte, dass eben ein schlauer Mafioso in den 8oer Jahren verstanden hatte, wieviel Geld man mit Kokain verdienen konnte, wenn man in London, New York und überall damit Geschäfte machte. Ziemlich schnell war dann ein Netzwerk entstanden, logistisch beeindruckend. Von der Herstellung, über den Import bis zur Marktregulierung. Enzo drehte seinen Kopf zurück zu uns und hatte mit einem Mal Tränen in den Augen.

»Wenn diese ganze Kreativität und Disziplin in etwas anständiges geflossen wäre, in Industrie, in AUTOS!«

Er schrie und zeigte unvermittelt mit dem Glas in der Hand auf Julia. Zwischen vermeintlich bedeutenden Aussagen machte er häufig lange Pausen, die so geschickt platziert waren, dass man ungeduldig darauf wartete, dass er weitersprach. Julia ließ sich aber nicht von seinem Gehabe beeindrucken, trank betont entspannt einen Schluck Wein und wartete Enzos weiteren Vortrag ab.

»Dann wären wir mindestens so erfolgreich wie ihr Deutschen! Vaffanculo!«

Julia und ich stiegen später an diesem Abend an der Piazza Venezia aus dem Nachtbus, zu unserer Wohnung hätten wir eine andere Linie nehmen müssen, doch sie rannte einfach los.

»Ich hol noch Bier und Zigaretten!«

»Jules, ich meine, wir sind doch gleich zuhause und ist ja auch spät und..«

Wenige Augenblicke später stand sie am Fenster einer kleinen Bar, um sie herum eine Reihe römischer Männer und zwei Touristinnen, so sahen sie zumindest aus, mit ihren Rucksäcken und Sonnenbrillen.

»Timmy! Auch einen Vino?«

»Nein, danke, wolltet du nicht Bier holen?«

»Wolltestdunichtbierholen«, äffte sie mich nach, die Touristinnen lachten mit ihr.

»Ach komm, Timmyyyboy, sei mal nicht so ein Motzer. Ein Drink!«

Sie nervte mich, aber ich liebte sie. Selbst dass sie mich so nervte, liebte ich insgeheim.

»Weißt du übrigens, warum Enzo so sauer war, vorhin?«

»Achso, ich dachte, weil er euch Deutsche nicht mag?«

»Quatsch, Giorgi hat da sowas angedeutet, supertraurig, sein kleiner Bruder ist scheinbar von der Mafia erschossen worden, oder so ähnlich. Im Süden.«

»Giorgios Bruder? Wer ist das denn?«

»Enzos Bruder, Giorgios Onkel! Dummerchen!«

»Oh, das ist ja schlimm, das hat er dir erzählt? Wann war das?«

»Er hat es AN-GE-DEU-TET, mein Schatz, mehr weiß ich nicht. AN-GE-DEU-TET.«

Nach jeder Silbe gab sie mir einen Kuss und umarmte mich fester. Ich liebte diese Verrückte.

»Wow, ok, ich spreche mal mit ihm.«

»Jetzt tanzt du erstmal mit mir!«

Wir tanzten noch eine Weile, ohne Musik. Den Nachtbus hatten wir verpasst.

In unserem römischen Leben gab es keinen Alltag. Wir liebten es, auf einem der Hügel über die Stadt zu blicken, wir liebten es, auf einem der Discoschiffe auf dem Tiber zu feiern mit aufgetakelten Russinnen und einer Menge römischer Machos. Julia und Tim. Wir waren dann das unschlagbare Team, dass diese Stadt für sich erobert. Wir liebten es auch, noch einen Absacker in einer der Bars in Trastevere zu trinken. Julia mochte die abgefuckten Italiener dort, die Rocker, die schwarz angezogenen, schlecht gelaunten, Slayerjacken tragenden Emos. Sie waren das

Gegenteil von Giorgio und trotzdem wie seine Geschwister. Julia erinnerten sie an Berlin, ich dachte in diesen Nächten an meinen Lieblingspub im West End in London, The Intrepid Fox, mittlerweile ist er geschlossen.

Eliot hat auf etwas getippt. Meine Schulter tut weh vom Hochbettrahmen, in den ich genauso tief eingesunken war wie in die Erinnerungen. Mein vierjähriger Sohn kann das Tablet besser bedienen als ich, denn wie man mit diesem Gerät einen Kinderradiosender abspielt, vor allem, dass man das überhaupt kann, ist mir ein Rätsel. Plötzlich plärrt nun einer dieser schlimmen deutschen Popsongs in den Raum. Es ist eines dieser Lieder, die immer davon sprechen, dass alles wieder gut wird, wenn man nur hart genug leidet. »Ein Hoch auf uns« und »Gemeinsam schaffen wir es« und »Es wird wieder wie früher« und »Du musst durch die Hölle durch, damit du durch die schweren Zeiten durchkommst« und so. Junge Männer mit Hornbrillen, die sich mit plumpen Texten Mut ansingen. Sich und dem Rest der deutschen Radiohörer. Warum nur haben die Deutschen so etwas nötig?

Giorgio hat sich auch einmal ein deutsches Lied von Julia übersetzen lassen. An einem dieser wunderbaren Abende, die wir nur zu dritt in der römischen, tiefstehenden Sonne auf einer Piazza verbrachten. Wir spielten uns gegenseitig Musik aus unseren Ländern vor. Ich hatte dabei natürlich einen entscheidenden Vorteil, als Brite, mit unserer Musikgeschichte. Mir will der Titel des deutschen Liedes partout nicht einfallen, über den Giorgio sich so amüsiert hatte. »Solange man noch liebt« oder »Wer nicht liebt, lebt nicht«, irgendwas mit Liebe oder mit Leben, sehr einfallslos. Vielleicht weiß er es noch, wenn ich ihn heute Abend spreche. Noch kann ich mir nicht vorstellen, wie es sein wird, meinen alten Freund auf einem Bildschirm vor mir zu sehen. Ich denke an ihn. Ich denke an uns. Es macht mich nervös.

JULIA

Ich hätte schwören können, das gelbe Band, das einmal rund um die Bank läuft, ist eine Absperrung. Dann sehe ich den lustigen Dackel, der sich mit seiner langen Leine um die beiden Parkbänke, den Mülleimer und manche Bäume geschlängelt hat. Das Herrchen, ein lächelnder älterer Mann mit Schiebermütze, zieht Leine und Hund wieder zu sich, als ich auf der Bank neben ihm Platz nehme.

»Komm, komm, Jule«.

Hat der Mann den Hund gerade Jule genannt? Oder Kuno? Kuno würde besser passen. Oder der Mann ist ein Zeitreisender, der mich mit meinem Spitznamen aus der Kindheit anspricht. Jule, ein schlimmer Spitzname. Nein, der Hund heißt Kuno! Und das passt sehr gut zu ihm und seinem Blick. Der Frühlingsgeruch hier im Park ist süßlich wie die Luft in Porto. Während ich auf der Bank sitze, denke ich daran, an diesen verrückten Tag vor zehn Jahren, an diesen Abend. An Tim.

Kuno setzt sich vor mich, das Herrchen schläft. Hängende Ohren, Mini-Beine, Dackelblick.

Nach der Nacht in Porto sind wir wieder nach Rom zurückgekehrt. Wir waren nun wohl ein Paar, sind schnell zusammengezogen, in eine Dreier-WG, die dritte Person wechselte alle paar Wochen. Der Wohnungseigentümer musste einen ziemlichen Reibach mit der Wohnung gemacht haben. In dieser Zeit bestand mein Leben daraus, mit Tim den Sommer in Rom zu genießen. Es war ein Postkartenrom. Open-Air Kino im Circus Maximus, Aperitivi am Tiber, viele Nudeln – und Streifzüge durch die Stadt, die immer mehr zu meiner wurde. Ich war eine Römerin geworden. Ich tat das, was mich noch ein Jahr zuvor in Berlin zugrunde gerichtet hatte. In Rom machte es mich komplett. Geld verdiente ich gerade so viel, um mir die Wohnung leisten zu können und um mir einzureden, ich sei Teil der arbeitenden Gesellschaft. Meinen kleinen Job, Websites pflegen, konnte ich vier Tage die Woche machen. In dieser Zeit war *Instagram* der neueste heiße Shit. Die Chefs der beiden Tourismusagenturen, für die ich arbeitete, glaubten nicht, dass es wichtig wäre. Ich war mir aber sicher, es könnten enorme öffentliche Fotoalben von Millionen von Leuten werden, solange nur genug mitmachten. Aber bisher nutzten es nur wenige. Viel Zeit verbrachte ich mit Tim oder auf meinen Touren durch die Stadt. Einmal schloss ich mich spontan einem Pub-Crawl an. Das waren laute, betrunkene, junge, internationale Touristengruppen, die von Irish Pub zu Irish Pub zogen und kein

Ende fanden. Ich lief dem Anführer hinterher, als die Gruppe gerade von einer Pizzeria gegenüber in den nächsten Pub marschierte. Schnell tauchte ich in der Gruppe unter, musste nichts bezahlen und ging direkt an die Bar. Ich feierte, ich trank, niemand fragte, wer ich war oder ob ich dazugehörte. Ich verlor mich gerne in den Menschenmassen und all den aufgeheizten, aufgestachelten Fremden. Ich liebte es, langsam zu verschwinden. Der Wein, der Schnaps und der Whiskey halfen dabei sehr. Tim war nicht immer dabei, er ließ mir meine Freiheit. Arbeiten, Aperitivo, spazieren mit Tim, kurz nach Hause, vielleicht Sex. Dann nochmal los, entweder mit Tim oder ohne ihn. Vielleicht nochmal etwas essen und dann auf die Pirsch gehen. Mit fremden Leuten, in fremden Sprachen sprechen, dabei guten Wein trinken, schlechten Wein trinken. Tanzen, schwitzen, feiern, noch schnell zum Bäcker, der die ganze Nacht aufhat, gebackene, süße Schweinereien essen, noch heiß. Und später nach Hause, zu ihm. Endlich hatte ich meinen eigenen Rhythmus gefunden. Vor allem hatte ich Tim gefunden und behalten.

Eines Morgens war ich langsam aufgewacht vom Kaffeeduft und den Vögeln draußen auf der Straße. Es war wie in einem Werbespot für Kaffee oder Waschmittel. Ich fühlte mich ausgeschlafen und segelte ganz sanft in den Tag. Es war einer dieser megaheißen Sommertage in Rom. So heiß, dass man sich tagsüber nur in Supermärkten mit starker

Klimaanlage oder im Kino aufhalten konnte, am besten im Multiplexkino mit Deluxe-Air-Conditioning. Langsam kam ich zu Bewusstsein und sah aus dem Fenster. Ich entdeckte Zitronen an den Bäumen. Zitronen mit Ecken? Es waren wohl keine Zitronen, nur etwas Gelbes. Plötzlich traf es mich! Es passierte einfach. Ich konnte nichts dagegen tun, wollte nichts dagegen tun. Ich war zufrieden, ich war glücklich, keine Sorgen. Es ging mir gut. Ich wollte, dass alles so blieb, hatte aber keine Angst mehr, dass es nicht so bleiben würde. Etwas ganz Schweres war einfach mit einem Mal, im Moment des Aufwachens, verflogen, aus dem Fenster geschwirrt. Tim brachte mir Kaffee ans Bett, setzte sich neben mich und legte seinen Kopf zur Seite.

»Bist du ok?«

»YES!«

Meine hastige Umarmung erschütterte das Bett, der Espresso floss über das Laken. Die Vögel wanderten über die Äste, auch für die musste das eine Sauna sein da draußen. Waren das doch Zitronen? Ich hatte in diesem Moment keine konkrete Ahnung, warum ich so glücklich war. Ich spürte nur, dass mir nichts fehlte und mich nichts störte. Ich musste trotzdem noch arbeiten, aufstehen, Zähne putzen, Sport machen, mir einen ordentlichen Job suchen und darüber nachdenken, dass ich nicht ewig in Rom bleiben könnte. Aber das waren auf einmal alles keine Probleme mehr. Das war neu und das hatte mit diesem Moment zu tun, mit Tim und mir. Es war ein neues Gefühl, ein neues Kapitel. Das nächste Level war erreicht.

»Lass uns ausgehen heute Abend! Lass uns essen gehen! Da an der Ecke am Platz?!«

»Welche Ecke?«

»Neben dem dunkelroten Palazzo.«

»Das mit dem riesigen Schild? *Tourist Menu*? Jules, das Essen wird totaler Müll sein!«

»Lass es uns ausprobieren!«

Tim schüttelte den Kopf, setzte sich und gab mir einen Kuss.

»Gut, na gut. Bin sicher, das wird sehr ... Naja, es wird sehr ok, vielleicht!«

»Sehr, sehr ok, ja, sicher!«

An diesem Morgen postete ich seit langer Zeit wieder einmal etwas auf Facebook. Ich schrieb als Status: » ... *ist glücklich und zufrieden. Lustiges Gefühl*!«. Natürlich würden die Kommentare durch die Decke gehen, aber das war mir egal.

»Julia?«

Vor mir steht Engin, überraschenderweise sieht er schlanker aus als auf seinen Fotos im Online-Profil. Die Erinnerung an diesen Morgen in Rom scheint noch in meinem Körper zu stecken. Ich scheine sie mit in die Gegenwart genommen zu haben, denn ich merke, dass ich ihn etwas zu breit und überschwänglich anstrahle. Er sieht mich überrascht an.

»Engin!? Hi, schön.«

Wir begrüßen uns per Ellenbogen und müssen dabei schmunzeln. Was ist nur aus dem deutschen Hände-schütteln geworden. Man trägt Masken in Innen-räumen und begrüßt sich per Faust oder Ellenbogen. Wie sinnlos diese Begrüßung doch ist. Wir haben uns kennengelernt über eine Internet-Plattform, die Singles benutzen, um auch gerne mal schnellen Sex zu haben. Wenn wir jetzt gleich vögeln, können wir uns auch die Hand geben. Quatsch, natürlich vögeln wir jetzt nicht.

»Alles ok?«

»Klar! Was machen wir?«

»Spazieren?«

»Spazieren.«

Ich hatte in letzter Zeit einige Matches beim On-linedating, aber treffen wollte ich niemanden. Bis Engin auftauchte. Engin kam mir anders vor. Er war so ehrlich und trocken in unseren geschriebenen Ge-sprächen. Die endgültige Entscheidung, sich heute mit Engin aus dem Internet zu treffen und damit zum ersten Mal seit Jahren wieder einen Mann kennenlernen zu wollen, habe ich aus einem be-stimmten Grund getroffen. Weil es da heute Abend diesen Termin gibt. Weil Giorgio und ich uns für einen Videochat am 11. März um 21 Uhr verabredet haben, auf den Tag genau zehn Jahre nach der Sache in Porto. Das setzt mich seit Tagen unter Druck, es macht mich seitdem regelmäßig zum nervösen Wrack, weil Giorgio so insistiert hat und ich mich deswegen wieder mit Tim und allen Dingen beschäftigen muss. Daher fand ich die Idee prima, sich am Nachmittag mit einem fremden Mann im Park zu treffen, um ja nicht über den Termin am Abend nachzudenken. Trotzdem denke ich nur noch an Porto, an 2011 und an Rom. Vor allem denke ich an Tim. Wir waren insgesamt nicht mal zwei Jahre gemeinsam in dieser Stadt gewesen, zwei Jahre von 41. Ab und zu gingen wir Essen mit Giorgio und seinen Eltern. Giorgios Vater zeigte uns die Musik von Fabrizio de Andre. *Don Raffae* zum Beispiel oder *Ballata dell' Dingsbums*, ich habe den kompletten Titel vergessen. Seine Musik erzählt Geschichten von Fischern, Nutten, Tagelöhnern oder anderen Randgruppen. In Deutschland hätte ich so etwas nicht ausgehalten. In Deutschland wäre mir das alles zu miefig und kordjackig gewesen. Fabrizio de Andre darf aber über die wirtschaftliche Ungerechtigkeit in der Gesellschaft singen. Und die Texte halfen beim Italienisch lernen. Damals dachte ich, Tim und ich hätten Zeit bis an unser Lebensende, um uns kennenzulernen, unsere Macken und Ängste, Träume und Erinnerungen. Seit ich diesen Morgen erlebt habe, an dem ich augenscheinlich zum ersten und einzigen Mal in meinem Leben glücklich und zufrieden aufgewacht bin, diesen unglaublichen, nie mehr später erlebten Moment, war ich mir sicher, dass Tim und ich wirklich für immer zusammengehörten. Der Morgen hat sich bei mir eingebrannt.

Ich versuchte danach oft, mir selbst und Freunden zu erklären, was es war. Als hätte sich an diesem Morgen etwas um mich herum gelegt, ein Unbesiegbarkeitsmantel, der alles abwehrt, was die Beziehung regelmäßig bedrohen sollte. Wenn Tim schnarchend und furzend im Bett neben mir lag, wenn seine Ignoranz und seine Besserwisserei, sein ewiges Korrigieren von Sprache und Fakten, ihn zum schlimmsten und unattraktivsten Typen im Raum machten. Wenn ich mich eingeengt und eingesperrt fühlte und mit aller Macht umgestoßen wurde von den Fakten. Von der Tatsache, dass ich bestimmt nicht mein Leben lang mit kleinen Jobs und in einer Fantasie-Urlaubswohnung in Rom mit diesem geizigen, englischen Journalisten leben konnte, von den Unwägbarkeiten und Ängsten erschrocken und eingemauert. All das fand statt und machte mir Angst und Sorge, doch seit diesem Morgen war die Liebe unschlagbar. Ich wusste, dass ich glücklich sein konnte. Tim und das Leben mit ihm hatten mir das beigebracht. Ich hatte den Schlamm und die Brocken, die das Glück blockierten, abwerfen können.

An jenem Abend gingen wir tatsächlich ein Touristenmenü essen: Eine brühelastige Gemüsesuppe mit tiefgekühlten Möhrenscheiben, die eine Minestrone sein wollte. Plastikmozzarella mit muffigen Tomaten als Vorspeise. Matschige, kalte Bucatini-Nudeln in salzfreier Sahnesauce. Tim behauptete noch lange nach diesem Abend, dass in seiner Sauce eine dicke Fliege geschwommen habe, die sich weggerollt hatte, als sein Löffel näherkam. Als Nachtisch ein Tiramisu, das schmeckte wie Raufasertapete, die zwei Tage lang eingeweicht in einem zu heißen Dachzimmer gelagert worden war. Zusammen mit dem eiskalten, süßsauren Chianti war es wunderbar, es war das Essen meines Lebens.

»Jules, das war das mieseste und überteuerste Essen, das ich jemals serviert bekommen habe. Vielen Dank! Das Beste an dem Laden hier ist die Pfeffermühle! Die geht auf's Haus.«

Tim checkte kurz, dass der Kellner uns nicht beobachtete, und steckte die Mühle zusammen mit der Speisekarte *Tourist Menu* heimlich und schnell in seinen Rucksack. Er musste nun auch verstanden haben, dass heute ein besonderer Tag war, er musste mein Glück gespürt haben.

»Hier hab' ich mal gewohnt.«

Engin zeigt auf einen Altbau, den einzigen Altbau in einer Straße voller abwaschbarer Fliesenwandhäuser. Es war eindeutig nur eine Information, die er aussprach, damit ich ihn möglicherweise wieder wahrnehmen würde. Minutenlang bin ich stumm neben ihm her getrottet, dabei haben wir uns doch gerade erst getroffen.

»Ach. Schön!«

Er lacht kurz auf.

»Du redest nicht so gerne, oder?«

»Doch! Ich hab' nur, ach ich hab nur gerade nachgedacht.«

»Hm. Willst du auch n Kaffee? Oder ein Bier? Da vorne ist der Kiosk von Gerda, Kumpel von mir.«

»Gerda?«

»Ja, Kölsch?«

»Nein, Kaffee, Kaffee ist gut.«

»Alles klar, kommt sofort!«

Ich bleibe auf der Straße stehen und betrachte Engin durch das Fenster des Kiosks. Es fühlt sich gut an, ihn zu beobachten. Es fühlt sich gut an, dass es ihn gibt. Ich will nicht nur jemanden um mich herum haben, sondern jemanden, mit dem es sich gut anfühlt. Ich habe keinen Hund, keine Katze, keinen Wellensittich und ja, auch keine Kinder. Ach, Kinder. Mein Herz ist schon oft durchlöchert worden in den letzten Jahren, wenn ich andere Mütter, vor allem Freundinnen mit ihren Kindern traf. Dabei ist es mehr und mehr nur noch ein Symbol für etwas, was ich nie im Leben erreichen würde. Etwas, das ich nicht kennenlernen würde, so gewöhnlich und alltäglich es auch ist. Ein Leben mit Kindern ist so alltäglich, wie Geld zu verdienen mit regelmäßiger Arbeit. Und das hatte ich schließlich auch geschafft. Es ist mir mittlerweile ein wenig peinlich, wie verängstigt und lebensunfähig ich mich nach dem Studium gegeben habe. Jetzt weiß ich, dass ich überausgebildet und überqualifiziert war. Daher war es später auch kein Problem gewesen, hier in Köln in der Kommunikationsabteilung einer Versicherung Arbeit zu finden. Ich wurde sogar schnell Leiterin eines Teams, hatte Verantwortung, wurde geschätzt und alles, was ich in den letzten Jahren erlebt habe, war etwas wert. Die Arbeit bedeutete mir wenig, sie zahlte die Miete und ich machte sie so gut ich konnte. Wichtig war, dass ich diesen Sprung, den Anschluss, endlich geschafft hatte. Das Gefühl, nirgends dazuzugehören, blieb aber trotzdem in mir. Beim Thema Kinder wurde mir das besonders klar. Es vorher zu wissen, half mir nicht, wenn die Welle kam. Wenn ich den ganzen Tag funktioniert hatte, freundlich und lustig gewesen war und vermeintlich Spaß am Leben hatte. Meistens zuhause kam dann die Welle. Die perfekte Welle, um umgehauen zu werden. Von allen Wellen, die ich schon mein ganzes Leben lang kannte, war die Kinderlosigkeitswelle die heftigste und erbarmungsloseste, weil ich mitten drin steckte und wusste, dass sie noch lange anhalten würde. Weil ich wusste, dass ich mich selbst in diese Welle geschmissen hatte, ohne darüber nachzudenken. Erst fehlte mir der Wunsch, dann der Mann, dann die Gesundheit. Es war harte Arbeit, mir keine Vorwürfe zu machen. Es war harte Arbeit, mich zu akzeptieren. Die Kindergeburtstagsvorbereitungen der Freundinnen, die grauen Samstage, an denen ich bis zwölf im Bett blieb, und danach von jungen Müttern darum beneidet wurde, das waren die Stromschnellen, die die Welle so unerträglich machten.

Alles hat sich dann aber beruhigt, als ich eines Tages mit meinem Nachbarn darüber gesprochen habe. Eigentlich sprach nur er, ein seltsamer, lauter Mann mit drei Kindern. Ich wäre nicht davon ausgegangen, dass dieser Mann etwas Tiefsinniges sagen würde, wir kennen uns kaum, er wohnt im zweiten Stock, ich im vierten. Der Typ hat eine Ausstrahlung wie ein Mountainbike. Knochig, aber unförmig, in unpassenden Farbkombinationen und von einer krankhaften Funktionalität. Ich hätte in diesem Moment das Thema bestimmt nicht angesprochen, erst recht nicht bei den Mülltonnen, mit Tüten in der Hand. Ich stand vor der Biotonne, leerte meine Küchenabfälle hinein, als der Nachbar – das menschgewordene Mountainbike – in den Hof kam und seine drei Kinder hinter ihm herrannten. Fünf, Acht, Zehn? Der Nachbar lächelte mich zur Begrüßung an, warf seinen Müll in die Tonne und guckte nach seinen Kindern, die seltsam aufeinander herumpurzelten.

»Ich kenn alles«, sagte er vor sich hin, ohne mich anzusehen. Ich wusste nicht, was er meinte.

»Kenn ich alles. Ich kenn Leute mit Fehlgeburten, welche die sich's wünschen, die's künstlich versuchen, wo's klappt, wo es nicht klappt. Sogar welche, die die Kinder dann später verloren haben. Horror, will ich gar nicht dran denken. Ist auf jeden Fall ein Mysterium, mit den Kleinen.«

Damit hinterließ er mich meinen Gedanken und dem Müll.

»Übergriffige Scheiße!«, dachte ich kurz, doch so richtig konnte ich ihm nicht böse sein. Vielleicht hat er etwas gespürt, was ich unterbewusst gesendet hatte. Vielleicht hatte er auch heimlich Mikros in meiner Wohnung installiert oder hackte sich regelmäßig in meine Chatverläufe und wusste daher, was in mir vorging. Es war egal. Es hat mir gutgetan. Das Entscheidende war, dass ich nicht wütend auf ihn mit seinen drei Kindern wurde, so wie es mir mit vielen Freundinnen ergangen war, die mich mit ihren Kindergeschichten bepackt hatten und dann immer vermeintlich beneidet hatten um die Freiheit, die sie verloren hatten. Der kurze Monolog sprach mich direkt an, obwohl er ihn an sich selber richtete. Er dachte laut. Es war eben keine übergriffige Scheiße. Es tat mir gut und fortan dachte ich immer wieder daran, wenn die Welle kam.

»Richtung Rhein?«

Engin hat mir den Kaffee aus dem Kiosk mitgebracht, ich habe mich bedankt und wieder sind wir die Straße entlang gelaufen, ohne ein Wort zu reden. Während ich an den Mountainbike-Nachbarn und meine Kinderlosigkeit dachte, ist Engin einfach neben mir hergelaufen und hat mich begleitet.

»Sorry, Engin, ich bin heute neben der Spur.«

»Ist ok, ich geh' dann gern zum Fluss. Könnte dir

den perfekten Platz am Rhein zum Schweigen zeigen, wenn du willst?«

»Bist du ein Serienkiller oder sowas? Klingt creepy.«

»Ich bin wahrscheinlich genauso sehr ein Serienkiller wie du eine Talkshow-Moderatorin bist. Dachte, du schweigst gern. Und ich weiß halt, wo man das gut kann.«

Langsam gehen wir weiter, in Richtung Wasser.

Rom war nicht ewig. In den ersten Tagen nach dem Abschied war ich schockiert, aber auch voller Energie und Lust auf Neues. Tim hatte beschlossen, dass er sein Studium in London beenden musste, vielleicht hatte er auch ein wenig Heimweh. Ich wäre noch in Rom geblieben, aber wieder in ein neues Land, nach England, das kam für mich nicht in Frage. Bei mir war es kein richtiges Heimweh, es war eher eine Art innere Verpflichtung, nach Deutschland zurückzumüssen, um die Dinge besser zu machen. Besser als ich sie hinterlassen hatte. Wenn Berlin mein schizophrener, heimlich immer noch geliebter und gleichzeitig gehasster Ex-Lover war und Rom ein klarer, etwas oberflächlicher, geiler, entspannter Liebhaber, dann war Köln so etwas wie der langweilige, aber liebe Cousin. Keine Gefahr von Sexyness, keine Gefahr von Anziehung, viel mehr beruhigende Atmosphäre und Zuverlässigkeit. Ich zog nach Köln, denn dort war ich in Deutschland, in einer Großstadt und in fünf Stunden mit dem Zug in London, wenn man nicht fliegen wollte. Ich bin gar nicht so sehr wegen der Umwelt oder des Klimas gegen das Fliegen, ich habe nur immer mehr das Gefühl, da oben in dieser schwebenden Dose zu sitzen, diese Luft und dieser Ort, können nicht gesund für einen Menschen sein.

2013, nach gut zwei gemeinsamen Jahren in Italien, starteten wir, Tim und Julia, also in unsere Fernbeziehung. Tim sprach immer von maximal zwei Jahren, die er bräuchte, um in England fertig zu sein, und dann könnte man ja weitersehen. Zwei Jahre, das war doch nichts. Doch die zwei Jahre in Rom, die waren alles gewesen. Ich hoffte, dass die kommenden zwei Jahre genauso schnell verfliegen könnten, wie das Leben in Italien. Ich fand in Köln meine Arbeit bei der Versicherung und versuchte darüber hinwegzukommen, nicht wieder in Berlin zu sein. Manchmal besuchte ich alte Freunde, genoss den Geruch der U-Bahn, die gute Laune in der Berliner Sonne und das günstige Essen und kehrte dann jedes Mal zufrieden und wehmütig zurück. Meine Ex-Stadt Berlin hatte mir zwar das Herz gebrochen, doch jetzt begegneten wir uns eben wie ehemalige Geliebte. Wir versuchten beide, so umwerfend und aufregend und glücklich wie möglich zu erscheinen, damit der andere nur ja nicht auf die Idee käme, es ginge ihm schlecht nach der Trennung. Ich versuchte mich in Optimismus. Das wiederum hatte mir Rom beigebracht, der andere Ex.

Porto war das Erdbeben, Rom dann der Tsunami.

Ich hätte ahnen können, dass Köln der irreparable Atomunfall werden würde.

Tim kam in England gut voran. Wir besuchten uns fast jedes Wochenende. Er war zurück in den Nordosten Londons gezogen, nach Walthamstow, so hieß auch die erste Platte der Boyband East17 in den 90ern, was mich regelmäßig zum Kichern brachte, wenn ich am U-Bahnhof ankam. Viele Farben, Halsketten, große Hosen, schlechte Mützen und grauenvolle Musik. Immer wenn ich in Walthamstow Central ankam, begann in meinem Kopf der Ohrwurm eines Euro-Dance-Hits. Mit Worten wie »rain« und »love«, ich mochte diese Erinnerung, die der Name erzeugte. Manchmal summte ich dann andere 90er Jahr Popsongs in meinem Kopf. Blümchen, wie ein Boom Boom Boomerang oder natürlich Mr. Vain. Auch in Walthamstow hatte die Gentrifizierung knüppelhart zugeschlagen, im Zuge der olympischen Spiele 2012 hatte sich die Stadt und der Nordosten noch einmal umgekrempelt und Walthamstow ist einer der populärsten Stadtteile Londons geworden. Ich war gerne dort zu Besuch, mochte den Pragmatismus. Es ging den Leuten auf eine ehrliche Art ums Geld. Man durfte Geld haben, wenn man keins hatte, war es auch ok, man musste dann halt welches verdienen. Mir gefiel der Geruch in London, obwohl er vor allem aus alten Abgasen und stehender Luft bestand. Doch etwas an diesem Geruch, leicht metallen, ein wenig süß, war besonders. In den U-Bahnstationen konnte man das am besten riechen, ähnlich wie in Berlin. Manchmal gesellte sich Putzmittelgeruch dazu. Überhaupt U-Bahnfahren, Taxifahren, sich fortzubewegen in dieser Stadt war ein großer Spaß. Nachts bei Seven Sisters den richtigen Nachtbus finden, heimlich trotz der Sperrstunde noch eine Tüte Bierdosen kaufen, sich dann in Tims Wohnung auf den Balkon setzen und rauchen. Ich liebte diese Wochenenden in London. Sie waren viel teurer als ein halber Tag in Köln, aber das war egal. Geld hatte man oder eben nicht. Wenn man keins hatte, brauchte man eben neues. So sorgenfrei konnte ich nur im Ausland sein. In Köln schlich sich schnell wieder die German Angst bei mir ein. Was war mit der Rentenversicherung, was war mit der Miete, Nebenkostenabrechnung, Streit mit der Nachbarin, habe ich heute ein Ticket für die S-Bahn? Schon allein die Möglichkeit, in Deutschland schwarz zu fahren, erzeugte Stress bei mir. In London kam ich erst gar nicht in die Bahnstation ohne Ticket. Da war alles klar.

Ich hatte eine Wohnung im Süden Kölns gefunden. Die Umgebung bestand vor allem aus Bäckereien, Optikern und Rentnern beim Einkaufen. Das Gebäude sah aus wie ein Ärztehaus, die Wohnung wie eine Zahnarztpraxis, mit den entsprechenden Plastikrollos, die ich zuallererst austauschte. In der Ecke der Wohnung gab es eine kleine Kochnische, es war hässlich, in allen Belangen, PVC-Boden und weiße

Gänge. Mein Leben bestand aus viel Arbeit, meistens donnerstags fuhr ich dann nach London, wenn Tim nicht nach Köln kam. An den Wochenenden, die er in Köln mit mir verbrachte, war die Stadt hübsch. Der Rhein, dieser massive Wasserstreifen durch die Stadt, gab uns das Gefühl, dass wir nicht die Chefs hier waren. Eines Abends saßen wir mit zwei Kölsch-flaschen und einer Packung Chips auf der rechten Rheinseite, da wo es aussieht wie am Meer. Steinige, sandige Küste. Bäume, die so in Richtung Wasser wachsen, als wären sie große Figuren, die beim Gang in den Fluss verzaubert worden sind. Unter einem der Bäume aßen wir Chips, und Tim versuchte sein bestes Deutsch:

»Der Rhein ist ein Boss!«

»Oder Chef. Der Chef. Das klingt irgendwie deut-scher.«

»Chef? Aber er ist nicht wirklich ein Koch, oder?«

»Naja, er ist auch nicht so wirklich männlich, oder?«

»Aber es ist DER Rhein?«

»Ja, aber DAS Wasser.«

»Ok, also, was ist Rhein?«

»Für mich ist der Rhein die Chefin.«

»Die Chefin, alright.«

Ich liebte das. Mit ihm über Sprachen zu spre-chen. Es gab Dinge, die man nur in einer Sprache sagen konnte, andere, die keinen Sinn ergaben. Ich freute mich in diesem Moment auf all die Diskussionen, die wir noch haben würden. Jetzt, da er Deutsch lernte. Vielleicht könnte man doch in Köln gemeinsam leben eines Tages, wenn Tim England verlassen würde. Köln war zwar nicht schön, aber es konnte auf sonderbare Weise überraschen. Und immerhin gab es hier die Chefin.

Giorgio lebte zu dieser Zeit offiziell auch in London, doch dort sahen wir uns kaum. Einer unserer wenigen gemeinsamen Abende zu dritt bleibt mir unvergessen. Wir waren bei einem Counting Crows Konzert in der Brixton Academy, einem etwas abgeranzten, aber wunderschönen alten Konzertsaal im Süden, im verruchten Teil der Stadt, wo man angeblich abgestochen wurde, wenn man weiß und reich aussah. Die Counting Crows waren eine dieser Bands, die in den späten neunziger Jahren einfach da waren und zu unseren Leben gehörten. Deren Texte man nicht immer verstand, aber die genauso überall liefen wie die Smashing Pumpkins, die Manic Street Preachers, die Stereophonics oder radikalere Dinge wie Soundgarden, Nirvana, Rage Against the Machine oder so ein Jungsquatsch wie NOFX. Als wir gemeinsam im Jahr 2013 in der Brixton Academy standen und zu Mister Jones von den Counting Crows mitgrölten, war das für mich bittersüß. Es war klar, dass wir jetzt die Alten waren, es war glasklar, dass jetzt andere, jüngere Leute ganz andere Musik erleben würden, die einfach da ist, ohne dass sie darüber nachdachten. So wie unsere Generation auch nicht über unseren Soundtrack nachgedacht hatte, während er passierte. Ich sprach mit den beiden Jungs nicht darüber, doch es lag in der Luft. Um uns herum hüpften keine 18-Jährigen, man sah keine Teenager-Unsicherheiten oder jugendlichen Kräfte, die nicht wussten, wohin mit all den Hormonen und Plänen. Man sah Buchhalter, Malerinnen, Sportler, Künstlerinnen, Lehrer, Arbeitslose oder Forscherinnen. Die meisten trugen dunkle T-Shirts oder Glitzertops, um ihre Bäuche zu kaschieren. Ich trat heraus, wurde zur Beobachterin und erkannte: Ich bin jetzt alt. Furchtbar! Die Lösung war Schnaps. Noch während die Band jaulte und Feuerzeuge in die Luft gehalten wurden, holte ich für alle Wodka und Bier. Wir mussten uns besaufen. Aufs älter werden, auf die Geschichten, die man jetzt nur noch erzählt und nicht mehr erlebt, auf Mister Jones! Wir verführen uns nach dem Konzert dermaßen, dass wir aus Versehen in Peckham an der Station landeten, im düsteren Niemandsland. Zum Glück gab es dort noch Fish and Chips. Tim musste auch sehr betrunken gewesen sein. Ich erinnere mich immer wieder daran, dass er mich anschrie, dass ich irgendwohin gehen sollte. Ich weiß nicht mehr, was er von mir wollte. Es war ein explosiver Abend gewesen. Der Teufel hatte den Schnaps gemacht.

Giorgio zog dann überraschend nach Brüssel. Mit einem Mal, ebenso überraschend, sahen wir Drei uns wieder regelmäßig. Wir waren die ›Generation

Unterwegs‹, die ›Generation EU‹. Vielleicht wäre das ein guter Name für diese Generation gewesen, benannt nach einem gut gemeinten Konstrukt, das bröckelte. Benannt nach jungen Reisenden, Praktikantinnen und Studierenden, die aus Reisetaschen und in internationalen Wohngemeinschaften lebten, noch ohne die Übermacht sozialer Medien. Die überall und nirgendwo in dieser EU zuhause waren, die Touristenmenüs und Pauschalisierungen verabscheuten, doch am allerliebsten auf Englisch über Unterschiede beim Essen, in der Sprache und in der Politik ihrer Länder diskutierten. Die es besser wussten, sich besser und einsam fühlten. Hauptsache, es gab Kaffee zum Mitnehmen und Irish Pubs in Innenstädten.

Um nach London zu kommen, musste ich immer in Brüssel umsteigen. Nach Brüssel konnte man von St. Pancras manchmal auch kurzfristig in den Zug steigen. So traf sich das Trio, Tim aus London, ich aus Köln, bei Giorgio in Brüssel. Manchmal nur zur Durchreise, manchmal auf einen Kaffee. Ganz selten übernachteten wir auch in Giorgios Technokratenwohnung. Er ist ein noch größeres Karrieretier geworden und hatte offensichtlich Spaß daran, mit Lobbyarbeit am EU-Parlament sein Geld zu verdienen. So richtig konnte man nie herausfinden, was er den ganzen Tag arbeitete. Giorgio war sehr gut darin, die Dinge abzuwehren und abperlen zu lassen. Man traf auch nie eine Freundin von ihm oder eine Partnerin, er war immer nur im Stress und bei der Arbeit. Wenn wir dann in Brüssel ankamen, begrüßte er uns überschwänglich, machte das Schlafsofa fertig und empfahl uns Restaurants. Er selbst telefonierte oft noch stundenlang. Giorgio war dennoch immer ein Freund. Für uns beide.

Für mich war er ein ehrlicher, ungefilterter Freund. Auch wenn er nur so wenig von sich Preis gab, waren seine Emotionen, sein Lachen, sein Ärgern, sein Stress, immer ehrlich. Ich fühlte mich auf eine besondere Art geborgen bei ihm. Er machte einem nichts vor.

Im Winter 2015 geschah es dann. Schleichend hatten Tim und ich uns in den Monaten davor immer seltener gesehen. Mal klappte ein Wochenende nicht, dann das andere. Ich verpasste ab und an den Zug, weil ich ein bisschen verkatert war und es einfach nicht ohne Kotzen zum Bahnhof schaffte. Tim entschied sich immer öfter um und beschloss, das Wochenende doch mit seinen alten Londoner Freunden zu verbringen.

Die spontane Zugfahrt im Eurostar wäre für mich zu teuer gewesen, also blieb ich häufiger in Köln. Es gefiel mir nicht, ich vermisste Tim sehr, doch ich war mir immer sicher. Ich hatte doch Rom erlebt, ich hatte diesen Morgen erlebt und ich hatte verstanden, dass ich glücklich sein kann. Dann würden wir auch diese Fernbeziehung überstehen.

Dann war November. Tim hatte für das Wochenende mal wieder kurzfristig abgesagt, ich wollte es diesmal aber nicht dabei belassen und kaufte mir ein Bahnticket nach Brüssel. Ich wollte meinen Timmy überzeugen, sich spontan auf halber Strecke zu treffen. Wenn der Sturkopf das wirklich nicht machen würde, dann könnte ich ja mit Giorgio ein bisschen feiern und endlich mal reden. Giorgio hatte uns sogar Ersatzschlüssel machen lassen, wir waren immer willkommen bei ihm in Brüssel. Im Zug, kurz bevor das Roaming begann, versuchte ich Giorgio zu erreichen, aber hörte nur die Mailbox. Er arbeitete wirklich zu viel. Ich beschloss, an diesem Wochenende einmal in Ruhe bei ihm nachzuhören, warum er so viel Stress brauchte und was das alles sollte. Fast hoffte ich in diesem Moment, dass Tim sich nicht rechtzeitig zurückmelden würde und ich mit Giorgio allein sein konnte. Über Tim hätten wir sicher auch sprechen können und über dieses schleichende Verschwinden, das ich da in mir spürte. Vielleicht verstand Giorgio mich ja, vielleicht wusste er auch besser, wie es Timmy damit ging?

In Brüssel angekommen, hatte ich immer noch nichts gehört, weder von Tim noch von Giorgio. Seltsam. Ich nahm die 82 in Richtung Drogenbos Chataeu und kicherte in mich hinein. Drogenboss, so lustig. Weder Tim noch Giorgio verstanden den Witz wirklich. Tim sprach zwar mittlerweile erstaunlich gut Deutsch, aber der erste Moment, in dem man als deutschsprachige Person eine U-Bahnstation namens »Drogenbos« liest, ohne eine Erklärung zu brauchen, ist doch am witzigsten. Nach zehn Minuten war ich schon an Giorgios Hochhaus, einer hässlichen Glasbetonbude, vielleicht hatte er ja mittlerweile richtige Möbel.

Nachdem ich zweimal geklingelt hatte, öffnete ich mit dem Ersatzschlüssel die Wohnungstür im achten Stock. Als ich gerade durch den Flur weiter ins Wohnzimmer gehen wollte, hörte ich ein übertriebenes Stöhnen. Oh Gott, wie peinlich! Deswegen hatte Giorgio auch nicht abgehoben. Es war mir plötzlich schrecklich unangenehm. Nur weil ich ihn nie mit einer Frau gesehen hatte und weil er nicht darüber sprechen wollte, konnte ich doch nicht einfach in seiner Wohnung auftauchen. Ach, Giorgi, warum hast du denn nichts gesagt? Ich verschwand am besten direkt wieder, zurück zum Bahnhof. Doch bevor ich die Wohnung verließ, konnte ich nicht anders. Mein Herz schlug vor Aufregung, denn ich lugte ganz langsam um die Ecke ins Wohnzimmer. Von dort kam das Stöhnen, da war Giorgio wohl zugange. Ich war einfach irre neugierig, welche Art von Frau da mit ihm war. Es gehörte sich nicht und ich wollte auch ganz bestimmt keine nackten Körper sehen, aber vielleicht ja ein paar Schuhe oder eine Tasche oder ein Kleid? Ich war neugierig, nur ein kurzer Blick. Dann blieb mein Herz stehen und ich gleich mit. Es war Tim. Tim lag nackt auf der Couch, eine Frau mit dunklen Locken ritt auf ihm. Er entdeckte mich.

»Jules? What?«

Tim schob die Frau grob von sich herunter, sie fiel vom Bett.

»Hey!«

Er sprang auf und kam auf mich zu. Doch ich sagte weiter nichts, ging langsam zur Tür, nahm meine Tasche fest unter den Arm und verließ die Wohnung. Die Treppe hinunter, in die U-Bahn, weg von Drogenbos, zum Bahnhof. Zurück nach Köln.

Im Zugbistro kaufte ich mir ein großes Bier. Tim hatte inzwischen 27mal angerufen, auch Giorgio hatte es versucht. Ich hielt das Telefon in die Luft und versenkte es mit einem Plumps im Bierglas, bestellte mir ein neues, blieb stumm im Bistro sitzen und beobachtete, wie das Telefon elegant im ersten Bierglas schwamm. So wie der Fernseher, den ich mal in Berlin aus dem Fenster geworfen hatte. Es war beruhigend. Draußen wurde aus der grauen Novemberschmiere eine schwarze Novembernacht. Der Morgen von Rom half mir nun auch nicht mehr. Tim hatte meinen Unbesiegbarkeitsmantel durchstochen. Ich wollte ihn nie wieder sehen.

»Joa, also, es ist auf jeden Fall entspannt mit dir.«

Engin und ich sitzen im Sand, zwischen Bäumen am Rhein. Obwohl es heute noch kalt und grau ist, fühlt es sich an wie ein Sommertag. Ein schwerer, erdrückender Sommertag. Meine Augen sind von der Erinnerung feucht geworden. Ich muss jetzt schon eine Weile neben ihm gesessen haben, hier am Rhein, vor der Chefin, während ich an die Vergangenheit gedacht habe und Engin mich hatte schweigen lassen. Etwas an ihm sagt mir, dass er auch keine Kinder hat. Seine Augen und sein Blick haben nicht die erschöpfte Güte eines mittelalten Vaters, sondern die melancholische Güte eines Berufsjugendlichen, der sich zu oft und zu genau an die Vergangenheit erinnert. Die Vergangenheit ist nicht mehr herstellbar, die Zukunft muss alleingeformt werden, ohne Nachwuchs.

»OK, genug von mir, erzähl du doch mal ein bisschen was über dich, was ich noch nicht weiß, Engin.«

Er bewegt sich mit einer schnellen Bewegung nach hinten, zieht die Stirn hoch und sieht mich mit überraschten, großen Augen an.

TIM

Das, was nach dem Abend in Porto begann, waren die besten Jahre meines Lebens. Es waren aber auch die anstrengendsten gewesen. Zum ersten Mal konnte ich ehrlich sagen, dass ich mich lebendig fühlte, wegen Julia. Wie sie mich morgens anstrahlte, wenn ich neben ihr aufwachte; es war mir ein Rätsel, wie man so früh schon so gut gelaunt sein konnte. Ich liebe sie. Ich liebe es, wie sie zwar traurig und melancholisch durch die Welt stapft, sich dabei aber über die kleinsten Dinge ehrlich freuen kann. Wenn wir einen leckeren Fisch gegessen hatten, einen Blick über die Stadt gefunden hatten, den man nicht erwartete, wenn überraschend die Sonne schien oder der geplante Fußweg kürzer als gedacht ausfiel. Dann konnte sie sich so klar und direkt freuen, als gäbe es nichts anderes. Ihre Traurigkeit, die in ihr feststeckte, machte das vermutlich erst möglich. Ich liebte es so sehr, wenn sie sich über einen guten Film freuen konnte oder über einen geschmackvollen Wein. Naja, der Wein, das Trinken. Das begann auch schon in Rom. Vielleicht war das auch vorher schon so gewesen, vor Porto. Auffällig war zumindest, dass die meisten Geschichten, die Julia erzählte, mit Alkohol zu tun hatten. Doch ich konnte das in dem Moment, in dem sie die Geschichten erzählte, so nicht begreifen. Im Nachhinein, in den Jahren nach Rom, da wurde mir das klar. Und letztlich war das ja auch der Grund für die Zerstörung gewesen.

2013 zurück in London zu sein, war schwer zu fassen, aber auch beruhigend für mich. Erstmal war genug Ausland getankt, um wieder die Heimat genießen zu können. Außerdem war Julia oft zu Besuch und ich häufig in diesem schrägen Köln. Es funktionierte. Mit Giorgio in Brüssel noch viel mehr. Es war absurd, dass wir uns zu dritt in London kaum sahen, doch dann, als Giorgio nach Brüssel zog, immer wieder. Ich versuche manchmal, mir in Erinnerung zu rufen, was wir drei in London erlebt hatten, außer dieses Horrorabends in Brixton. Aber da gab es nicht viel. An diesem Abend war ein Konzert, so eine alte Band, die man nicht mehr hört. Pearl Jam oder so, oder nein, Counting Crows. Julia war wieder sehr schnell betrunken und ich konnte nicht mehr darauf reagieren, wie sie mit Schnapsgläsern in der Hand um sich griff, alle umarmte und immer lauter wurde. Als wir dann nach dem Konzert vor der Tür standen, wollten wir mit dem Taxi nach Hause fahren, doch Julia schrie ein paar Männern hinterher, die sie für Rechtsradikale hielt. Sie wollte ihnen die Meinung sagen. Die Männer hatten einfach nur keine Haare, so wie jeder dritte englische Mann. Die fanden das Ganze nicht besonders lustig und griffen Giorgio und mich stellvertretend für Julia an. Sie stanken nach Schweiß und Bier, im Mund schmeckte es schnell nach Eisen. Giorgio erwischten sie heftiger, er hatte ein schönes Veilchen und die Nase schien ein wenig krumm, eventuell angebrochen. Julia keifte und trat nach den Männern. Wir rannten blutüberströmt los, sprangen in den nächsten Bus und landeten an der Peckham Station. Julia lachte viel, sehr hysterisch und stand mit einem Mal beim Fish and Chips-Laden. Während Giorgio und ich uns mit Servietten das Blut abwischten, geriet Julia direkt in den nächsten Streit in der Schlange. Diesmal ging es um Rammstein und die deutschen Spieler in der Premier League. Nach einer Weile schafften wir es dann nach Hause, wir überlebten. Julia war schon im Taxi auf einen Schlag eingeschlafen, in der Wohnung brachten wir sie ins Bett. Wir verarzteten uns gegenseitig und tranken einen Tee in der Küche.

»Sie ist verrückt, man. Was läuft falsch mit ihr?!«

»Giorgio, du kannst es dir nicht vorstellen. Sie ist immer besoffen. Aggressiv, wütend, gemein und danach erinnert sie sich nicht.«

»Ja, sprich' doch mit ihr. Klar sprechen!«

»Hab ich! Schon so oft! Es tut ihr immer leid und ach so leid und Blabla. Aber es passiert immer wieder. Ich weiß nicht, was ich noch tun soll. Sie ist ein Arschloch. Wenn sie betrunken ist.«

»Timmy, Julia ist kein Arschloch.«

»Doch, ist sie.«

Giorgio nahm früh den ersten Zug zurück nach Brüssel, ohne sich noch von Julia verabschieden zu können. Als ich sie am Mittag mit einer Aspirin weckte, erinnerte sie sich zwar an die Musik, an Mister Jones, an Schnaps, an Fish and Chips – weil sie sich beschwerte, dass ihr Mund danach schmeckte – aber sie wusste nichts mehr von der Prügelei oder ihren Ausrastern. Es brach mir immer mehr das Herz.

»Du erinnerst dich nicht?«

»Nein, sorry. War es sehr schlimm?«

Ich hatte mich offensichtlich schon zu oft über ihren Alkoholkonsum beschwert, zumindest schien sie es nicht mehr wirklich anzunehmen. Sie leugnete. Sie leugnete nicht, dass sie getrunken hatte, sie leugnete, dass es so schlimm gewesen war und dass es ständig passierte.

Ich liebe sie noch immer, ich werde sie immer lieben. Denn sie hat mir erst gezeigt, wie lebendig ich mich fühlen kann, doch ich hasse sie auch dafür, was sie ist.

Dann geschah der Novemberfreitag von Brüssel. Ich hatte mich sehr darauf gefreut, dass ich am Wochenende in Köln sein würde, hatte Julia vermisst. Doch am Telefon war sie schon wieder verkatert, war abweisend, aggressiv und genau das, was ich an ihr nicht aushielt. Ich sagte ab, sie schien fast schon nicht mehr überrascht zu sein, sondern nahm es einfach hin. Ich musste mit jemandem darüber sprechen. Der Einzige, der es wirklich verstehen konnte, war Giorgio. Ich fuhr also an diesem Freitag nicht zu Julia, sondern heimlich nach Brüssel. Giorgio hatte wohl noch Termine bis abends, doch dann sollten wir sprechen können. Wir verabredeten uns zum Dinner, den Schlüssel für die Wohnung hatte ich schon seit längerem. Im Eurostar nach Brüssel schaltete ich mein Telefon aus. Ich wusste, dass es so nicht mehr weitergehen konnte. Giorgio musste mir helfen, Julia in Therapie zu schicken, vielleicht in eine Klinik. Doch was das bedeuten würde, wenn sie sich in Behandlung begeben würde, wusste ich natürlich nicht. Vielleicht wäre dann auch alles anders, vielleicht wäre sie dann anders. Egal, ich fühlte mich gut, ich packte an. Wir mussten es gemeinsam hinkriegen.

Im Zug neben mir saß dann Amira. Dunkle Locken, tiefbraune Augen, unglaubliche Brüste. Eine Erscheinung, wie aus einem unrealistischen Kinofilm. Ihre Gesten und ihre Blicke waren ständig an der Grenze zum Comichaften, gleichzeitig aber auch faszinierend. Ihr rotes Kleid lag eng an. Ich konnte nicht glauben, dass Menschen im echten Leben wirklich so aussahen. Dann sprach sie auch noch mit mir. Ich half ihr bei der Suche nach einer Steckdose, zum Dank wollte sie mir einen Espresso ausgeben. Aha, ok, warum nicht.

»Also, Tim, richtig?«

»Tim, yeah. Amira?«

»Ich bin Amira. Schön, dich kennenzulernen, Tim. Im Zug!«

Sie prostete mir mit dem Espresso zu und zwinkerte dabei. Vielleicht war sie auch eine Schauspielerin oder ich war Teil einer Sendung Versteckte Kamera? Doch Amira griff weiter an.

»Tim, fährst du auch nach Brüssel?«

»Ja, ähm, treffe da jemanden.«

»Deine Frau?«

»Meine Frau? Joa, meine Freundin? Nein, die. Also, die ist nicht da. Die ...«

»Was ist mit ihr?«

Wahrscheinlich war es der Barkeeper-Effekt, der dazu führt, dass man wildfremden Leuten die privatesten Dinge erzählt. Ich hatte seit Wochen das Bedürfnis gehabt, in Ruhe über Julia zu sprechen. Jetzt sprudelte es einfach aus mir heraus.

»Meine Freundin. Ist. Meine Freundin trinkt. Sie ist eine Trinkerin. Aber ich liebe sie. Aber nicht, wenn sie trinkt. Verstehst du? Sie ist eine Trinkerin, die ich liebe.«

Amira lächelte dünn.

»Ich weiß. Ich kenne das. Ich liebe meinen Mann auch. Sehr. Werde niemals einen Menschen mehr lieben können. Er liebt mich auch. Aber er ist ein Dieb. Er ist ein Dieb, den ich liebe.«

Wir nickten uns zu, wir hatten uns gefunden. In Brüssel nahmen wir uns ein Taxi, fuhren zu Giorgios Wohnung, zogen uns schnell aus und vögelten. Der

Sex war richtig schlecht, bestand nur aus Hass und Wut. Wir hatten nichts miteinander zu tun, während unsere Körper ineinander verschlungen waren. Wir schliefen mit uns selbst oder mit unserer Wut, aber nicht miteinander. Dabei war Amira wirklich ein Supermodel. Ich hätte es niemals geschafft, so eine Frau zu erobern. Für mich war es der beste Weg, meine Wut und Enttäuschung loszuwerden. Ich ließ es an ihr aus, ihr schien es zu passen. Vom ersten Moment an, in dem sie mich angelächelt hatte, war ich direkt wieder ein notgeiler 17-Jähriger. Ich war ihr offensichtlich egal. Sie war nur wütend auf ihren komischen Ehemann.

Dann stand Julia auf einmal vor uns, während Amira auf mir saß. Dass mir so etwas passieren würde! Es war doch völlig egal, was ich mit Amira tat, es bedeutete doch nichts. Es war doch alles nur, weil Julia so viel trank, und ich es nicht mehr aushielt. Ich wollte doch heute mit Giorgio besprechen, wie ich meine Liebe retten kann. Meine Liebe, die plötzlich vor mir stand. Doch all das konnte ich ihr im Treppenhaus so lange hinterherrufen, wie ich wollte. Ich konnte sie anrufen, so oft ich wollte. Sie antwortete nicht. Als ich am nächsten Morgen aufwachte, nachdem ich 40 Minuten geschlafen und den Rest der Nacht mit Giorgio gesprochen hatte, war ich kurz erleichtert, denn alles, was geschehen war, kam mir so übertrieben vor, dass es ein Traum gewesen sein musste. Es war aber kein Traum. Amira war echt,

Julia war echt und all die unbeantworteten Anrufe an diesem Abend und den folgenden Abenden, Tagen, Wochen, Monaten und Jahren waren echt. Julia hat mich gelöscht.

Selbst nachdem ich später nach Köln gezogen bin, weiter Deutsch lernte und hoffte, Julia zufällig auf der Straße zu treffen, reagierte sie nicht mehr. Ich habe mir einen Job bei einem Recherchekollektiv in Köln gesucht und immer wieder E-Mails, Nachrichten und Briefe an Julia geschrieben. Sie war aber offenbar umgezogen, nahm meine Telefonate nicht an und war auch nicht mehr bei der Firma, bei der sie gearbeitet hatte. Ich, der Meisterjournalist, konnte sie nicht aufspüren. Sie hatte offenbar ihre alten Kollegen, ihre Familie, ihre Freunde, alle Vernetzungen, darauf eingeschworen, mir bloß keine Informationen zu geben. Da sie die meisten Kontakte der letzten Jahre in anonymen Eckkneipen hatte, gab es ohnehin nicht mehr viele gemeinsame Bekannte. Ich lief oft Frauengestalten hinterher, die von Weitem aussahen wie sie. Am Anfang meinte ich, sie in fast jeder jungen Frau in der Stadt zu erkennen. Doch Julia hat sich für mich komplett ausradiert, sie hat sich zum Geist gemacht. Von einem Moment auf den anderen, ohne Gespräch, ohne Gnade. Der Freitag in Brüssel war die letzte Explosion. Alles hat sich angekündigt. Wie ein langsames Erdbeben, das zum Tsunami wird und an Land alles vernichtet. Meine große Geste, nach Köln in Deutschland zu ziehen, dort zu leben, wegen Julia, für Julia, mit Julia, die Geste war vollkommen egal. Julia wusste ja gar nichts davon. Doch ich blieb. Ich gab es nach einem Jahr auf, aktiv nach ihr zu suchen. Mein Pulver war verschossen, etwas Entscheidendes hatte sich verändert und weiterentwickelt. Ich konnte nicht mehr einfach neu anfangen. Meine Fähigkeit, mich immer wieder neu zu erfinden, in neuen Ländern, mit fremden Sprachen und neuen Aufgaben, war mir abhandengekommen, von Julia geklaut. Wie wenn man einem kleinen Kind die Nase stibitzt, dann seinen Daumen in der Faust herausragen lässt und behauptet, das wäre die Nase. Ich war davon überzeugt, wie ein Dreijähriger ohne Nase. Meine Lebendigkeit, die ich durch Julia entdeckt hatte, war begraben worden. Ich versuchte, sie zu vergessen, doch die Hilflosigkeit kam immer wieder. Und dann war da auf einmal Kim. Sie tat mir gut. Sie war keine Alkoholikerin, sie schien mich lieben zu wollen. Vor allem wollten wir beide gemeinsam das Leben erleben. Außerdem klang es so und fühlte sich so an, als wären wir füreinander gemacht. Kim und Tim, mit solchen Namen musste es passen. Wir lachten gerne darüber und unsere Freunde fanden es auch sehr spaßig. Wir sprachen nicht kompliziert oder bedeutend darüber, wir wollten schlicht zusammen sein. Mein Schmerz wegen Julia vergrub sich von Tag zu Tag tiefer im Magen. Allerdings löste er sich nie ganz auf.

Mit Giorgio hatte ich noch einige Male Kontakt, doch auch das wurde weniger. Giorgio war sehr wütend darüber, dass er genauso ausgelöscht worden war. Julia musste ihn als einen Komplizen von mir angesehen haben. Sie war bitterböse und knallhart geblieben. So endete unser Dreieck zwischen London, Brüssel und Köln nach fünf Jahren endgültig. Das Trio aus der Generation EU war beendet, das Konstrukt gescheitert.

GIORGIO

Eine 90er-Jahre-Party! Das ist doch nicht zu fassen. Wir sind tatsächlich am kommenden Samstag auf eine 90er-Jahre-Party eingeladen. »XENNIALS GOING WILD« nennt sich die E-Mail. Scheinbar haben sie ein Wort für uns erfunden, das X und Millenial vermischt. Was für ein Schwachsinn. Das müssen die Holländer gemacht haben oder die Deutschen. Wie kann man ernsthaft glauben, Menschen seien ähnlich, nur weil sie zu einer identischen Zeit geboren waren? Warum hasse ich dann so viele Gleichaltrige und liebe so viele aus anderen Generationen? Zum Glück ist die Party nicht schon heute Abend. Von dieser Telma kam keine Antwort auf meine E-Mail, von den anderen beiden schon. Tim hat mir geantwortet, Julia auch. Die beiden werden sich heute Abend wiedersehen. Sie wissen es nur noch nicht.

Vor meinem Fenster rauscht der Brüsseler Verkehr vorbei, ich erforsche mein Heimweh. Bevor ich Ruiz hier kennengelernt habe, war die Zeit schwierig gewesen. In London ist es mir leichter gefallen, mein Leben zu leben. Dort hatte ich nach der Katastrophe von Porto endgültig verstanden, dass ich Männer mindestens so sehr liebe wie Frauen, und ich hatte es tun können. Ich verbrachte viele Abende in Soho, war kaum noch ansprechbar in vielen Nächten. Doch das war nur die erste Zeit so. Als ich es selbst noch verstehen musste. Es wurde besser, ich wurde besser und ehrlicher zu mir selbst, als ich den Mut gefunden hatte, es meiner Familie zu sagen. Die Wochen davor waren die schlimmste Zeit meines Lebens. Dabei war es in meinem Großstadtleben in London so egal, wen man liebte. Ich fühlte mich selbst, ich war bei mir und musste nichts mehr spielen, wie in all den Jahren zuvor. Die Vorstellung, außerhalb der Stadt ich selbst zu sein, machte mir noch immer große Angst. Doch nach der Nacht in Porto, als ich verstanden hatte, dass sich die alte Frau in den Tod gestürzt hatte, da hatte ich mich selbst darin wiedererkannt. Keine Ahnung, warum die Frau das am Ende tat, ob sie mir die Schuld gab oder nicht, aber ich wusste, ich konnte so nicht weitermachen. Und ich wusste, dass ich eine zweite Chance bekommen hatte. Mein Tod war verschoben worden, ich stand nun in der Schuld des Lebens. Also traute ich mich und es war das Richtige. Meine Mutter kam damit nicht zurecht, mein Bruder und mein Vater erstaunlich gut. Wir sprachen nicht viel darüber und sie wollten offenbar auch nicht viel wissen. Über Frauen hatten wir auch nie viel gesprochen. Frauen waren einfach da. Zum Familie gründen und gut aussehen. Über Nutten und Schlampen konnte man reden, aber nicht über die eigene Frau. Lange Zeit hatte ich das verinnerlicht und es war sicher einer der

Gründe für meine Wut und den Ärger, den ich in mir trug und von dem ich so lange nicht wusste, wo er hingehörte. Dass meine Mutter es nicht verstand, machte mich traurig. Sie war vor allem sauer, dass ich ihr wohl keine Enkelkinder schenken würde. Es machte unsere Familie damit im Vergleich zu den anderen Familien nur halb so wertvoll.

Mein Bruder und Vater wiederum, und das erstaunte mich wirklich sehr, nahmen es einfach hin. Es schien ihnen auf angenehme Weise egal.

2014 nahm ich dann das Jobangebot der Lobbyfirma aus Brüssel an. Ich war bereits eine Weile Pendler zwischen England und Rom gewesen, immer schon proeuropäisch und konnte mit den Leuten gut verhandeln. Als ich in meiner ersten Wohnung in Brüssel ankam, kurz bevor ich Ruiz kennenlernte, kamen mein Bruder und mein Vater sogar zu Besuch, zu einem Champions League Spiel der Roma. Wir hatten viel Spaß und Papa schien glücklich darüber, dass sein Sohn jetzt wenigstens ein bisschen südlicher als England gelandet war. Er hatte sicher immer noch die Hoffnung, dass ich in die Firma einsteigen würde und die Familie endlich wieder vereint wäre. Ich wusste tief und sicher in mir, dass das nie passieren würde. Meine Schwester und mein Bruder machen das beide gut, haben sogar drei Enkelkinder für die Mama produziert und mein Bruder ist auch der bessere Jurist. Das sage ich ihm natürlich nicht, aber es ist offensichtlich.

Zu dieser 90er-Jahre Party soll man verkleidet erscheinen. Das tue ich wirklich nur für Ruiz, nur, damit ein bisschen Frieden und gute Laune herrschen können. Die letzte Zeit war schwierig. Ruiz konnte nicht mehr im Restaurant arbeiten, er begann, unter der Hand private Essen und Veranstaltungen zu organisieren. Nur logisch, dass dann bald auch Gegeneinladungen kommen würden. Jetzt also 90er Party bei Joe und Felix. Ich hätte einen Haarschnitt nötig, die Koteletten werden immer länger, ich sehe aus wie ein italienischer Schlagersänger, aber eher aus den 1970er Jahren. Die Friseure waren jetzt zwar endlich wieder auf, aber ich habe es natürlich nicht geschafft, einen Termin zu kriegen. Ein Termin beim Friseur ist momentan schwieriger zu bekommen als ein Termin mit der Kommissionspräsidentin. Vielleicht könnte man die Koteletten nutzen, wer sah denn in den 90er Jahren so aus? Vielleicht Howie von Take That? George Michael? Nein, das wäre auch zu platt.

Meinen Job hier in Brüssel so zu machen, als gäbe es keine Pandemie, ist unmöglich geworden. Jetzt, da man kläglich versucht, Networking-Veranstaltungen per Video herzustellen und immer neue, heimliche, versteckte Orte entstehen, an denen man sich treffen kann, um über Produktionsstätten, Ausschreibungen und Gesetzestexte zu sprechen. Es ist nicht mehr dasselbe. Ich treffe keine Menschen mehr an Buffets oder in großen Hallen voller Stuhlreihen und Kaffeepausen. Ich kann nicht mehr die chinesischen

Investoren zum privaten Gespräch ins Belle Epoque mitnehmen und gleichzeitig ein kleines Essen der kanadischen Staatsekretäre mit den Italienern vereinbaren, um ihnen vertraulich zu sagen, was die Chinesen vorhaben. Ich kann vor allem nicht mehr kontrollieren, wie meine Kunden ihre Geschäfte umsetzen. Jeder kämpft im Verborgenen für sich, besonders die Briten brauchen Erfolg und haben rein historisch einfach die besseren Verbindungen zur Pharmalobby. Europa oder das, was die Bürokraten damit meinen, war mir schon immer egal. Es ärgert mich aber, dass ich jetzt meine Arbeit einfach nicht mehr machen kann.

Ruiz hat in den letzten Monaten viel in der Wohnung gesessen und gejammert. So habe ich meinen Mann noch nie erlebt, so desillusioniert. Man kann keine Partys mehr feiern, keine Weinproben mehr planen und keine spontanen Reisen mehr machen. Ruiz scheint dadurch die ganze Lebensenergie genommen. Er ist nur noch ein Nachtfalter, der zusammengeklappt in der Ecke steckt. Ich spüre, wie auch meine Kraft mich deswegen verlässt. Es ist nicht so, dass mein Mann so oberflächlich wäre, dass er nur in Restaurants und im Urlaub existieren kann, aber es ist immer sein Leben gewesen, schöne Erlebnisse für Menschen zu organisieren, Menschen zusammenzubringen. So ähnlich wie ich meine Arbeit tue, nur ohne die Hintergedanken. Ich kann Menschen verbinden, ich kann sie manipulieren und ich kann zusammenbringen, was nicht passt. All das ist im Augenblick verboten, eingeschränkt, zu gefährlich. Menschen sollen sich nicht treffen, weil sie sich verseuchen.

Nach dem Desaster in Brüssel mit der Dunkelhaarigen und Tim habe ich lange versucht, wieder zu kitten. Ich wollte nicht, dass unser Dreieck vorbei war. Doch Julia, die ich erst nach Wochen wieder erreichen konnte, war unerbittlich. Sie wollte offenbar ernsthaft nie mehr mit Tim sprechen. Ich kapierte es nicht. Dinge passieren doch, Fehler geschehen. Doch Julia hatte sich auf eine traurige Art aufgegeben. Es gab keinen Weg mehr, sie zurückzuholen. Zumindest konnte ich ihr sagen, dass sie zu viel trank. Sie wollte es nicht hören und warf mir nur vor, dass ich wohl auf Tims Seite sei und das alles in Ordnung finden würde. Sie war verschlossen. Der Kontakt wurde weniger. Einmal noch schrieb sie mir eine längere Nachricht. Sie hätte aufgehört zu trinken, sie hätte einen neuen Job und vielleicht könnten wir uns ja einmal wiedersehen? Aber nur, wenn ich nichts mehr mit Tim zu tun hätte. Ja, vielleicht, aber ich wollte nicht zugestehen, dass mir der Kontakt wichtig ist. Ich verstand die Heftigkeit nicht. Doch vermutlich ist das Ende der beiden die finale Atomexplosion gewesen. Die Katastrophe hatte langsam, aber stetig ihren Lauf genommen und nun ist das Gift ausgetreten, das Verhältnis war für immer kontaminiert. Mit Tim sprach ich leider auch immer weniger. Er ist ein bisschen verrückt geworden, ist sogar nach Köln gezogen, hat sich dort einen Job gesucht, um näher an Julia zu sein. Doch scheinbar hat er sie nicht gefunden. Nach langer Zeit rief er mich an einem Sonntag aus Köln an. Ich erinnere mich gut an das denkwürdige Telefonat.

»Hey, Giorgi, du glaubst es nicht, ich werde Vater!«

»Ach, wow! Glückwunsch, wie schön! Weißt du, wer die Mutter ist?«

» ... Giorgio, witzig. Witzig, wie immer.«

»Klar, ich bin doch der Lustige von uns beiden.«

»Die Mutter heißt Kim. Darüber kannst du auch gerne einen Witz machen. Tim und Kim! Go!«

»Dazu fällt mir kein Witz ein. Ich freu mich für dich, Timmy, wirklich. Und du liebst sie?«

»Ich liebe sie, denke ich, ja. Ich kann sie lieben.«

Tim hatte sich entschieden, ich hoffte für ihn, dass es richtig war. Wir sprachen danach immer weniger. Geburtstagsgrüße, Fußballsticheleien, mehr nicht.

Verdammt, ich werde schon wieder wehmütig und es nervt. Heute Abend spielt die Roma gegen Donezk in der Europa League. Das wusste ich nicht, sonst hätte ich bestimmt keinen Videochat für 21 Uhr verabredet. Was mich aber noch mehr nervt, sind diese Stapel von Verträgen, die mein Kollege mir überlassen hat. Die Pharmafirma ist ungeduldig, sie brauchen die Verträge besser gestern als heute.

Ich habe noch viel zu tun. Es hilft nicht, dass Ruiz mir ständig halbnackte Fotos schickt, auf denen er sein neuestes 90er Outfit als Vorschlag für die Party präsentiert. Ruiz mit Stirnband und albern langen Haaren, das war wohl Axl Rose, Ruiz mit blonder Perücke und Farben im Gesicht. Britney? Aguilera? Ruiz mit einem hässlichen hellbraunen Hemd, einem Hausmeisterhemd, auf das er ein »Geister verboten«-Schild malte. Ein Ghostbuster? Wie nerdig, nein. Ich betrachte die Fotos, swipe hin und her. Es macht mich geil und melancholisch. Anstrengend ist es auch, immerhin will Ruiz unbedingt in einem Pärchenkostüm zur Party gehen. Doch es ist diese Art von anstrengend, die glücklich macht. Ich bemerke meine Bartstoppeln, fühle mich wie ein übermüdetes Kind. Heute kann ich mich nicht konzentrieren. Das nächste Foto von Ruiz kommt an, diesmal ist er fast komplett nackt, mit einer hochtoupierten Perücke, vermutlich soll er der Künstler sein, der mal Prince hieß. Ein Blitz fährt durch meinen Körper, ich packe schnell meinen Laptop ein und mache mich auf den Weg zum Fahrrad. Für heute ist es vorbei mit der Arbeit, die Welt muss das akzeptieren.

Während ich auf dem Rad in Richtung Wohnung fahre, klingelt das Telefon immer wieder. Jacques, mein Chef. Es ist mir egal. Es kann mich nicht schockieren, dass die Verträge heute vielleicht nicht fertig werden und wir deswegen den Kunden verlieren würden. Etwas in mir steuert nach Hause, weg vom Büro, weg von der Arbeit, weg von der EU, weg von meinem Chef. Ich fahre zwischen funktionalen Hochhäusern und verglasten Wohnblocks hindurch und denke an Portugal, an Porto, an Luisa, an Julia, an Timmy und vor allem an Ruiz. Ich will ihn jetzt haben. Scheiß auf die Arbeit. An Malbeek vorbei in die Rue de Treves. Einmal habe ich es geschafft, in sieben Minuten zuhause zu sein, vielleicht schaffe ich heute einen Rekord. Nur noch runter bis zum Parc du Viaduc und dann rechts. Allein wäre ich nie ins Matonge-Viertel gezogen. Man zieht ja auch nicht in die Bronx oder nach Brixton. Doch das ist ein blödsinniger Gedanke, Brixton ist mittlerweile sehr populär und außerdem liebt Ruiz es in Matonge. Er hat dort viele Freunde und konnte mir schnell zeigen, wo man das beste Fufu und anderes afrikanisches Essen bekam. Für mich war es ein Kulturschock, aus einer verglasten Neubaubude in ein altes Häuschen über einem ghanaischen Musikladen und gegenüber der Polizeistation zu ziehen. Wir hätten uns ja auch etwas ganz anderes leisten können. Doch ich ließ mich darauf ein, für Ruiz. Ich zog bei ihm ein, nach einer Weile wechselten wir die Wohnung im Haus, nun haben wir auch mehr Platz. Ruiz nervt mich oft, doch es hält nie lange an. So wie heute. Noch morgens wäre ich am liebsten abgehauen, weg aus diesem kalten grauen Land. Weg von diesem nervigen, kindischen Typen. Doch schon nach einer Stunde im Büro vermisste ich ihn wieder. Wir sind nun vier

Jahre ein Paar. Wir konnten uns früher gegenseitig viel helfen, denn all die Geschäftsessen, die ich planen musste, um hin und wieder ein paar Gesetze auf die richtige Bahn zu bringen und die richtigen Leute miteinander bekannt zu machen, konnte ich in den Restaurants organisieren, in denen Ruiz arbeitete. Es gab auch sehr oft wertvolle Tipps von ihm. Wo konnte man am besten mit den Chinesen Bier trinken, wo gab es edle Burger für die Amerikaner, die Heimweh hatten? Welche Italiener wussten, was sie am Herd konnten? Ruiz ist wie ein Gastronomie-Lexikon mit einem noch größeren Netzwerk als ich. Wenn meine Welt zusammenbrechen würde, gäbe es wahrscheinlich ein paar weniger reiche Menschen. Wenn Ruiz' Welt zusammenbrechen würde – und das war ja das, was momentan passiert – wären alle hungrig, traurig und einsam. Ruiz Welt ist wichtiger, ich bin sicher.

An der Ampel sehe ich die Schlange vor Habibi-Falafel. Gute Falafel sind wichtig für die Gesellschaft. Ich mag es sehr, wie sich auf dieser kleinen Fahrradstrecke vom Schumannplatz nach Hause die Welt ändert. Die Häuser werden nach und nach älter, kleiner und lebendiger, bis ich dann in unserem Viertel ankomme. Ich mag auch die kleinen Parks und grünen Stellen. Brüssel ist eine unterschätzte Stadt. Als ich damals noch sehr unsicher war, ob ich denn wirklich zu Ruiz in dieses Afrikaviertel ziehen sollte, zuckte er nur kurz mit den Schultern. Wir hatten gerade einen Kaffee bestellt, direkt gegenüber unserer heutigen Wohnung, in einem Zwei-Tische-Café unter drei Bäumen. Ruiz zuckte mit den Schultern und säuselte nur: »Audrey Hepburn«.

Ich konnte nicht verstehen, was die nun gerade mit uns zu tun hatte, und ich musste es auch danach noch einmal überprüfen, doch Ruiz hatte Recht. Audrey Hepburn ist hier in diesem Viertel aufgewachsen. Ganz in der Nähe von unserem Haus.

»Supergay!«, rief Ruiz, wir lachten.

Tatsächlich ist Holly Golightly, die schwedische Prinzessin aus Vacanze Romane, naja Audrey Hepburn eben, hier aufgewachsen. Bis sie sieben oder acht Jahre alt war. Ich verehre Audrey Hepburn. Die Verschrobenheit und Liebe, die Mischung aus Verzweiflung und Leidenschaft, die Entwurzelung. Ich liebe es, wie sie ist, wie sie war, wie sie spielte. Ich bin ein Fan. Es war ein Zeichen. Es konnte kein Zufall sein. Genau wie Luisas Crash ins Restaurant damals. Ohne Luisa hätte ich Ruiz nicht gefunden. Ohne Ruiz hätte ich Audrey nicht hier gefunden. Und ohne Audrey, ach, das will ich mir gar nicht vorstellen.

Ich stelle das Fahrrad vor der Polizeistation ab, das müsste gut gehen. Zwölf Minuten, das Nachdenken auf der Strecke und die roten Ampeln haben mich wohl lahm gemacht. Noch einmal blicke ich die Straße entlang und stelle mir vor, wie die siebenjährige Audrey hier beim Bäcker ein Baguette kauft oder Süßigkeiten. Als ich stehenbleibe, das Gewusel vor dem Mini-Supermarkt und den Verkehr um die Bäume herum betrachte, kommt es mir fast vor wie früher, das Leben kehrt wirklich zurück. In meiner Jackentasche vibriert es schon wieder. Jacques, er nervt. Vielleicht sind es auch neue Halbnacktbilder von Ruiz. Ich lasse es vibrieren und betrachte weiter meine Straße. Ich liebe es hier und es würde immer in meinem Herzen sein, doch Audrey ist ja auch gegangen. Und ich weiß, wie sehr Ruiz leidet. Es ist überhaupt nicht klar, ob er wieder genug Arbeit finden würde in diesem Jahr. Nicht weil es die Arbeit nicht irgendwann wieder geben würde, sondern weil Ruiz so ein zusammengeklappter Nachtfalter geworden ist und wahrscheinlich keine Kraft mehr dafür hat. Das bricht mir das Herz. Ich spüre sein Heimweh. Nicht nur nach einem kurzen Trip in die Heimat, sondern nach einem Leben in Portugal, vielleicht am Meer. Weg von den ganzen Straßen, dem Lärm. Ich habe es immer wieder abgebügelt. Doch etwas hat sich geändert. Die Arbeit ist mir egal geworden. Ich habe in den vergangenen Wochen sehr viel an meinem eigenen Heimweh geforscht. Jetzt, hier auf meiner Straße, in diesem Moment, verstehe ich es. Es ist eine Erleuchtung, wie der erste Mann, den ich richtig küsste. Callum, rothaariger Schotte, starke Arme. Es war eine Erschütterung gewesen, als würde der Himmel aufbrechen und alles Sinn ergeben.

Ich zittere sogar ein wenig, als ich die Haustür

öffne und die Treppe zur Wohnung nehme, denn jetzt habe ich mit einem Mal mein Heimweh verstanden. Mein Heimweh geht nicht nach Rom, nicht an den Strand von Ladispoli und nicht ins Olimpico zur AS Roma. Mein Heimweh geht auch nicht mehr nach den Bars in Soho oder nach meiner Wohnung am Covent Garden in London, meiner dritten Heimat. Das ist alles Nostalgie und Erinnerung. Das ist schön und bitter zugleich. Das kann ich ausleben. Mein Heimweh führt mich zu Ruiz. Dieser braunäugige, wunderschöne Löwe ist meine einzige wahre Heimat. Dorthin sehne ich mich. Dort muss ich sein. Egal, was ich tue. Und es kann nicht so weitergehen. Ruiz leidet, er leidet so sehr. Ich kann es nicht ertragen, wie meine Heimat untergeht. Meine Heimat Ruiz, mein Mann. Ich habe eine Entscheidung getroffen. Hier, in diesem Moment, vor der Wohnungstür. Es ist eine Erlösung. Bevor ich den Schlüssel umdrehen kann, öffnet Ruiz schon die Tür. Er hat sich einen furchtbaren schwarzen Kinnbart angemalt, ansonsten ist er komplett nackt. Schockiert von dieser Gesichtsbemalung stehe ich in der Tür. Ruiz ruft: »Ich bin ein Backstreet Boy!«

TELMA

»Dann müssen wir es kleben! Hier, nimm das weiße Band!«

»Zwei Tage.«

»Mh?«

»Das hält maximal zwei Tage, dann ist das aufgeweicht und du hast hier alles im Holz. Du brauchst ganz neue Fenster. Mann, Telma, da ist das Meer! Das feuchte Meer, mit feuchter Meeresluft. Das hält niemals alles zusammen.«

»Idiot. Dann mache ich es eben allein.«

»Na, gib her, ich halte das Blech. Warum machst du das alles noch? Es ist vorbei! Die schmeißen dich heute raus.«

»Lass es! Ich brauche dich nicht.«

Fred lässt das Blech in meine Arme fallen und stapft beleidigt los in Richtung Theke.

Natürlich brauche ich hier neue Fenster, aber die kosten Geld. Erstmal muss ich den Raum trocken kriegen, damit die ersten Gäste etwas essen können. In der Spiegelung des Fensters sehe ich den lieben Freddy im hinteren Ende des Restaurants. Dorthin hat er sich verzogen und schleift als Alibi ein bisschen Holz ab. Er ist offensiv eingeschnappt, aber er wird sich schon wieder beruhigen. Das Klebeband, das ich vor zehn Sekunden angebracht habe, löst sich direkt wieder ab. Eine klebende Plastikschlange hängt traurig nach unten. Damit er sie nicht sehen kann, reiße ich sie schnell weg. Er hat ja Recht. Das Ding ist Schrott. Ich habe ein kaputtes Restaurant gekauft. Ohne Geld. Jetzt habe ich noch weniger als kein Geld, um zu renovieren. Aber die verdammte Arbeit soll nicht umsonst sein. Wochenlang habe ich Stühle und Tische abgeschliffen und lackiert, Möbel, die ich gefunden und gesammelt habe. Manche habe ich aus dem Fonsecahaus mitgehen lassen und in der Stadt versteckt. Die meisten Hölzer waren über die Jahre verkommen und kaputt gegangen, doch ein paar Tischplatten und Stühle konnte ich retten.

Der Blick aus diesem Restaurantgebäude ist noch immer beeindruckend. Die Fensterfront in Richtung Meer gibt den Menschen das Gefühl, direkt auf dem Wasser zu sitzen. An der Stelle, an der Luisa damals durch die Scheiben und Teile der Wand gekracht war, habe ich ein Graffiti gemalt, einen halben, gelben Mercedes. Den Mercedes von Fonseca. Es war schwierig, die Perspektive eines Einsturzes zu zeichnen. Wenn man an der Eingangstür steht, einige Meter davon entfernt, dann sieht es so aus, wie ich es geplant habe. Von den meisten anderen Orten hier im Gastraum sieht es aus wie ein gelber Schimmelfleck. Das Graffiti bleibt, auch wenn es nicht immer gut aussieht. Es bleibt, als Erinnerung.

Joao hat mir noch eine Nachricht geschrieben, mittlerweile sind es nur noch Beschimpfungen und Drohungen. Joao ist immer ein mieser Geschäftsmann gewesen und ein Feigling obendrauf. Er hatte nach Luisas Tod, im Gegensatz zu mir, von der Versicherung eine Menge Geld bekommen, um sein Restaurant zu renovieren. Doch er hatte es nie mehr wirklich erfolgreich öffnen können. Die Menschen schienen zu glauben, dass ein Fluch über diesem Haus und diesem Restaurant schwebte, vielleicht war auch einfach das Essen zu schlecht und die Leute wollten etwas anderes. 2020 gab er das Restaurant endgültig auf. Wir vereinbarten eine Pacht, die ich in Raten abbezahlen soll. Ich habe immer noch kein Geld, aber ich habe Freunde und ich kann mir Kredite im Internet organisieren. Vor allem glaube ich daran, das Restaurant erfolgreich führen zu können. Joao kriegt sein Geld schon, er muss nur noch ein wenig Geduld haben. Er nervt mich mit seinen Nachrichten und Briefen. Soll er doch froh sein, dass es weitergeht.

Als Luisa vor zehn Jahren starb, lag das nicht an dem Unglück. Der Unfall brach ihr einen Arm und riss ihr große Teile der Haut blutig auf. Daran wäre sie aber nicht gestorben. Sie war von den Abgasen so vergiftet gewesen, dass sie an den Folgen umkam. Sie musste verrückt halluziniert haben in ihren letzten Minuten, während ihrer spektakulären Fahrt mit dem Auto. Ich wäre selbst fast von meiner Tante überfahren worden, als sie mit dem Auto aus der Garage geschossen kam. Als ich die Polizeisirenen eingeholt hatte, stand ich als eine der ersten vor dem zerstörten Restaurant, hinter mir das wütende Meer, um mich herum Blaulicht, Wind und Regen. Die Polizei war nicht sehr freundlich. Einer der Kommissare erklärte mir am nächsten Tag, dass ein Italiener das Haus der Fonsecas gekauft hätte, und sie sich daraufhin wohl rächen wollte. Luisa war beleidigt, weil ein Fremder ihr das Zuhause nehmen wollte. Mir fiel es schwer, das zu glauben, dennoch wollte ich diesen Italiener sehen, wollte ihm sein Geld in den Rachen stopfen, wollte ihn büßen lassen. Ich wollte ihm die Nase und alle Knochen brechen. Es gab nur einen kurzen Moment, in dem wir uns begegneten. Giorgio Carelli, den Namen werde ich nie vergessen. Er stellte sich mir steif vor, ein reicher Schnösel, und redete in dummen Floskeln auf Englisch und Spanisch. Er konnte nicht einmal Portugiesisch, aber er kaufte sich in unser Land ein. Ich schlug ein paar Mal auf seine Schulter, allerdings musste ich dann die Tränen unterdrücken und wollte diesem italienischen Monster keine Genugtuung verschaffen. Also drehte ich ab. Carelli wollte noch reden, doch ich wollte nichts von ihm wissen. Er würde sicher ohne Strafe davonkommen, so wie alle Reichen. So wie alle, die sich einfach nehmen, was sie wollen. Erst nach dieser Begegnung las ich den Brief von Luisa. Er war in einem Umschlag voller Fotos von meinem Vater José, den

Großeltern und erzählte eine Menge Geschichten aus ihrer Kindheit in den 1960er Jahren. Ich hätte Carelli informieren können, hätte ihn vielleicht befreien können von etwas, aber ich wollte, dass er sich schuldig fühlte. Carelli sollte glauben, er hätte Luisa in den Tod getrieben. Das hat er verdient. Er war genau wie Fonseca und alle anderen reichen Männer. Sie müssen jetzt leiden. Weil sie Schuld an allem sind, sich noch immer einfach nehmen, was sie haben wollen, und dabei so viel zerstören. Ich hasse Giorgio Carelli.

Vor einigen Monaten habe ich mich noch einmal dort umgesehen, wo das Fonsecahaus stand. Es waren nur noch steinige Fetzen übrig und diese Fetzen entdeckte man auch nur, wenn man das Haus von früher kannte. Carelli und seine reichen Freunde haben alles miteinander verbunden, jetzt steht dort ein Einkaufs- und Bürogebäudekomplex. Wie ein Ufo ragen Glasfassaden, Stahlträger und blanke Betonwände in eine Straße voller alter, kleiner Häuser. Wer genehmigt so einen Bau? Die Geschäfte müssen momentan wegen des Virus noch geschlossen bleiben, damit haben sie sicher nicht gerechnet. Mit aller Macht wollte ich zynisch sein und mich darüber freuen, dass die Geschäftsideen der Herren scheitern würden, doch als ich da vor diesen modernen Glaskastengebäuden stand, fühlte ich mich merkwürdig friedlich. Ich fand meine Wut nicht mehr, musste sie zurückgelassen haben. Sie musste verflogen sein.

Es ist nun eben so, dass es dieses alte Haus nicht mehr gibt. Vielleicht ist das sogar gar nicht verkehrt. Das neue Gebäude ist hässlich, aber wenigstens neu. Es hat so viele Schmerzen und Geschichten begraben, vielleicht ist es gut? Den Baum gibt es aber noch. Meinen Baum, auf dem ich gesessen und gewartet habe und hätte ich das nicht so lange getan, wäre Luisa vielleicht nicht auf diese Art gestorben. Doch der Baum kann nichts dafür. Auch auf ihn bin ich nicht mehr wütend. Die Idee, einmal das Restaurant zu übernehmen, kam mir auf diesem Baum, während ich mir das neue Shopping- und Businessparadies aus Beton genauer betrachtete. Diese Leute, die hier bauten, die hier Geld ausgaben, hatten doch auch keins. Geld war doch nur Einbildung. Das war doch alles geliehen und sie bekamen es nur, weil sie weiße Hemden trugen. Einen Monat später war ich Restaurantbesitzerin. Natürlich musste es »Luisa« heißen und natürlich musste man es renovieren.

Jahrelang habe ich Geld für Essen durch Tourismus verdient, gekellnert, Touren organisiert und Hotels aufgeräumt. Nach der Krise Anfang des Jahrzehnts, kamen in den Jahren danach wieder mehr und mehr Menschen zu Besuch. Ich hatte Arbeit. In Luisas Brief stand, wie begabt mein Vater gewesen sein musste. Dass er fremde Sprachen nur kurz hören musste und sehr schnell lernen konnte, wie sie zu sprechen waren. Bis zu diesem Brief hatte ich gedacht, alle Menschen könnten einfach Sprachen lernen, das wäre ganz normal und für alle leicht zu verstehen. Ich hatte aber offensichtlich etwas von meiner Familie geerbt. Wenigstens etwas. Wenn schon die Versicherung nicht bezahlte. Zum Glück gab es das Internet und all die Touristen. So lernte ich Englisch, Französisch, Spanisch, etwas Deutsch und etwas Japanisch. Nach einigen Jahren bin ich zur Vorgesetzten von vielen Tourismusjobbern geworden. Mit Fred und den anderen bezog ich ein kleines Häuschen am Meer, im Winter war es zu kalt, im Sommer zu warm, aber ich hatte eine Adresse. Wir hatten ein Haus, wir konnten uns Essen kaufen und wir gehörten dazu. All die Typen und Mädels waren meine Familie. Es waren immer Leute im Haus, manchmal zwanzig am Tag. Jeder brachte etwas mit. Essen, Getränke, Möbel, Haustiere. Solange wir die Miete zusammenbekamen, was kein Problem war bei all diesen Leuten, ließ der Vermieter uns in Ruhe.

»Du trägst deine Familie immer in dir, egal wo und bei wem du bist«, das hatte Tante Luisa als letzten Satz in ihren Brief geschrieben.

Heute verstehe ich das. Ich habe meine Familie, die eine in mir drin und die andere um mich herum. All die Freunde und die Liebe um mich herum. Da aber mit der Zeit immer mehr Freunde ihre eigenen Familien wurden, Kinder bekamen, andere Arbeit fanden und das Haus verließen, sind es mittlerweile nur noch Fred, seine aktuelle Freundin und ich.

Lange können wir uns das Haus nicht mehr leisten. Vielleicht müssen wir doch bald ausziehen. Vielleicht muss ich hier in meinem Restaurant schlafen.

Sandwiches, Salate, Francesinha, Bier, Wein, etwas Pasta, manchmal Fisch. Es macht Spaß, aufzuschreiben, wie ich mir die Speisekarte vorstelle und welche Waren ich bräuchte. Auf dem Markt kenne ich mittlerweile fast alle Gemüseverkäuferinnen gut. Man bräuchte nur ein paar Touristen, die hier am Tag etwas von ihrem Geld lassen würden, und es wäre ok. Man bräuchte nur ein bisschen Zeit am Anfang, ich bin mir sicher. Einige der Fotos, die Luisa mir vermacht hat, habe ich größer drucken lassen. Mit dem Fotografen, der auch einen Druckservice anbietet, war ich mal eine Zeitlang feiern und am Strand unterwegs gewesen. Er ist ein Freund, er mag mich, vielleicht etwas zu sehr. Er kann es verkraften, ein paar Fotodrucke springen zu lassen. Dafür kann er auch immer bei mir essen, wenn er Hunger haben sollte, wenn ich eröffnet habe, bald. Die Fotos sind unterschiedlich groß, die meisten Schwarzweiß aus der Kindheit von José und Luisa. Ein paar modernere Portraitfotos von meiner Tante habe ich auch drucken lassen. Ein Foto des zerstörten Mercedes gibt es außerdem. Doch das scheint mir beim Anblick in diesem Moment zu viel. Immerhin leuchtet schon die Zeichnung an der Wand.

Luisa musste in der Garage offenbar schon ohnmächtig gewesen sein, doch war sie dann wohl noch einmal benebelt zu sich gekommen durch den Nachbarn und mich. Es war nicht mehr zu rekonstruieren, doch so erschien es am logischsten. Einer der Ärzte verglich es im Krankenhaus mit einem heftigen Drogenrausch und zwinkerte mir dabei zu. Weil ich für ihn aussah wie ein Junkie, und er das wohl lustig fand. Im Laufe der Jahre mochte ich diese Variante der Geschichte immer mehr, die Variante, dass Luisa kurz vor ihrem Tod einen abgefahrenen, irren Trip gehabt hatte, und mit dem Auto in den Tod schwebte, während sie Farben, Blumen oder Musik spürte. Ich machte aus der billigen Anmache des miesen jungen Arztes meine Wahrheit. Ich wollte kein Opfer mehr sein.

Jahrelang wollte ich mich nicht mehr an diesen Abend erinnern. Mit der Versicherung und der Bank hatte ich nach dem Unfall ungefähr drei Monate lang gestritten, dann gab ich auf. Obwohl Luisa im Brief alle Unterlagen vorbereitet hatte, bezahlte mir niemand Geld aus. Selbstmord. Das stand da doch im Kleingedruckten. Selbstmord. In dem Fall bezahlt keine Lebensversicherung. Das weiß man doch, sagten sie. Ich wusste das nicht, meine Tante wusste das auch nicht. Luisa hatte alles vorbereitet, nur eine entscheidende Sache nicht bedacht. Ich musste daran denken, wie ich vor Jahren im Kino saß und einer fremden Stimme lauschte. Ich hätte wissen müssen, dass keine väterliche, liebevolle Stimme zu mir sprechen würde, trotzdem war ich fest davon ausgegangen. Luisa wiederum war scheinbar so besessen von ihrem Plan, dass sie schlichtweg vergaß zu fragen, ob das alles für den Fall eines Suizids auch gelten würde. Wie soll man danach auch fragen, im Übrigen? Ich habe also nach drei Monaten aufgegeben und verstanden, dass mir nur der Brief und die Fotos bleiben würden. Das Geld strich die Bank ein, wie immer.

Einmal habe ich mich noch ins Haus geschlichen. Dafür musste ich einige Tage auf meinem Baum sitzen und observieren. Als eine Entrümpelungsfirma auftauchte und das Haus leerräumen sollte, mischte ich mich unter die Möbelpacker und gab sogar noch ein paar Anweisungen. Die Männer hatten ja keine Ahnung, wer hier verantwortlich war, und das reiche italienische Arschloch ließ sich natürlich nicht blicken. So konnte ich noch ein paar kleinere Möbel, Töpfe und Bücher aus dem Haus verschwinden lassen, bevor es zu spät war. Obwohl Carelli ja eindeutig nicht der Grund für Luisas Entscheidung gewesen war, fühlte ich mich nie verantwortlich dafür, es ihm mitzuteilen. Es war ok, wenn er das dachte, es war gut so.

Tante Luisas Brief ist so viel optimistischer als ich vermutet hätte. Sie schreibt im Brief von so vielen lustigen Momenten mit José und ihren Eltern, dass ich es in den ersten Jahren nicht aushielt, den Brief ein weiteres Mal zu lesen. Wenn er doch bloß die Traurigkeit in sich gehabt hätte, die ich von meiner

Tante kannte, wenn er mich genauso wütend und hilflos gemacht hätte wie all die Tage, Abende, Ausflüge, Essen und Streitereien, die ich mit meiner melancholischen Tante gehabt hatte, dann wäre ich wohl eher damit zurechtgekommen. Doch dass sie so ruhig und klar in diesem Brief war, das hat mich überwältigt. Sie hatte ihre Entscheidung bewusst getroffen, sie hatte sie für mich getroffen, und ich musste zugeben, ich hätte der alten Frau das nie zugetraut. Es war zu spät, ihr das noch zu sagen. Doch mit der Zeit, mit den Jahren, wurde es mir immer klarer. Ich merkte, dass ich ihre Stärke auch in mir trug, und dass ich nicht bereit war, aufzugeben. Tante Luisa hatte mich verlassen, mit einem Knall. Sie hatte mich befreien und aufwecken wollen. Zwar ging der Plan mit dem Versicherungsgeld nicht auf, die wahre Befreiung entdeckte ich aber im Laufe der Jahre in mir.

»Ich sag' doch, die Fenster kriegst du nicht dicht! Salzwasser, in der Luft.«

Fred sitzt auf einmal hinter mir und holt mich aus meinen Gedanken. Er hat einen improvisierten Sessel aus fünf Holzscheiten und einer Palette alten Plastiks gebaut und grinst stolz.

»Na? Wie findest du mein Sofa?«

»Schön. Freddy, was soll ich denn deiner Meinung nach tun? Was soll ich denn machen? Es muss doch irgendwie funktionieren.«

»Du brauchst Geld. Du musst Menschen und Material bezahlen, um das hier flott zu kriegen. Du bist pleite. Du hast keine Arbeit. Du hast nur Schulden. Wie soll denn der Strom hier bezahlt werden? Ich habe die Briefe gesehen vom Gericht und von Joao. Du hast schon drei Termine verpasst. Die machen das Ding hier dicht, wenn du nicht bezahlen kannst. Wollten die nicht sogar heute mit der Polizei kommen? Vielleicht musst du in den Knast! Telma, wach auf!«

»Ich hab schon so viel geschafft, ohne Geld. Das geht immer irgendwie.«

Fred steht provokant langsam vom Sessel auf und spielt mit übertriebenem Ächzen und Stöhnen einen alten Mann. Ich hasse seine Witze. Seit wir beide 40 sind, macht er sowas oft. Es ist so dumm.

»›Irgendwie‹ klar. Aber du kriegst halt nicht einfach eine Nachricht: Hier sind ›irgendwie‹ ein paar zehntausend Euro, bitte schön. Viel Spaß beim Ausgeben. So läuft es nicht. So müsste es aber laufen, wenn du renovieren willst. Und wenn du deine Schulden bezahlen willst. Und Personal. Und wenn du morgen auch noch hier sein willst. Und übermorgen. Und wenn du was essen willst. Wir können dich nicht mehr so lange durchfüttern. Und... «

Ich halte ihm den Finger vor den Mund, bis er still ist, und schiebe ihn zur Tür. Dann schubse ich ihn hinaus, weniger liebevoll, in Richtung Meer.

»Bis morgen.«

Er sieht mich hilflos eingeschnappt an, dreht ab und geht in Richtung Strand. Ach Freddy.

Nun bin ich endlich wieder allein in meinem Restaurant, im LUISA, leer, noch so kaputt. Das größte der Portraits hänge ich am besten über die Theke. Vorher checke ich mein Telefon. Ich kann das WLAN des Hotels gegenüber benutzen, wenn ich mich in die hintere Ecke der Theke ans Fenster setze. Vielleicht hat sich diese eine Frau gemeldet, die mir versprochen hatte, eine Website für das Restaurant zu basteln. Die schuldet mir noch etwas. Vor Jahren hat sie mal bei uns im Haus gewohnt, als es ihr schlecht ging, sie war verprügelt worden von ihrem Mann, übel zugerichtet. Wir versteckten sie wochenlang im Dach. Der Mann kam fast täglich vorbei und klopfte an alle Türen und Fenster. Wir konnten ihn vertreiben. Heute arbeitet sie als Internetmensch und wollte mir ein paar Vorschläge für eine Homepage schicken. Es gibt drei neue E-Mails. Ha! Sie hat geantwortet. Wie schön! Das muss ich später Freddy zeigen. Die anderen beiden Mails sind Müll. Werbung des Supermarkts und eine Spam-E-Mail von einem Carelli. »Betreff: 100.000 Euro«. Wie eine E-Mail eines nigerianischen Prinzen, der mir ein Millionenvermögen überweisen will. Wer fällt noch auf so etwas rein? Carelli, unglaublich. Seit zehn Jahren hasse ich diesen Namen, Giorgio Carelli, so hieß das italienische Arschloch und ausgerechnet heute kommt eine E-Mail mit exakt diesem Namen!

Inklusive Vorname. Giorgio Carelli, heute, 100.000 Euro. Die Algorithmen sind Monster, die uns abhören. Es ist gruselig, so gruselig. Ich lösche die beiden Werbe-E-Mails und lese die Nachricht der Web-Designerin. Das wird eine tolle Website, man wird reservieren können, die Speisekarte lesen können und man sieht Luisas Portraits.

Der Regen hinter mir wird zeitgleich mit einem heftigen Windstoß wieder stärker und tropft jetzt durch die undichte Fensterfront auf meinen Hinterkopf. Meine Haare werden schnell nass, ich versuche das Loch zuzuhalten, sehe dabei durch die Glasfront, wie der Grundstücksbesitzer, Joao und zwei Polizisten den Strand entlang auf das Restaurant zu laufen. Da sind sie also. Sie wollen die Schlüssel haben, sie schmeißen mich raus. Ich schulde ihnen Miete. Sie wollen Geld. Ich habe keins. Ich brauche keins. Sollen sie kommen.

JULIA

Den Lachs hat er auf den Punkt gegart, der Fenchel ist eine gute Idee dazu. Ich esse meinen letzten Bissen. Schade.

»Sehr, sehr gut. Ich glaube, ich geh' jetzt aber gleich mal nach Hause.«

Engin ist enttäuscht, seine Augen verbergen es nicht. Etwas Besonderes ist an seiner Ehrlichkeit. Wir sind den gesamten Tag durch Köln gelaufen. Vom Park durch das Belgische Viertel voller Tattoo-Studios, an der Moschee vorbei, dann Richtung Rhein. Unter der Zoobrücke drehten einige Jungs eine TikTok-Fitness-Story, vor dem Zoo waren viele Kinder unterwegs.

Engin erinnert mich an eine Mischung aus Giorgio und Tim. Er ist so übertrieben fokussiert und konzentriert wie Tim, gleichzeitig aber so impulsiv wie Giorgio. Er hat mir heute einen Luftballon aus dem Kiosk vor dem Zoo geklaut, war dann aber ganz schockiert, als ich ihn auf den Arm nahm und sagte, er müsse ihn sofort zurückbringen.

Ich habe gelogen, habe behauptet, dass ich erst seit einem Jahr wieder Single bin. In Wahrheit habe ich seit Tim niemanden mehr zugelassen. Da hatte es ab und zu noch Abstürze gegeben mit Männern, die diese spezielle Kölner Gesichtsform hatten. Sie erinnern mich an Neandertaler mit einer etwas vorstehenden Stirn. Die meisten mit einem rheinischen, schweren Singsang. Ich habe mir ein paar Mal Männer gesucht, um nicht allein zu sein oder nicht mehr unsichtbar. Doch die waren alle so wie dieser Typ in Rom damals. Pierre, der Künstler, ein Idiot. Seit ich aber nicht mehr trinke, schleppe ich auch keine Typen mehr ab.

Das Ende des Trinkens kündigte sich an. Alles lief auf die finale Schlacht heraus. Kein Alkohol mehr oder kein Leben mehr. Dazwischen gab es nichts. Es gab kein Unentschieden. Vor dem Ende hatte sich Monate lang alles nur noch ums Trinken gedreht. Nicht mehr nur das meiste, sondern alles. Es war nicht mehr so, dass ich, wie in den Jahren zuvor, feststellte, dass ich seit Wochen täglich trank. Es war nicht mehr so, dass ich mir vorgenommen hatte, eine Pause einzulegen und dann bei einer kuscheligen Geburtstagsparty einer Kollegin eben doch aus Höflichkeit zunächst ein Glas Cremant mittrank und am Ende betrunken die ganze Party aufmischte. Es war nicht mehr so, als gäbe es Widerstand gegen das Trinken. Das Trinken hatte seinen Angriffskrieg vorerst gewonnen, mich besetzt und die strategisch wichtigen Gebiete unter Kontrolle gebracht. Ich fragte mich mittags, ob noch genug Wein, Bier und Whiskey im Haus waren, trank auf dem Heimweg vom Büro sofort zwei bis drei Bier, hörte Musik dabei und fand es normal, mir Feierabendschnaps ab 15 Uhr zu gönnen. Ich trank, wenn ich mich gut fühlte und ich trank, wenn ich mich schlecht fühlte. Die traurige Stimmung, in der ich verkatert durch die Welt ging, konnte nur überwunden werden, wenn ich wieder etwas trank. Dabei waren die unterschiedlichen Alkoholika wie meine Freunde, die zu verschiedenen Anlässen auftauchten. Es gab die klassischen Feierabendbier-Gefühle, doch manchmal war ein schwerer Rotwein nach der Arbeit noch befriedigender. Wenn ich besonders froh war über das Tagwerk, dann musste es Rotwein sein. Rotwein war aber nicht so gut zu kombinieren mit einem Single Malt Whiskey, dieser passte perfekt zu einem kalten, frischen Bier. Ab und an brauchte ich auch Zucker und Süßes, eher im Herbst. Die größte Entdeckung waren Cornflakes mit Bailey's. Sommerlich, am Nachmittag oder schon zum Mittagessen war ein kalter Weißwein das Beste und wenn es Menschen gab, die mit mir trinken wollten, sollte es ein klarer Schnaps sein. Wodka oder etwas Deutsches. Auch hier in Kombination mit einem frisch gezapften Bier sehr zu empfehlen! Am liebsten trank ich aber allein. Seit dem November von Brüssel, als ich Timmy mit der dunkelhaarigen Frau erwischt hatte, noch viel mehr. Bevor ich damals in den Zug nach Köln zurückgestiegen war, machte ich noch einen Halt bei einem Museum. Der Schreck des Betrugs hatte mich so durcheinander gebracht, dass ich ziellos durch Brüssel gewandert war. Ich erreichte ein altes Gebäude, das aussah wie ein Palast. Es lag zwischen Giorgios Wohnung, wo ich Tim erwischt hatte, und dem Bahnhof. Ich zahlte stumm meinen Eintritt in diesem enormen, historischen Komplex und erwartete Gemälde, Skulpturen oder Fotos. Zuerst musste ich einen Aufzug nehmen, als ich am Beginn der Ausstellung ankam, gab mir ein Museumswärter ein Armband, mit dem ich mir die Informationen zu den Exponaten anhören konnte.

»Flämisch, Nederlands, Englisch?«

Ich wählte Deutsch, der Museumsmitarbeiter freute sich. Sofort wollte ich weitergehen und mich in der Ausstellung verlieren, doch der Mann ließ mich nicht in Ruhe. Er erklärte mir, wie ich den Pfeilen auf dem Boden zu folgen hätte und wo der zweite Teil des Museums beginnen würde. Starten sollte man in einer kleinen Kapelle. Es war der erste Moment des Zweifelns. Ich fragte mich, was für ein Museum ich hier betreten hatte. Es waren religiöse, christliche Ausstellungsstücke, viel Buchdruck und Schrift. In einer Ecke eines großen Raumes standen die meisten Menschen um eine kleine Vitrine herum. Ich musste einige Minuten warten, um an die Vitrine zu gelangen. Sie wurde von einem Sicherheitsbeamten überwacht. In der Vitrine war ein kleines schwarzes Buch. Ich hätte nachlesen können, was es damit auf sich hatte, ich hätte fragen können. Mein treudoofer Museumswärter strahlte mich noch immer aus der Ecke an. Es interessierte mich aber nicht. Das ganze Museum, die komplette Ausstellung, war mir egal. Ich hatte darauf gehofft, von Gemälden abgelenkt zu werden, stattdessen fühlte ich mich betrogen. Wieder betrogen. Diesmal nicht von Tim, sondern von einem Museum. Um die Tränen zu unterdrücken, lief ich schnell weiter und entdeckte eine kleine, runde Box, in die man sich setzen konnte. Dort wurde eine Geschichte erzählt, die Geschichte des Ritters Gerard von Nevers. Nichts habe ich mir aus diesem Museum gemerkt, außer dieses Namens. Er wurde hintergangen, ein Feind beobachtete seine Frau durch ein Türloch beim Baden, wusste daher von einem Muttermal und behauptete einen Betrug. Ritter Nevers verlor alles. Er wurde hintergangen, war hilflos wütend, einsam und musste zwischendurch sogar noch einen Drachen umbringen. Schließlich schlich er sich als Drehleierspieler verkleidet ins Schloss, das nun sein Erzfeind bewohnte, und erfuhr, dass er angelogen worden war. Doch es war zu spät.

Jeder Tourist, jede Touristin, die in diesem Moment in die Box kam, schreckte zurück. Ich musste so feindselig und verweint ausgesehen haben, dass man sich noch nicht einmal traute, mir Hilfe anzubieten. Ich war Ritter Nevers, ich würde nie mehr glücklich sein können. Tim hatte alles zerstört und doch war ich selbst schuld. Ich rannte aus dem Museum, nahm den nächsten ICE nach Köln und versenkte mein Handy im Bierglas.

Als ich in Köln-Ehrenfeld angekommen war, rannte ich weiter, nach Hause. Noch in der Nacht packte ich alles, was von Tim war, in einen großen Karton, legte die in Rom als Andenken geklaute Speisekarte des *Tourist Menu* oben drauf und stellte die Kiste mit Online-Paketmarke und seiner Londoner Adresse vor eine Postfiliale. Ohne Absender. Während des Packens hatte ich mir Mut und Kraft angetrunken, um diese Kiste dorthin zu schieben. Die Kiste war schnell weg, wahrscheinlich aber nicht mit der Post.

Die ersten Wochen nach Tims Betrug kann ich nicht mehr erinnern. Das waren graue, undefinierbare Tage, die nach Schweiß, Sperma, Korn und Pisse rochen. Oder auch so modrig, wie es in den englischen Pubs tagsüber riecht. Wenn sie schon aufhaben und stockdunkel sind, obwohl außen Sommer und Sonne herrschen. Mister Jones von den Counting Crows brachte mir dann den Höhepunkt. Ohne Mister Jones wäre ich tot. Nach zwei Flaschen Chardonnay zum Mittagessen mit einer jungen Kollegin, die das unglaublich witzig und aufregend fand, sich mal tagsüber zu betrinken, und ein paar Gläsern Wodka Lemon zum Abend, zum Runterkommen, spielte mein Lieblingsradiosender die Live Version von einem Konzert der Counting Crows in New York, von 1997. Ich war froh, wieder allein in der Wohnung zu sein. Die junge Kollegin war wirklich lieb und süß, aber sie war auch so naiv. Es war mir unangenehm, meinen Zynismus auszuleben gegenüber jemandem wie ihr, die dem offensichtlich nicht gewachsen war. Der Zynismus war wie der oberste General des Alkohols während seines Besatzungsfeldzugs. Nun war ich also wieder für mich und es lief Mister Jones. Die Version begann mit einem Akkordeon, das direkt ins Herz stach.

So you wanna be a Rock'n Roll Star, just listen now to what I say: Just get an electric guitar and take some time. And learn how to play!

Das Akkordeon schwebte über dem Raum, über der Küche. Und ich brach zusammen. *Just learn how to play.* An dem Abend hörte ich das Lied ungefähr noch 29mal. Bei fünfzehn davon heulte ich. Ich leerte mein Wodkaglas, alles weg, und legte mich schlafen. Wodka Lemon war mein Henkersdrink, ein Drink aus den 90ern, aus den Abiturzeiten. Am nächsten Morgen tat mir kaum etwas weh, mein Körper hatte mittlerweile den Alkohol als einen freundschaftlichen Bestandteil akzeptiert. Vielleicht war es auch mein Vorsatz, dass ich nicht mehr trinken wollte. Die durchweinte Nacht war eine Spülung gewesen, von Mister Jones ausgelöst. Ich trank seitdem keinen Tropfen Alkohol mehr. Es war hart und kaum zu schaffen. Ich holte mir so viel Rat, wie ich bei den wenigen verbliebenen Freunden und bei Ärzten holen konnte. Zum Glück musste ich mich kaum erklären, wenn man mich ansah, blickte man direkt in den

Abgrund. Es war keine Überarbeitung, es war kein Altern, es war das Gift Alkohol, dass mich so verstümmelt hat. Ich habe mich damals öfter als sonst im Spiegel angesehen und anlächeln wollen. Doch das Lächeln sah aus wie ein Videoeffekt auf dem Gesicht, der »Aufgequollen-und-seelisch-ruiniert-Filter«. Es gab lange keine Möglichkeit, diesen Filter zu deaktivieren. Mein Körper war mir fremd geworden. All die Falten und Risse und Flecken, die der Alkohol mir in die Haut gerissen hat, sah man nun ganz deutlich.

Ich zog weiter weg aus der Stadt, verlor meinen Job, denn man begann mir Fragen zu stellen. Mein geheimer Trick, den Kater zu kaschieren und sich vormittags heimlich Energie über Weißwein und Tequila zuzuführen, war nun nicht mehr anwendbar. Doch ich wollte die Kontrolle über meinen Körper zurückhaben. Daher begann ich, einfach immer darüber zu sprechen. In den ersten Monaten hörte ich jedes Mal, wenn ich Lust auf einen Drink hatte, dieses Lied, Mister Jones in der Live-Version. Es löst etwas in mir aus, eine Art Schrecken und Erinnerung zugleich, den ich nicht ganz greifen kann. Drei Jahre lang kämpfte ich gegen die Sucht und noch immer schwitze ich heutzutage ganz schrecklich, wenn mein Körper sich mal wieder nach Alkohol verzehrt. Doch ich schaffte es. Ich schaffte es tatsächlich, trocken zu bleiben. Der Tod, Alkohols Hintermann, dem ich in die Augen gesehen hatte, war schwächer gewesen. Als ich mich sicher darin fühlte, etwa vier Jahre nach dem Mister Jones-Zusammenbruch, schrieb ich Giorgio eine Nachricht. Er hätte Recht gehabt, ich wäre jetzt trocken. Es täte mir leid. Von Tim schrieb ich nichts. Giorgio antwortete kurz und knapp. Offenbar hatte ich ihn auch verloren. Er war der Kollateralschaden.

»Also willst du wirklich gehen?«

Engin reißt mich aus den Gedanken.

»Ja, muss ich.«

»Immer noch keinen Wein? Gin Tonic vielleicht? Absacker?«

»Ha, nein, danke, ich trinke nicht.«

»Muslima?«

»Ne, Alkoholikerin.«

Engin nickt langsam mit dem Kopf und schiebt dabei die Lippen anerkennend zusammen. Es ist wohl der perfekte Konter gewesen, dennoch fühlte ich mich überrumpelt von der Frage nach der Muslima, so dass ich etwas unecht und überzogen in der Betonung geantwortet haben muss. Das fällt Engin natürlich auch auf und sofort ist die Stimmung angespannt. Dabei haben wir einen großartigen Tag miteinander verbracht. Einen Tag, der sich vertraut und neu zugleich anfühlt. Engin war einfach da, im Park, und ich will nicht, dass er wieder geht. Er nervt nicht. Er ist der erste seit Tim, der mich nicht nervt. Ich habe das Gefühl, dass ich ihn schon seit Jahrzehnten kenne. Ist er mein Seelenverwandter? Ist er eine männliche Version von mir? Ist das Quatsch?

»Alkoholikerin also, ja? So richtig? So mit Zittern?« Süß und unverschämt. Ich mag ihn.

»Es ist nicht so wie in Filmen. Es ist weder cool noch melancholisch noch unlösbar. Es ist einfach viel viel realistischer.«

»Wieso realistischer?«

»Es ist scheiße ohne Trinken. Aber auch viel besser und klarer. Es ist anstrengend und ein Marathon, kein Sprint.«

»Vermisst du das denn oft?«

»Naja, man verklärt ja immer. Ich vermisse, wie gut ich funktioniert habe, vermeintlich. Vielleicht sah ich von außen betrachtet auch aus wie eine fertige Obdachlose, aber ich fand mich super. Ein ›high functioning alcoholic‹ würden das die Amerikaner nennen.«

»Und das heißt?«

»Es war cool, betrunken zu sein. Ich habe zum Beispiel entdeckt, dass man im Sommer in fast jede Sportanlage der Stadt gehen und umsonst Bier trinken kann. Irgendein Kreisligatennisspiel oder Fußballturnier ist immer. Wenn man dann als junge Frau an der Theke Bier holt, muss man sich nur entscheiden, ob man auf Kosten des Heim- oder des Auswärtsvereins trinken will. Bin nie erwischt worden, das waren lustige Samstage.«

»Klingt traurig.«

»Lustig fand ich auch, Essen zeitgleich bei zwei Lieferservices zu bestellen, also wirklich zeitgleich. Auf die Plätze, fertig, los! Je nachdem, welcher Fahrer zuerst ankam, trank ich dann etwas Entsprechendes. Das habe ich vorher ausgelost. Grüner Fahrer: Korn. Orangener Fahrer: Whiskey. Ich konnte die digital verfolgen und es war oft wirklich spannend.«

»Und dann hast du immer zwei Pizzas bestellt oder zweimal Sushi oder wie?«

»Das Essen hab ich weggeschmissen.«

»Ok.«

Ok, sagt er. Warum erzähle ich ihm das alles? Warum fühle ich mich so wohl? Er muss mich für geisteskrank halten. Er freut sich sicher, dass ich jetzt endlich gehe. Ich packe meine Jacke unter den Arm und mache mich auf den Weg zur Tür.

»Sorry, ich weiß nicht, wollte nicht... Also, das habe ich noch niemandem erzählt bisher. Sorry, echt.«

»Ich finde es schade, dass du gehst, würd' dich gerne wieder sehen.«

»Ja, klar, warum nicht.«

Die Umarmung zum Abschied ist die Welt, er riecht nach einer versteckten Hütte im Wald, in die ich mich verkrümeln will. Wir stehen im Türrahmen, ich drehe ab und checke reflexartig mein Handy. 20:57 Uhr, 11. März. In drei Minuten bin ich verabredet mit Giorgio. Mein Plan ist aufgegangen, ich habe die Zeit, den Termin und die Erinnerung an

Porto vergessen. Verdammt. Drei Minuten. Ich halte die Tür fest, die er gerade schließen möchte.

»Kann ich vielleicht deinen Computer benutzen?«

»Hab keinen Computer.«

Kurze Stille. Witzbold.

»Nein, klar, kannst du machen.«

Engin macht einen Diener und öffnet die Tür maximal weit.

»Danke.«

»Du bist sehr seltsam, Julia. Find ich gut. Computer ist hinten rechts, im Wohnzimmer. Passwort: 1FCN, Großbuchstaben.«

Das Wohnzimmer ist riesig. Ich hatte es vorhin nur kurz gesehen, den ganzen Abend haben wir in der Küche verbracht, beim Lachs. Jetzt entdecke ich, welchen famosen Blick man aus dem Fenster hat. Man sieht den Rhein, eine beleuchtete Straße mit zwei Kiosks, einer Kneipe und stummen Kölnern, die durch die verglasten Fenster nicht zu hören sind, und wie kleine Puppen durcheinander wuseln. Es ist eine ganz andere Stadt, es ist nicht das Köln, das ich kenne.

GIORGIO

Prince Ital Joe featuring Marky Mark. Mein Mann ist ein Monster. Er hat diese ominöse Modeerscheinung Plastikmusik entdeckt. Marky Mark, ein muskelbepackter Junge, der in Musikvideos als Straßengangster verkleidet sauberen und gut verständlichen Sprechgesang präsentiert und später als Mark Wahlberg tatsächlich Karriere als Schauspieler machte, und Prince Ital Joe, ein lispelnder Mann aus Phoenix, Arizona, plärren von Einigkeit, Glück und dem harten Leben im Ghetto. Dazu schreien Frauenchöre, ab und an ein Ohoohoh Solo einer Sängerin, oft auch Flächentöne von Synthesizern, allerdings nicht die Synthesizer aus den 8oer Jahren, sondern größere, modernere Tonstrecken im Hintergrund. *Maybe one day we'll be united and our love won't be divided.* Mein Mann ist ein Monster, was sollen die Nachbarn denken! Unsere gesamte Wohnung bebt unter den Sounds von Prince Ital Joe, Ruiz tanzt auf dem Sofa auf und ab.

»Ich habe diese beiden im Internet entdeckt. Die sind ja noch besser als 2Unlimited!«

»Rui, ich ertrage das nicht.«

»Was?«

»ICH ERTRAGE DAS NICHT!«

Stille. Ah. Er hat Erbarmen.

»Wollen wir nicht als Prince Ital Joe und Marky Mark zur Party gehen?«

»Die kennt doch keiner. Wahrscheinlich waren die nur in Deutschland ein Hit. Dann kann ich auch als David Hasselhoff gehen.«

»Die 90er sind ja wirklich ein Schatz an Shitmusic! Es ist wunderbar! What is Love? Sing Hallelujah!«

»Komm doch einfach wieder ins Bett, ich muss in fünf Minuten telefonieren, leg dich doch nochmal zu mir.«

»Jawohl, Captain Jack.«

»Wann hört die 90er Besessenheit wieder auf? Das ist mir unheimlich. Wie alt warst du da? Neun?«

»Joa, ungefähr. Bin auf jeden Fall begeistert von dem Zeug.«

Draußen ist es mittlerweile dunkel. Ruiz bleibt noch immer auf seinem Tanzsofa sitzen. Ich mache mich aus Trotz auf den Weg in die Küche. Als ich vorhin in die Wohnung gekommen bin, habe ich mir die Kleider vom Leib gerissen. Es war keine Zeit geblieben, den Mantel anständig aufzuhängen. Ich vergesse nie mein Telefon in der Jacke, jetzt vibriert es unter einem Kleiderberg vor der Wohnungstür. Das ist unüblich. So wie der ganze Tag schon unüblich ist, auf eine gute Art. Vorsichtig versuche ich, das Telefon aus dem Mantel zu fischen, ohne aus Versehen abzuheben. Natürlich ist es Jacques, der versucht mich zu erreichen. Acht Anrufe in Abwesenheit, das geht ja noch. Ich gerate nicht in Panik, habe nicht einmal das Bedürfnis, meine E-Mails zu lesen und das Ausmaß der Katastrophe zu sehen. Vielleicht ist es ja sogar gut, wenn diese Verträge nicht rechtzeitig fertig werden. Dann wären die Firmen gezwungen, sich an die Vereinbarung zu halten und dann vielleicht auch, endlich, eine schnelle Lösung zu finden. Diese EU ist das Gegenteil von Pragmatismus. Sie kommt mir vor wie eine verschwenderische Familienfeier, bei der wirklich jeder Großonkel und jede Stiefschwester seine und ihre Meinung ausführlich darlegen müssen, um das Beste für sich herauszuschlagen. Obwohl sie, wenn sie zusammengelegt hätten, ein ganzes Schloss hätten kaufen können, sind sie am Ende nur noch so zerstritten, dass die ganze Familie in einer Hundehütte leben muss. Ungefähr so wäre die EU-Familie wohl, wenn es sie gäbe. Ich bin gerne in Brüssel, ich mag meinen Chef und hätte sonst ja auch niemals Ruiz kennengelernt. Aber die Unentschlossenheit bei gleichzeitigem panischem Aktionismus der Politik quälen mich. Das werde ich nicht vermissen.

Auf der Anrichte sind noch frische Waffeln. Ich will meinem Mann und mir zwei mitbringen, auch wenn er sie nicht für seinen Musikgeschmack verdient hat. Als ich serviere, hat er schon wieder eine Perücke auf.

»Ich habe nachgedacht. Ich habe was entschieden.«

Ruiz zieht seine linke Augenbraue und seinen Körper hoch, lehnt sich an die Wand.

»Was entschieden?«

»Es muss sich etwas ändern.«

Ruiz sitzt nun senkrecht auf dem Sofa, er greift vorsichtig nach einem T-Shirt und sieht erschrocken aus. Das tut mir leid, ich will ihm keine Angst machen, im Gegenteil, ich will ihm doch alles erklären und ein bisschen Spannung aufbauen, doch ich halte es nicht aus, wie mein Ruiz mich ansieht.

»Lass uns mehr Zeit in Portugal verbringen. Ein paar Monate im Jahr. Vielleicht auch dort leben. Da bist du doch glücklicher.«

Ich bin damit herausgerückt. Es rutschte aus mir heraus. Ruiz sieht aus wie ein schockierter Hase. »Echt? Und was ist mit deiner Arbeit?«

Ich kann nur mit den Schultern zucken und versuche mein bestes Portugiesisch:

»Por que não? Die Arbeit ist nicht so wichtig wie wir. Aber nur, wenn wir an der Musik arbeiten.«

»All that she wants!«

Nachdem wir uns geküsst haben, greife ich doch noch einmal nach meinem Telefon. War da nicht gerade ein Signalton? Kam da eine Nachricht? Ruiz bewegt seinen Mund einen Zentimeter zurück von meinen Lippen, legt seinen Kopf etwas schief und sieht mich mit zusammengekniffenen Augen an.

»Hat sie geantwortet?«

»Nein.«

TIM

Zettel, Schals und Münzen. Kims Unordnung stört mich heute besonders. Ich habe mich im Wohnzimmer auf die Couch gekauert, mir einen Film ausgesucht: Trainspotting II. Ob das etwas werden kann? Danny Boyles spaßiges Gepolter, neu aufgelegt? Immerhin scheinen alle dabei zu sein. McGregor, Bigby, nein, Carlyle. Alle offenbar, sogar die kleine Minderjährige, die Mark klar macht im ersten Teil. Wann war der erste Teil im Kino? 1996? Die Telefonnummer auf meinem Arm ist kaum noch lesbar, schwarz verschmiert. Eine Fünf kann ich erkennen und den linken Strich des M, ansonsten bleibt nur ein klebriger schwarzer Schimmer von der hübschen Frau im Supermarkt.

Nun ja, immerhin scheint ja auch der zweite Film auf einem Roman zu basieren. Ich brauche etwas gegen das Heimweh. Etwas from UK, daher Trainspotting II. Wenn ich mit Giorgio gesprochen habe, starte ich den Film. Auch der Boden ist voller Spielzeug, Büchern und Klamotten. Es ist eine Qual. Zumindest habe ich kurz meine Ruhe. Lilly ist schon früher eingeschlafen, Kim kümmert sich gerade um Eliot. Unser Streit hat sich noch einmal einen saftigen Höhepunkt gesucht. Aber dann hat Kim einfach ihren Termin verschoben. Wir haben es gar nicht mehr ausgesprochen, Kim unterrichtete mich nur kühl darüber, dass sie sich jetzt um die Kinder kümmern könnte und ließ mich allein. Sie ist genervt und verärgert, das weiß ich, aber sie hält sich zurück. Sie lässt mich machen, was auch immer ich tun muss. Soll ich mir noch etwas zum Knabbern holen? Dann müsste ich aber durch den Flur laufen.

Die Tür bricht auf und Eliot stürmt weinend hinein. Er rennt wütend und schlechtgelaunt immer im Kreis, Kim hinterher. Ich kann meinen Sohn einfangen, habe Mühe, ihn festzuhalten.

»Hey! Hey!«

Es ist irrational, nicht zu erklären, doch in meinen Armen wird Eliot sofort ruhig. Kim stellt sich in den Türrahmen, sie sieht abgekämpft aus.

»Falsches Kissen.«

»Klar.«

Sie lächelt ansatzweise, vielleicht auch nur zynisch.

»Komm, wir bringen dich rüber ins Bett, huh?«.

Der Frieden ist ein Scharlatan und hatte offenbar auch rein gar nichts mit mir zu tun gehabt. Es war einfach ein kurzes Durchschnaufen gewesen. Eliot hat sich nur Kraft geholt, so scheint es, und ist bereit für die nächste Runde. Er drückt, zwickt und kickt mich und befreit sich auf den Boden. Schon rennt er wieder los, aus dem Wohnzimmer raus. Ich springe dem Kleinen hinterher, als ich bei Kim ankomme, gebe ich ihr einen kurzen, aber intensiven Kuss auf den Mund. Ein Kuss aus Gewohnheit, in diesem Moment fühlt er sich außergewöhnlich an.

»Du kleiner FRECHDACHS!«, schreie ich Eliot hinterher.

Er bleibt verwirrt stehen und guckt uns an. Eltern 1, Kind 1. Unentschieden.

JULIA

Schwarzer Bildschirm, ich bin wohl die Erste. Engin hat sich in die Küche verzogen, ich sitze vor seinem Laptop im fremden Wohnzimmer, mit Blick auf den Rhein, an seinem schweren, hölzernen Esstisch. Meine Hände sind feucht, meine Achseln auch. Eklig, ich würde am liebsten sofort duschen. Jetzt muss ich warten.

»Hallo?«

»Giulia, come stai? Wie geht es?«

»Giorgi! Gut geht's mir. Sorry, mein Italienisch ist eingerostet.«

«Ja, meins auch.«

Danach lacht er sich ungefähr eine Minute lang über seinen eigenen Witz kaputt. Ich hätte nicht gedacht, dass ich mich sofort so wohl fühlen würde, Giorgio zu hören. Jetzt sehe ich ihn auch. Im Videofenster sitzen zwei Männer. Einer mit einer fleischfarbenen Schwimmkappe auf dem Kopf, die einen roten länglichen Fleck hat, der andere oberkörperfrei mit einer altmodischen, viel zu großen Brille und etwas Klebrigem, das am Kinn hängt und wie ein Doppelkinnhautfetzen aussieht. Giorgio ist offenbar der mit dem künstlichen Doppelkinn, er hat ein wenig zugelegt, aber ich erkenne seine Augen sofort. Ein Oberkörper wie eine Birne. Man sieht das Bäuchlein, sein Gesicht ist aber kaum rundlicher als früher. Vielleicht ist die Birne auch nur Verkleidung? Der Mann mit der fleischfarbenen Schwimmkappe gibt Giorgio einen Kuss auf die Wange, da wo keine Verkleidung klebt, sondern er die Haut des Gesichts erreichen kann, und winkt in die Kamera.

»Hi! Ich bin Michail Gorbatschow und das ist Helmut Kohl.«

»Ja, also..«

Giorgio spricht nun auch in die Kamera.

»Das ist Ruiz, mein Mann. Wir gehen zu einer 90er Party. Pärchenkostüm. Wir sind bei der Anprobe. Muss natürlich heute passieren.«

»Oh, wie schön, ihr zwei. Schön, dich kennenzulernen, Ruiz, ich bin Julia.«

DADADADADAAADADA DADADADAA. Aus Giorgios Fenster plärren Trompeten. Er hat extra für mich Fabrizio de Andre aufgelegt, aber nicht bedacht, wie laut es dann im Videochat tönen würde.

»Giorgio! Cosa fai?«

Giorgio lacht erneut. Er wirkt glücklich.

»Dann lass uns über dich sprechen, Giorgi! Was gibt es noch für Sensationen bei dir?«

Ich nenne ihn gerne bei diesem alten Spitznamen, ich weiß, es ärgert ihn ein bisschen. Ich bin neugierig.

»Alles gut bei mir, Jules.«

Das war ein Stich ins Herz. Wahrscheinlich nicht gewollt, aber Giorgio spricht mich so an, wie Tim mich immer genannt hat. Ich schwitze mit einem Mal noch mehr, so eklig.

»Naja, ich würde lieber nicht aussehen wollen wie ein dicker, toter deutscher Mann, aber Rui ist besessen von dieser Kostümparty.«

»Na komm, du bist der Einheitskanzler! Ohne Kohl wäre Deutschland ... anders.«

»Ich kenne den wirklich nur in Zusammenhang mit Gorbatschow aus den italienischen Nachrichten, als die Mauer gefallen ist.«

»Das sind aber die frühen 90er, das muss man sagen! Außerdem ist das kulturelle Aneignung, wenn ihr euch als Deutscher und Russe verkleidet. Und Fatshaming.«

»Ja, Julia, danke, ich merke, ich habe dich wirklich vermisst. Wie geht's dir? Warum haben wir uns so lange nicht gesprochen?«

So locker unser Gespräch ist, so regelmäßig überschreiten wir unsichtbare Grenzen. Es gibt ausreichend Gründe, warum wir lange nicht miteinander gesprochen haben. Wir balancieren beide auf einem Kommunikationsseil, das sehr dünn ist. Ich bin aufgedreht, ängstlich, glücklich und nervös, eine fiese Mischung. Und ich schwitze wie ein Schwein.

»Tja. Das letzte Mal hast du mir kryptische Fragen zu Porto geschickt, was ist denn da los? Was hast du gemacht? Du wolltest jemanden finden?«

»Diese Telma, die Nichte von Frau Saleiro. Die so wütend war bei der Polizei.«

»Die Hübsche mit den dunklen Augen?«

»Ja. Ok, wenn das deine Erinnerung ist.«

»Sie war superhübsch, voll schlank.«

»Glaube, das liegt daran, dass sie auf der Straße gelebt hat und nichts zu essen hatte.«

Das war nun fast ein Absturz von unserem Kommunikationsdrahtseil.

»Hm. Was ist jetzt mit der?«

»Ich habe ihr eine E-Mail geschrieben, will ihr Geld geben.«

»Warum?«

»Dieses Haus hat uns viel eingebracht, wir hätten sonst nie einen Fuß in diesen Markt bekommen, und die war so sauer. Ich habe seitdem Angst, dass sie mich verflucht hat.«

»Also geht's um dich. Hast du Angst vor Voodoo?«

»Jules, ich hab immer noch Albträume. Ich träume davon, wie ihr mich an der Schulter greift und nach unten zieht. Ich spüre den Luftzug des Kotflügels, heiße Luft, knapp über meiner Stirn. Vielleicht sind es auch die zehn Jahre Jubiläum heute, aber ich krieg es nicht los.«

»Und du glaubst, wenn du dieser Frau Geld gibst, schläfst du besser?«

Ruiz lacht laut. Er hat die ganze Zeit stumm und neugierig zugehört, jetzt lacht er und blinzelt mir zu. Ich mag ihn. Es ist alles so logisch. Sie passen zusammen.

»Ich glaube, ich kann was für sie tun. Ruiz hat mir geholfen, ihren Kontakt rauszufinden.«

»Von wieviel sprechen wir?«

»100.«

»100?«

»100.000 Euro hab ich für sie.«

»Warum??? Das wird ja immer wilder!«

»Damit kann man doch was machen, keine Ahnung, aber ich finde das einen fairen Anteil und sie kann damit machen, was sie will. Wenn sie sich bedankt, gehen die Träume hoffentlich weg.«

»Also glaubst du WIRKLICH, du schläfst besser, wenn sie das Geld kriegt? Giorgi, das ist das Albernste, was ich jemals gehört habe. Man kann nicht einfach alles mit einer übertriebenen Geste wieder gut machen, schon gar nicht mit Geld.«

Ruiz scheint sich jetzt mehr auf die Seite von Giorgio zu schlagen, ich sehe, wie er ihn umarmt und mich weniger freundlich durch die Kamera ansieht.

»Ich bin sicher, ich hätte damals sterben müssen, Jules. Bin ich aber nicht. Deswegen muss ich mich jetzt revanchieren.«

»Revanchieren? Die hat doch nichts für dich getan!?«

»Das meine ich auch gar nicht, bei Telma geht's mir nur um meine Albträume.«

»Und bei wem willst du dich revanchieren?«

»Ihr habt mir das Leben gerettet, Jules. Timmy und du, ihr habt mir damals das Leben gerettet. Der gesamte Tag hat mir ein neues Leben geschenkt.«

TIM

21:30 Uhr. Der Fernseher hat eine riesige Uhrzeit-funktion. Nur eine halbe Stunde lang haben wir demnach versucht, Eliot zum Schlafen zu bringen. Natürlich war Lilly wieder aufgewacht, es war eine Schlacht gewesen. Doch sie war geschlagen, vorerst. Kim kann endlich duschen. Ich bin schon wieder so müde, frage mich, wie enttäuscht Giorgio ist, frage mich, wie enttäuscht ich sein werde, wenn er nicht mehr online ist. Vielleicht hat er den Videochat aber ja noch auf.

Als ich den Link anklicke, taucht Julia vor mir auf. Oh mein Gott, sie ist es. Als würde sie direkt vor mir stehen, ihr Gesicht ist härter, älter. Ihre Haare sind kürzer, nur noch bis zu den Schultern. An den Augen sind diese kleinen Fältchen, die ich schon immer liebe, die Augen blitzen. Ich bemerke den Schreck, den mein Auftritt auch ihr bereitet hat.

»Giorgio! Jules!«

»Timmy.«

Julia überdimensional vor mir. Ich will in ihr versinken, erinnere mich an ihren Geruch, an den Ton, den ihr Lachen macht.

»Timmmmyy!«

Giorgio sieht komisch aus, so dick! Jetzt blökt er mich durch den Computer an. Er hat auch sehr graue Haare, dazu taucht ein Mann mit rotem Fleck auf der Stirn neben ihm im Bild auf. Ich bin verwirrt. Ist er verkleidet?

»Timmy! Du bist spät dran!«

»Ja, sorry, wie geht's? Siehst ... gut ... aus! Immer noch am Geld scheffeln in Brüssel? Netto gleich Brutto, weil du für die EU arbeitest?«

Giorgio lacht laut. Er wirkt glücklich, das freut mich. Außerdem scheint er halbnackt zu sein und auf dem Sofa zu liegen. Naja, ich bin auch voller Bananenflecken von Lilly.

»Ihr hättet euch fast schon wieder verpasst. Ist ja irgendwie euer Ding, euch zu verpassen. Lasst uns bald mal zu dritt treffen, jetzt muss ich nämlich auflegen. Julia, viele Küsse für dich, bis bald!«

»Stopp!«

Er hört nicht auf Julia, Giorgios Bild ist verschwunden, so dass nur noch sie und ich übrigbleiben.

»Hi!«, sagt sie.

»Hi.«, sage ich.

Wir beide können nicht mehr sagen, starren uns lange stumm an. Sie ist es. Sie ist es wirklich.

»Das ist also die Revanche«, murmelt Julia vor sich hin.

»Was? Was meinst du, Jules?«

»Nichts.«

»Nichts? Revanche?«

»Ach, Giorgi glaubt immer noch, dass er damals hätte sterben müssen. Hat erzählt, dass er der Nichte von der Frau in Porto Geld angeboten hat, aber sie meldet sich nicht. Er hatte ein schlechtes Gewissen, aber jetzt, nach einer E-Mail, die er geschrieben hat, ist es schon wieder weg und er denkt, er hätte alles wieder gut gemacht. Er denkt, das geht so einfach. Das man alles einfach wieder gut machen kann. Alles gut machen mit einer großen Geste.«

»Crazy! Was?«

»Und er hat die Liebe seines Lebens gefunden. Ist ein Mann. Das war der Gorbatschow.«

»Ja, wusste ich schon. Ich kenne Ruiz.«

»Ach. Ok. Wie geht's dir?«

Ich könnte erzählen, es gibt so viel zu erzählen. Ich könnte von den Kindern berichten, von Kim, könnte genauer nachfragen, wie das da in Porto jetzt ist und warum Giorgio diese Nichte noch kennt. Ich könnte über die tote Frau sprechen, über diesen stürmischen und seltsamen Tag von Porto. Über Rom, über Köln, über Giorgio und seinen Freund. Ich könnte Julia anschreien, sie fragen, warum sie verschwunden ist. Über ihr verdammtes Saufen sprechen. Ich könnte von den Schmerzen erzählen, die ich immer wieder wegen ihr hatte. Davon, wie ich wegen ihr untergegangen bin, wie ich stundenlang vor ihrer alten Wohnung gesessen habe, nur um sie endlich wieder zu sehen und um mich zu entschuldigen. Von den

Zitronen in Rom oder von Amira, diesem Blödsinn. Ich könnte Julia ausfragen, was sie macht, wie ihr Leben ist. Aber das alles tue ich nicht. Ich sage das Einzige, was ich sagen kann:

»Ich vermisse dich, Jules.«

Julia bleibt stumm, sie spricht lange nicht. Sehr lange, zu lange. Ich atme immer schwerer, muss das Ersticken verhindern.

»Du bist das Beste, was mir jemals passiert ist. Ever.«

Dieser Satz trifft sie offensichtlich, ich sehe es, ich kenne sie. Sie schluckt, richtet sich auf und antwortet mir endlich:

»Ohne dich gäb's mich nicht.«

Jetzt trifft es auch mich mit aller Kraft. Wir haben Tränen in den Augen. Julia atmet tief durch.

»Good bye, Timmy, es tut mir leid.«

»Nein, mir tut es leid.«

»Pass auf dich auf!«

»So long.«

Julia ist verschwunden. Sie hat sich verabschiedet aus dem Videochat und ich sitze regungslos auf dem Sofa. Im Augenwinkel bemerke ich, dass Kim in der Tür steht. Sie sieht noch wütend aus, nicht mehr so abgekämpft wie vorhin, frisch geduscht, im Bademantel, anders abgekämpft, anderer Kampf. Ihr Blick wie ein Laser, der sein Ziel sucht, und den richtigen Zeitpunkt, um abzufeuern.

»So, this was Julia? War das Julia?«

Normalerweise spricht Kim kaum Englisch, zuhause sprechen wir Deutsch. Mit den Kindern rede ich manchmal Englisch, Kim Deutsch. Doch jetzt spricht sie Englisch, während sie im Türrahmen lehnt und mich mit ihren Augen fixiert. Es ist eine Machtdemonstration. Ich antworte leise.

»Ja, war es.«

Sie drückt sich nun vom Türrahmen ab, korrigiert ihre Position, in der sie in der Tür lehnt, wirkt dadurch noch mächtiger als vorher. Ich bereite mich vor auf einen Wutausbruch, merke, wie ich innerlich zusammenkauere. Ich merke auch wieder, wie müde ich bin, den ganzen Tag schon, jetzt dazu noch aufgewühlt. Nein, ich bin erschöpft, so erschöpft. Aber ich fühle mich auch gut. Es ist verwirrend. Julia zu sehen, hat sich gut angefühlt. Wie der letzte Punkt. Wie ein As, wie ein sauberes Finish. Endlich. Und für immer. Es war das gewesen, was passieren musste. Kim sieht mich böse an.

»Also ist sie ›the one that got away?‹«

Vorsichtig nicke ich stumm in Kims Richtung. Sie kommt auf mich zu, lässt sich auf das Sofa fallen und zuckt mit den Schultern.

»Naja, jeder hat so jemanden.«

Sie schaltet den Fernseher vom Computerbildschirm zum Filmbildschirm um.

»Was guckst du? Trainspotting?«

Ich versuche, die Überraschung und Erleichterung über die Reaktion meiner Frau zu sortieren.

»Ja.«

Sie zieht die Augenbrauen nach oben.

»Na dann. Mal sehen. Meistens ist die Erinnerung besser als die Vergangenheit.«

Ich sehe nicht auf den Fernseher, ich sehe nur sie:

»Ich liebe dich.«

JULIA

Mein T-Shirt ist nass unter den Armen. Ich will mich befreien, ziehe es aus. Im BH stelle ich mich ans Fenster und sehe mir die belebte Kölner Straße an. Die Jungs draußen vor dem Kiosk sitzen immer noch da und trinken Bier. Kölner Nacht. Im gegenüberliegenden Fenster laufen Nachrichten auf einem leinwandgroßen Bildschirm, er bedeckt fast die gesamte Wand des Zimmers und erhellt die Umgebung. Das Bild zeigt das Kernkraftwerk Fukushima Daiichi. Ein Wissenschaftler taucht davor auf und beschreibt Zahlen, vermutlich Messwerte radioaktiver Verseuchung. Es scheint sich um Schilddrüsenerkrankungen bei Kindern zu handeln. Soviel kann ich entziffern. Die Daten zeigen auf, dass kleine Knoten in den Schilddrüsen seit zehn Jahren um circa zehn Prozent zugenommen haben. Es ist ein komischer Bericht, denn einerseits gestikuliert der Kommentator voller Wichtigkeit und Dramatik, andererseits sind die Zahlen, die er präsentiert, nur mittelmäßig schlimm. Der Bildschirm flackert in die Nacht wie ein Ufo.

Heute, am zehnten Jahrestag von Fukushima, am zehnten Jahrestag von Porto. Ich erinnere mich an den Flug, den Abend, den Kuss. Ich denke an meine Gefühle von damals. Etwas hatte gefehlt. Alles brauchte einen Sinn. Ich erinnere den Morgen von Rom, als die Vögel in der Hitze saßen und ich mich gefragt hatte, ob das wirklich Zitronen sind, die da im Baum hingen. Ich erinnere mich an das Abendessen, das Touristenmenü. Luisas furchtbaren Crash ins Restaurant, den Portwein, Giorgios Wut, Giorgios Traurigkeit, Giorgios Schuld, die er freikaufen will. Ich denke an Rom, an Abendessen, bei denen ich abspülen musste, die kleine Wohnung mit Tim, Aperitivo am Tiber, in Sommernächten. Ich spüre meine Traurigkeit in Berlin und dieses innere Band, das mich nach Italien und später nach Porto gezogen hat, zu diesem Tag. Ich denke an Sandeman, das steinerne Gesicht von Tim, diese furchtbare Frau in Brüssel, den Schmerz.

Es ist nicht das Ende der Welt.

Nicht heute.

Engin klopft an und lugt behutsam hinter der Tür hervor.

»Alles ok? Oh!«

Sofort schließt er sie wieder. Ich greife das T-Shirt vom Tisch und ziehe es schnell über.

»Komm rein! Mir war nur heiß.«

Während er vorsichtig den Raum betritt, zeigt er auf seinen Laptop am Ende des riesigen Tisches.

»Hat geklappt?«

Ich schweige ihn einen Moment an. Dann spricht mein Körper.

»Ich hab' gerade meinen Ex-Freund gesprochen. Im Video.«

Engin verstaut den Laptop im Regal und lehnt sich ans Fensterbrett.

»Deinen Ex-Freund?«

Wie ein ängstliches Tier hat er sich immer mehr genähert und nun offenbar den letzten Mut gefasst, sich neben mich ans Fenster zu stellen und gemeinsam mit mir nach draußen zu blicken.

»Und er liebt dich noch und du liebst ihn noch?«

Wir lehnen uns nun weit aus dem Fenster.

»Weißt du, was heute für ein Datum ist?«

Engin zieht die Stirn zusammen, denkt nach.

»Zwölfter? Elfter? Elfter März?«

»Genau. Weißt du, was das für ein Datum ist?«

»Elfter März? Hm, nein, war da was? Was war da? Terroranschlag in London? Mit dem Bus? Nein, war das Madrid? War da was Spezielles? Hm. Welches Jahr?«

»Zweitausendelf.«

»Elfter März zweitausendelf ...? Keine Ahnung.«

»Fukushima.«

Ich betone es wie ein Sprachcomputer.

»Fukushima! Genau! Ja, stimmt. Verdammt. Ich wusste nie, ob man da die Betonung auf FU oder auf KU macht. Ist wie bei Hiroshima.«

»Weißt du noch, wo du da warst?«

»Puh, keine Ahnung, wirklich nicht, ist eher so ein

halbberühmtes Datum, oder? So Katastrophen sind ja wie Gäste bei 'ner schlechten Party.«

»Was denn für eine Party?«

»Naja, stell dir vor, du machst eine Party und da kommen dann Katastrophen. Also in echt. Wenn sie wie Menschen wären. Tornado ist eingeladen und Flugzeugabsturz kommt vorbei. Die beiden hängen dann zusammen am Kühlschrank rum und motzen jeden an, der sich ein Bier nehmen will.«

Ich bin mir nicht sicher, was ich gerade von Engin halten soll, doch seine Idee mit der ausgedachten Party von Katastrophen finde ich gut.

»Bombenterroranschlag und, sagen wir, zum Beispiel, Atomexplosion, greifen dauernd fremden Frauen an den Hintern. Klimawandel und Welthunger sind natürlich schon den ganzen Tag da, beschweren sich aber nur, weil der Nudelsalat nicht schmeckt. Alle sind genervt vom Hirntumor, der kommt als einziger in kurzen Hosen, der stinkt nach Schweiß und frisst mit der Hand von den Tellern der anderen.«

Ja, das gefällt mir, ich stelle mir diese Katastrophenparty vor.

»Ich glaub, es wäre besser, wenn das eine Gartenparty wäre. Mit Girlanden und einem Swimmingpool. Und die kleinen, persönlichen Katastrophen haben eigentlich am meisten Spaß.«

»Die kleinen Katastrophen, wer sind die denn?«

»Hm, naja, zum Beispiel gebrochener Fuß oder

Oberschenkelhalsbruch. Oberschenkelhalsbruch bei einer Weitspringerin kurz vor dem Finale bei Olympia.«

Engin klatscht begeistert in die Hände.

»Yeah! Auch eine geile Katastrophe!«

»Oberschenkelhalsbruch hat Megaspaß und knutscht in der Ecke mit Scheidung, nein mit Privatinsolvenz nach Scheidung herum.«

Engin zieht seine Unterlippe anerkennend nach unten und wird lauter.

»Und der Tod meiner Mutter, als ich vier war, der steht in der Ecke am DJ-Pult, legt deprimierende Musik auf, die nur ihm gefällt, und zieht alle runter.«

»Oh. Das tut mir leid, mit deiner Mutter.«

»Danke, schon ok.«

Es wird still. Der Bogen ist überspannt worden. Von ihm. Es ist unangenehm, doch auf eine Weise ist es auch genau richtig so, es bringt uns näher. Ich mag den Moment, ich mag Engin. Warum mag ich ihn? Warum fühle ich mich gut? Weil er mir ähnlich ist? Weil er mein Gegenteil ist? Ich muss es herausfinden. Kurz schüttele ich meine Haare durch und zupfe mir das T-Shirt zurecht.

»Naja. ich war auf jeden Fall in Porto.«

»In Porto?«

»Am 11. März 2011.«

»Ach so. Ok. Und was hast du da gemacht?«

Ich atme durch.

»Ist 'ne lange Geschichte.«

Danksagung

Im Januar 2019 erzählte ich der Frau, die ich einige Monate zuvor kennengelernt hatte, dass ich vor langer Zeit einmal mit dem Schreiben eines Romans begonnen hatte. Fortan las ich ihr dann immer wieder aus den alten Fassungen vor und schickte ihr gesprochene Nachrichten mit Kapiteln des Buches. Bis ich dann im Januar 2021 schließlich beschloss, wieder weiter daran zu arbeiten. Seitdem ist Lenas Liebe die Energiequelle, die mich antreibt.

Als es dann erste komplette Fassungen gab, lasen meine tapferen Freunde Daniel, Uli und Wilm (und Clara!) und gaben mir das gute Gefühl, dass ich nicht auf dem falschen Weg bin.

Als ich einen weiteren Schritt geschafft hatte, traute ich mich, das Buch meinem ehemaligen Dozenten Andreas Altenhoff vorzulegen. Sein Urteil schockierte und motivierte mich zu gleichen Teilen. Zwei Jans aus verschiedenen meiner Studienzeiten gaben mir noch mehr Mut, die ehrlichen Gespräche mit Andrea, Alex, Kyra, Eva und wieder Daniel bekräftigten mich regelmäßig.

Nach langer Suche fanden der Roman und ich dann Anne-Katrin Weise. Sie arbeitete mit mir am Text, verstand, welche Geschichte ich erzählen will und half mir, sie zum Leben zu erwecken. Mein alter Freund Benjamin Stöß entwickelte das wunderbare Coverdesign und Tourist Menu wurde ein Buch.

Euch allen und allen weiteren, die mich bestärkt haben, möchte ich danken. Aus tiefstem Herzen.

Vi ringrazio tantissimo!

Sven Ilgner, geboren 1979, war Tellerwäscher in London, Koch in Schweinfurt, Gärtner in Rom und Pechvogel des Abends bei ›Wer Wird Millionär?‹ Er ist Absolvent der Kunsthochschule für Medien Köln und war viele Jahre Filmkurator und Drehbuchlektor. Schreiben und lesen konnte er schon mit vier Jahren, sagt seine Mutter. TOURIST MENU ist sein erster Roman.

Soundtrack zum Buch & Kontakt:
www.tourist-menu.de

instagram: **tourist_menu_roman**

tiktok: **tourist.menu.book**